Philippe Lechermeier

Maldoror

Les Enfants De La Légende

Flammarion jeunesse

DANS LA SÉRIE MALDOROR :

Ce roman a bénéficié de l'aide du CNL.

87, quai Panhard et Levassor – 75647 Paris Cedex 13
ISBN : 978-2-0802-3773-6

« Allez-y voir vous-même,
si vous ne voulez pas me croire. »

Isidore Ducasse

Anja

Chapitre I

Miss Nightingale

— Plus vite, mademoiselle Anja, plus vite ! Vous savez bien qu'en aucun cas il n'est souhaitable que nous manquions notre train !

Le ton employé par Miss Nightingale ne laissait place à aucun doute : sous la politesse apparente, sa voix aigrelette annonçait clairement qu'elle était agacée. Car tout comme il existe des gens qui chantent faux, la gouvernante, dès qu'elle était contrariée, parlait faux. Et c'était toujours avec une octave trop haut qu'elle accablait Anja de ses reproches.

Miss Nightingale... La gouvernante était entrée dans la vie de la jeune fille comme ces mauvaises chansons qu'on entend une fois et qu'on n'arrive plus à chasser de son esprit. À la faveur d'un mouvement général qui avait vu une grande partie des domestiques renouvelés dans la maison, Miss Nightingale avait été chargée de l'éducation de la jeune fille. Quelques heures à peine avaient suffi à Anja pour comprendre que la Britannique désapprouvait à peu près tout ce qu'elle faisait : sa façon de parler, de se vêtir, de manger, de dormir, de s'asseoir et quantité d'autres choses qu'elle avait jusque-là faites sans se poser de questions.

Dès qu'elle était contrariée, la voix de Miss Nightingale se perdait donc dans les aigus ce qui indisposait fortement Anja qui avait l'oreille absolue. En langage musical, l'oreille absolue, c'est cette capacité à distinguer une fausse note dans une symphonie aussi facilement qu'on repérerait un bouton d'acné sur le visage d'un adolescent ! Et ce qui surprenait Anja, c'est qu'autour d'elle, personne ne semblait gêné par la voix de crécelle de Miss Nightingale. C'est même à croire que ses parents, eux, n'avaient pas d'oreille du tout puisqu'ils se félicitaient chaque jour d'avoir pris à leur service cette femme dont la seule mission semblait de contrarier leur fille.

— Pour la dernière fois, dépêchez-vous ! reprit Miss Nightingale qui en avait visiblement assez de déambuler sur les quais de la gare de Kiev. Il est grand temps de remonter dans le train. Songez à votre mère qui doit se demander où nous sommes passées. Madame doit être morte d'inquiétude !

Puis, après avoir tiré sur sa jupe pour éviter qu'elle ne remonte au-dessus du mollet et vérifié que le dernier bouton de son chemisier était toujours fermé, elle tendit la main vers l'étui noir et brillant qu'Anja tenait entre ses bras :

— Ne faites pas de manières, *young lady* ! Laissez-moi porter votre instrument, nous rejoindrons plus vite l'express pour Vienne.

— N'y touchez pas !

La vive réaction d'Anja fit sursauter Miss Nightingale dont les yeux prirent, derrière le verre de ses lunettes, la teinte grise des galets qui recouvrent les plages britanniques. Les lèvres pincées, elle émit sa désapprobation avec sa voix de fausset :

— Votre *daddy*... Il vous gâte trop !

Anja ne répondit pas. Elle se contenta de serrer son violon contre sa maigre poitrine. Pour une fois, elle était d'accord avec l'Anglaise. Son père la gâtait, c'est vrai. Il la gâtait même énormément. Elle était sa fille unique, il l'adorait et le premier prix qu'elle venait d'obtenir au conservatoire avait encore renforcé son admiration.

Quelques jours après qu'elle avait exécuté – *perfectissimo* au dire du jury – l'*Allegro molto appassionato* du *Concerto pour violon* de Mendelssohn, il était revenu à Vienne avec une boîte dont la forme laissait peu de doute sur l'objet qu'elle contenait. En l'ouvrant, Anja crut défaillir. Un *Guarneri* ! Giuseppe Guarneri, un des plus grands luthiers de Crémone, la ville d'où était originaire Stradivarius !

Le père d'Anja n'était pas peu fier de son achat :

— Quelle bagarre ! Une vente aux enchères à Königsberg ! Arraché au dernier moment à un jeune couple de Russes ou d'Ukrainiens, je ne sais plus trop... Tu aurais vu leur tête quand le commissaire-priseur a frappé la table avec son marteau et qu'il a crié « Adjugé » !

Avec d'infinies précautions, Anja avait retiré l'instrument de sa boîte pour l'accorder puis, retenant son souffle, elle s'était mise à jouer. Quel choc ! L'évidence avec laquelle le violon se glissa entre son menton et son épaule, la facilité avec laquelle ses doigts se mirent à courir le long du manche, la beauté des premières notes... Exaltée, le cœur battant, elle avait joué plus d'une heure sans s'en rendre compte. Un vrai coup de foudre ! À croire que l'instrument avait été fabriqué rien que pour elle, Anja Blumbaum, future premier violon d'un orchestre prestigieux – Vienne, Berlin, Paris, Londres ou New York –, elle verrait cela une fois le conservatoire terminé... C'était incroyable... Comme si plusieurs siècles auparavant, en fabriquant ce violon, Giuseppe Guarneri savait qu'un jour, une fille aux cheveux bruns et aux yeux sombres, à la peau blanche et aux traits délicats, s'en saisirait pour en jouer. Comme s'il connaissait déjà la dextérité des doigts d'Anja et qu'en recouvrant le violon de son vernis unique, il pressentait qu'un père offrirait à sa fille au caractère bien trempé un des rares instruments répertoriés qu'il avait créés.

Anja avait tout de suite compris en quoi ce cadeau était exceptionnel. Elle savait qu'un musicien pouvait passer toute son existence sans jamais trouver l'instrument parfait. Alors qu'elle n'était qu'au début de sa vie, elle l'avait déjà *rencontré* ! Et grâce à cette rencontre et à son travail acharné, c'était un signe, elle en était sûre, elle deviendrait une très grande violoniste. Peut-être même, la plus grande violoniste au monde !

CHAPITRE 2

LOVE STORY

L'arrivée du *Guarneri* dans la vie d'Anja eut raison de son insouciance. Depuis que son père l'avait rapporté à la maison, pas un jour n'était passé sans qu'elle craigne de l'égarer, de l'abîmer ou, pire encore, de se le faire dérober. Alors que les assurances exigeaient qu'elle ne l'utilise que pour les concerts, elle l'emportait partout où elle se rendait. Et la nuit, elle le prenait dans son lit !

Aussi, quand sur le quai de la gare de Kiev Miss Nightingale voulut porter son instrument, Anja n'avait pu se maîtriser. Et sa gouvernante pouvait rouspéter autant qu'elle le voulait, lui reprocher son manque de politesse et son absence d'éducation, il était hors de question qu'elle lui confie son violon !

Bien décidée à faire diversion, elle se glissa entre les voyageurs et la fumée des locomotives pour se rapprocher d'une magnifique *Atlantic Im* toute neuve : deux cylindres, simple expansion, sablière et dôme surélevés, la carlingue aussi flamboyante qu'un sarcophage égyptien, c'était une des locomotives les plus puissantes ! Tandis qu'elle se penchait pour observer les roues motrices de la machine à vapeur, elle entendit dans son dos le toussotement forcé de Miss Nightingale. Anja haussa les épaules. Elle savait ce qui allait se passer : dans quelques secondes, la gouvernante sortirait un mouchoir de son sac dont elle se couvrirait la bouche et, prétextant la santé de la jeune fille, elle l'obligerait à rejoindre ses parents dans le compartiment qui leur était réservé.

Mais là non plus, Anja ne céderait pas. Son *daddy* l'avait autorisée à observer les locomotives autant qu'elle le désirait. C'était la seconde passion qu'ils partageaient en secret. Malgré un emploi du temps particulièrement chargé, son père trouvait toujours un moment pour lui expliquer le fonctionnement de ces fabuleux engins. Avec le temps, Anja était même devenue incollable sur les différents types de cylindres et d'injecteurs et sur quantité d'autres sujets du même ordre. Et comme pour le violon, elle était persuadée qu'un jour elle réaliserait cet autre rêve : conduire une machine vapeur, même si cela devait déplaire à sa mère.

Heureusement, la célébrité de son père qui leur faisait parcourir l'Europe en tous sens offrait à Anja de nombreuses opportunités d'admirer les locomotives. Et même si Miss Nightingale était toujours derrière elle, elle n'était pas prête à abandonner ce privilège.

Cette fois, pourtant, alors que depuis de longues minutes, genou à terre et jupes relevées, Anja étudiait avec attention le système de transmission de l'engin, pas une remarque de sa gouvernante ne s'abattit sur elle pour lui reprocher une attitude si peu conforme à celle d'une fille de bonne famille. Aucun soupir excédé, pas un de ces claquements secs de la langue dont l'Anglaise avait le secret. Que se passait-il ? Depuis qu'elle était entrée à leur service – c'était quelques jours après que son père lui eut offert son violon et cela l'avait convaincue que, dans la vie, un moment de bonheur était toujours suivi d'un grand malheur – jamais Miss Nightingale ne s'était privée de rappeler Anja à ses obligations.

En se retournant, Anja découvrit l'Anglaise qui, pareille à une statue, fixait un homme qui se tenait face à elle. Et cet homme, canne à la main et grosses moustaches sous le nez, soulevait aimablement son chapeau en lui adressant un clin d'œil !

Quelle surprise ! Miss Nightingale qui rougissait comme une jeune fille en regardant l'homme aux moustaches s'éloigner sur le quai, voilà qui était loin de ce qu'Anja s'était imaginé de la Britannique ! Jusque-là, elle était persuadée qu'une femme comme Miss Nightingale n'avait pas plus de sentiments qu'une pomme de terre et, à l'exception d'un crocodile ou de la reine Victoria, elle n'avait jamais songé qu'elle puisse tomber amoureuse de quelqu'un !

Le répit provoqué par cette révélation fut de courte durée. Une fois l'homme disparu dans la foule, Miss Nightingale reprit rapidement sa contenance et, contrariée d'avoir été surprise dans un moment de faiblesse, elle décida de faire payer chèrement le sourire ironique d'Anja :

— *Come on ! Hurry up, stupid girl !* lâcha-t-elle en attrapant la jeune fille par la manche de son chemisier pour la pousser vers le quai où se trouvait leur train.

Toujours souriante, Anja haussa les épaules. Elle s'en fichait, la scène valait bien quelques réprimandes. Et puis, un rapide coup d'œil à l'horloge de la gare – il était maintenant 12 h 44 – lui fit comprendre qu'il était grand temps de regagner son wagon si elle voulait retrouver ses parents. Aussi, l'humeur enjouée et le violon toujours contre sa poitrine, elle décida de suivre docilement Miss Nightingale.

C'est en repassant par le hall qu'elle comprit que rejoindre le train n'allait pas être une partie de plaisir. Une foule immense qui s'était répandue partout lui fit l'effet d'un monstre affamé. Étourdie par le bruit, Anja se souvint que c'était le début de l'été et que toutes ces familles, suivies de leurs armées de domestiques et de bagages, se précipitaient vers leurs lieux de villégiatures. Et tout ce monde se croisait, se bousculait, s'enchevêtrait dans une confusion incroyable. Les cris se mêlaient aux insultes et le personnel des chemins de fer, complètement décontenancé, semblait incapable de contenir la foule indisciplinée.

Anja jeta un nouveau regard sur les aiguilles de la grande horloge : 12 h 45. Il n'était plus temps de traîner. Alors qu'elle plongeait entre les gens, évitant de justesse un porteur et son énorme malle, elle constata que Miss Nightingale n'était plus là. Et elle eut beau chercher autour d'elle, la nurse avait tout simplement disparu !

12h 46 ! Tant pis pour elle, se dit Anja en se hâtant, elle se débrouillerait bien toute seule, Miss Je-sais-tout !

Et puis, si ça se trouve, elle était allée retrouver le gros moustachu. Qui sait, peut-être était-ce le début d'une *love story* et dans quelques jours, elle réapparaîtrait pour leur annoncer son mariage. Du coup, Anja serait définitivement débarrassée d'elle ! Et des années plus tard, Miss Nightingale leur rendrait visite avec une tripotée d'enfants horriblement guindés et tous portant de grosses moustaches !

CHAPITRE 3

L'EXPRESS DE 12 H 53

12 h 47

Quand Anja réalisa qu'il ne lui restait plus que cinq minutes pour rejoindre son train, sa bonne humeur s'évapora. Avec cette foule, jamais elle n'arriverait à atteindre le quai à temps ! Pourtant, jouant des coudes, slalomant entre les bagagistes qui poussaient leurs charriots et les badauds qui, mouchoir à la main, saluaient leurs proches, elle réussit tant bien que mal à atteindre le quai.

12 h 51

Deux minutes avant le départ ! Une vraie performance ! Plutôt que de cavaler jusqu'au wagon où se trouvait leur compartiment, elle décida de monter dans la voiture restaurant. Elle en profiterait pour commander un chocolat chaud avant de retrouver ses parents. Ils ne s'inquiéteraient pas, ce n'était pas la première fois qu'elle faisait ça quand, dans une gare, elle profitait d'un long arrêt pour se dégourdir les jambes et admirer les locomotives. Quant à Miss Nightingale, qu'elle essaye seulement de la réprimander... Au premier reproche, elle lui rappellerait son amoureux à moustaches, ça lui clouerait le bec !

12 h 52

Dans un nuage de suie, alors que, songeant à la mousse onctueuse du chocolat qu'on allait lui servir, elle posait son pied sur la marche du wagon, un choc brutal lui fit perdre l'équilibre. D'un mouvement de bras, elle tenta de se rétablir, mais la violence de la collision fut telle qu'avant même de comprendre ce qui s'était passé elle se retrouva par terre.

Qui avait pu la bousculer ? Autour d'elle, la foule était si nombreuse qu'Anja fut incapable de distinguer le coupable. Sans doute, un voyageur pressé...

Elle mit quelques secondes à reprendre ses esprits avant de songer à son violon. Où était-il passé ? Prise de panique, ses yeux parcoururent le sol à toute vitesse, à la recherche du précieux instrument. Elle le retrouva rapidement. Il était à côté d'elle, à portée de main. Soulagée, elle saisit la poignée de l'étui, espérant que le choc ne l'ait pas abîmé.

À peine eut-elle refermé ses doigts qu'un sifflement strident cingla l'air – *sssssssssssssssss* – et une douleur vive, aussi forte qu'une décharge électrique, s'abattit sur sa main. Tout de suite, les yeux d'Anja s'embrumèrent mais ses larmes n'eurent pas le temps de couler qu'un second coup – *ssssssssssssssssssss* – l'atteignit avec encore plus de force.

Dans un éclair, elle distingua la canne avec laquelle on venait de la frapper. Et malgré la brûlure qui irradiait tout son corps, elle mesura immédiatement le danger. Son violon ! On voulait lui voler son violon !

Sssssssssssssssssss !

Quand, pour la troisième fois, la canne s'abattit sur les doigts d'Anja, elle sut qu'elle ne supporterait pas un coup de plus :

— À l'aide ! cria-t-elle.

Mais dans le brouhaha général, entre le bruit des machines et les cris des voyageurs, c'est à peine si elle entendait sa propre voix.

— À l'aide ! cria-t-elle plus fort, mais à nouveau son appel se perdit dans l'immensité du lieu.

Sssssssssssssssssssss !

Cette fois, elle aperçut la canne à temps pour retirer sa main et, dans un claquement sourd, le coup s'écrasa sur l'étui, faisant voler des éclats de laque noire.

Profitant de son élan, Anja se releva d'un bond. Il n'y avait qu'une chose à faire si elle voulait sauver son instrument : rejoindre le train au plus vite. À bord, elle trouverait quelqu'un pour la protéger.

12 h 53

Coup de sifflet du chef de gare ! Dans un fracas d'acier et un nuage de fumée, le train commença à s'ébranler. Heureusement, les portières n'étaient pas encore fermées et tout en suivant le convoi, elle se dit qu'elle pourrait se hisser sans difficulté dans le wagon.

Le cœur battant, elle atteignit très vite la voiture suivante. Mais comme elle prenait appui sur le marchepied, saisissant au passage la main qu'un voyageur avait l'élégance de lui tendre, elle sentit qu'on la retenait par la robe. Cette fois, elle réussit à ne pas tomber, mais le déséquilibre associé au mouvement du train l'obligea à remettre pied à terre. Se rétablissant de justesse, elle libéra sa robe d'un mouvement brusque et, dans un effort désespéré, elle s'élança vers le wagon suivant. Trop tard, elle ne pourrait plus remonter à bord ! Le train avait pris de la vitesse et elle eut beau courir le long du convoi, les portes se refermèrent les unes après les autres.

Espérait-elle un miracle – un problème technique qui obligerait le train à ralentir ? une panne ? – ou bien était-ce pour échapper à son poursuivant dont elle entendait les pas derrière elle, toujours est-il qu'Anja continua à courir. Alors qu'elle arrivait au bout du quai et que l'express de 12 h 53 s'éloignait, les larmes qu'elle avait longtemps retenues se mirent à rouler le long de son visage.

Elle stoppa sa course.

Elle n'avait plus le choix, il fallait affronter le danger.

Faisant passer son violon dans son dos en fixant l'étui avec sa sangle, elle se retourna courageusement.

Elle reconnut immédiatement son poursuivant : c'était l'homme au chapeau et à la grosse moustache ! L'amoureux de Miss Nightingale !

Un large sourire sur le visage, il s'avançait vers elle :

— À nous deux, petite demoiselle.

Et il leva sa canne sur la jeune fille.

Chapitre 4

Un miracle

Pendant un court instant, Anja resta immobile, paralysée par la peur.

Peur de la douleur, peur qu'on lui prenne son violon et, surtout, peur d'avoir les doigts brisés et de ne plus jamais pouvoir jouer. Pourtant, à l'instant où cette peur allait la submerger, comme avant un concert quand le trac la rongeait, elle y puisa la force de réagir.

Tout se déroula en quelques secondes.

Sur la voie d'à côté, un train entrait en gare. Surmontant la sensation de vertige qui la gagnait à chaque fois qu'elle surplombait le vide et sans même évaluer la vitesse du convoi, Anja se jeta sur les rails, laissant derrière elle l'homme qui la menaçait, le sifflement de sa canne et le fracas assourdissant des wagons.

Se réceptionnant tant bien que mal dans un mélange de sable et de mâchefer, elle n'eut pas même le temps de se retourner que, dans un crissement métallique assourdissant, le train stoppait sa course sur la voie qu'elle venait de franchir.

Elle se releva, chancelante. Excepté la poussière sur ses vêtements, ses bas déchirés et ses genoux écorchés, elle était indemne. Le miracle qu'elle avait espéré s'était produit ! Quelques centimètres plus loin et elle se fracassait sur les rails. Quelques centimètres avant...

Elle se secoua. Inutile de ressasser, elle avait réussi, c'est tout ce qui comptait... Et puis, il fallait faire vite, l'homme pouvait resurgir dès qu'il aurait contourné le train. Aussi, pour mettre la plus grande distance entre eux, elle se dépêcha de franchir les autres voies, évitant de repasser par le hall central.

À plusieurs reprises, on tenta de l'arrêter. Un agent de sécurité se mit même à sa poursuite mais la désorganisation était telle et le désordre si total qu'elle lui échappa sans difficulté. De quai en quai, de voie en voie, elle finit par s'éloigner et par se retrouver seule, avançant sur des traverses de chemin de fer envahies de mauvaises herbes. En quelques instants, elle était passée d'une foule omniprésente à un lieu désert où seuls la rumeur des voyageurs et le sifflement des trains lui rappelaient encore la proximité de la gare.

Malgré le calme apparent, elle continua à marcher. Quand il parut évident qu'elle avait réussi à semer son agresseur, elle se sentit subitement lasse et déprimée. À ses pieds, comme des fils emmêlés, les voies partaient dans toutes les directions. Désorientée, elle en suivit une au hasard. Un flot de questions l'assaillait. Comment allaient réagir ses parents quand ils se rendraient compte qu'elle n'était pas remontée dans le train ? Et elle ?

Qu'allait-elle devenir sans eux, dans une ville qu'elle ne connaissait pas ? Et cet homme ? Soupçonnait-il la valeur véritable de son violon ou était-ce parce qu'il l'avait vue toute seule sur le quai qu'il l'avait attaquée ?

Encore une fois, la peur la submergea et elle dut faire un effort démesuré pour ne pas se remettre à pleurer. Que n'aurait-elle pas donné pour être dans sa maison à Vienne, dans le quartier de Hietzing, plutôt que de longer cette voie sordide ? À l'heure qu'il était, elle serait dans le jardin, en train de faire la lecture à sa mère et une domestique leur verserait de la limonade glacée. En fin de journée, quand les grandes chaleurs seraient passées, son père les rejoindrait avec son air étourdi, comme à chaque fois qu'il sortait de son laboratoire. Elle prendrait son violon, leur jouerait quelques airs. Ses parents applaudiraient. Tiens, s'il le fallait, si c'était le prix à payer pour se retrouver chez elle, elle était même prête à ajouter Miss Nightingale à ce tableau idyllique. Tout plutôt que d'être ici, seule et perdue !

Miss Nightingale ! Soudain lui revint à l'esprit la scène qui l'avait tant amusée. Avant que tout s'emballe et qu'elle ne manque son train : l'homme aux moustaches, le clin d'œil, le trouble de sa gouvernante... Était-il possible que la Britannique ait un lien avec cet homme ? Qu'elle soit sa complice et que le clin d'œil ait été un signe de connivence, une forme de code ? Que ce soit elle qui ait organisé le vol ?

Impossible... Elle se faisait des idées... Certes, Miss Nightingale ne la portait visiblement pas dans son cœur, mais de là à imaginer qu'elle trempait dans une histoire de vol, cela paraissait inconcevable. Miss Nightingale possédait sans doute tous les défauts imaginables, mais il y en a un auquel elle semblait avoir échappé, c'était la malhonnêteté.

Tout en franchissant les traverses de chemin de fer, Anja réfléchissait, examinant les hypothèses les unes après les autres. Elle en conclut que l'homme avait semé le trouble chez sa gouvernante afin de l'isoler et la délester de son instrument sans être gêné. Quant à la valeur de l'instrument, c'était encore plus évident : le voleur avait vu Anja en compagnie de son père quand ils descendaient du train. Il l'avait reconnu sans peine – le père d'Anja était souvent en photo dans les journaux – et il en avait déduit que la fille d'un homme d'une telle renommée ne pouvait posséder qu'un instrument de prix.

Alors qu'elle se perdait en de multiples conjectures, ses pas la menèrent jusqu'à l'entrée d'un hangar. La prudence eût voulu qu'elle s'en détourne pour éviter de se faire repérer. Mais, quand entre les portes entrouvertes elle aperçut l'éclat scintillant de nombreuses locomotives, sa curiosité fut plus forte que tout. Aimantée par sa découverte, elle ne put s'empêcher de pénétrer dans le bâtiment.

Chapitre 5

Stan

Le spectacle qui s'offrait aux yeux d'Anja chassa toutes ses inquiétudes. Dans l'entrepôt, comme si elles l'attendaient, les locomotives étaient alignées les unes à côté des autres. Une antique *Pacific* côtoyait une *American 2020*. Plusieurs *Mikado*, modèle qui d'après son père pouvait rouler à près de 200 km/h, étaient à quai pendant que des mécanos s'affairaient sur d'autres machines. Quand elle aperçut la mythique *Santa Fé*, elle perdit tout discernement et sans plus attendre elle s'approcha.

— Hé ! Elle veut quoi, la mam'zelle ?

Anja, qui caressait avec tendresse la tôle de l'engin, sursauta. L'homme, noir de suie, avait surgi de l'habitacle de la locomotive comme un diable de sa boîte :

— Mam'zelle ne sait pas qu'il est interdit de se promener ici ? reprit-il en chiquant du tabac.

Anja réfléchit. Allait-elle tout raconter ? Son train manqué, l'homme qui l'avait agressée, ses parents dans l'express pour Vienne ? Mais, devant la carlingue étincelante, ses malheurs semblaient s'être évaporés comme la fumée des machines à vapeur et tout ce qui comptait maintenant à ses yeux, c'était de monter à bord. Elle décida de mentir :

— C'est mon oncle qui m'a donné l'autorisation de venir, affirma-t-elle avec l'assurance d'un monarque ou d'un chef d'État.

— Vot' oncle ? fit le mécanicien en hochant la tête. Et on peut savoir qui c'est, vot' oncle ?

— Mon oncle ? dit Anja en levant les yeux au ciel pour gagner du temps, c'est... c'est... le chef de gare ! poursuivit-elle, appliquant les conseils de Marge, sa meilleure amie (*La Vérité sur le Mensonge* par Marge Madsen, règle n°1, règle qu'on pouvait résumer en quelques mots par *plus c'est gros, plus ça passe*).

Dans un premier temps, elle avait hésité à dire qu'elle était la nièce du Premier ministre, mais comme elle ne se souvenait plus si à Kiev il y avait un ministre, un chancelier, un chambellan ou, pourquoi pas, un maharaja, elle avait décidé d'opter pour le chef de gare. Il ferait un oncle tout à fait convenable et cela devrait suffire à impressionner le cheminot.

— Le chef de gare est l'oncle de mam'zelle ? répéta le mécanicien en sifflant entre ses dents.

Anja qui ne tenait pas à s'attarder sur un sujet qu'elle ne maîtrisait pas (règle n°3, *Ne pas s'aventurer dans un domaine qu'on ne connaît pas*) passa directement à la règle n°9 (*Faire diversion*) du petit précis qu'avait rédigé Marge pour son usage personnel :

— Cinq essieux moteur ? C'est ça ? dit-elle en désignant la *Santa Fé*.

Interloqué, le mécano cessa un instant de mâcher :

— Mam'zelle s'y connaît en mécanique ?

Sentant qu'elle avait marqué un point, elle décida d'appuyer son avantage (règle n°5 ou 6 ? *Insistez ou la technique du knock-out*) :

— J'espère que vous avez bien vérifié les niveaux, poursuivit-elle. S'agirait pas de nous couler un plomb !

Cette fois, la chique du mécano faillit finir au fond de son estomac. Couler un plomb était ce qu'il y avait de plus déshonorant pour un mécanicien. Un peu comme si lors d'un concert, un musicien jouait sans avoir accordé son instrument. Ou qu'un nageur, au moment de plonger, remarquait qu'il avait oublié d'enfiler son maillot. Couler un plomb, c'était le signe d'une grande négligence et ça se terminait généralement par le renvoi du coupable.

Mais Anja ne laissa pas à l'homme le temps de s'indigner. D'un bond, elle monta à bord et alors que le mécano avait récupéré tant bien que mal sa chique et qu'il la faisait tourner dans sa bouche, elle inspecta les graisseurs et les sablières. Émerveillée, elle poursuivit sa visite puis, comme l'homme ne réagissait toujours pas et qu'il n'avait fait aucun geste pour la chasser, elle lui adressa une rapide révérence :

— Laissez-moi me présenter, vibrionna-t-elle. Anja, future violoniste et future mécanicienne. M'acceptez-vous à bord ?

Perplexe, le cheminot s'essuya le front avec sa casquette :

— Stanislas, dit-il en avançant une main pleine de cambouis. Mais vous pouvez m'appeler Stan, comme tout le monde...

Il s'interrompit puis reprit sur un ton qu'il tenta de rendre plus sévère :

— J'crois pas que ce soit très réglementaire que vous soyez à bord, mam'zelle Anja...

La fille afficha son air le plus sérieux :

— Pourtant, mon oncle m'a donné son autorisation...

Et elle se mit à fouiller dans sa poche :

— J'ai même un papier avec une signature, un tampon et tout un tas de trucs officiels... mais je ne sais plus où je l'ai mis.

Stan éclata de rire :

— D'accord, d'accord. J'allais de toute façon faire un tour, 'cause que la bête prend le rail demain. Ça tombe bien que le chef m'envoie un chauffeur, depuis le temps que j'en réclame un, dit-il, de plus en plus amusé.

— À votre service, monsieur Stan, fit Anja en claquant les talons de ses bottines et, sans perdre un instant, elle attrapa la pelle à charbon.

Se remémorant la maquette de la *Santa Fé* fabriquée par son père, elle repéra tout de suite la réserve de houille et, comme si elle montait à bord tous les jours, elle se mit à charger la locomotive. Pensant la piéger, Stan lui demanda de vérifier le niveau d'huile et la pression, mais la maquette avait été réalisée avec tellement de soin qu'Anja se souvenait de tous les détails et elle put contrôler chaque point avec succès.

Quand tout fut prêt, c'est un Stan complètement bluffé qui, dans un nuage de fumée, laissa la machine s'engager sur la voie destinée aux manœuvres.

Anja était aux anges. Pendant près d'une heure, le mécanicien guida l'engin pour vérifier la puissance de chauffe, l'entraînement des bielles ou l'adhérence des roues. Puis ce fut l'arrivée d'eau, le graissage et les injecteurs. Tout en manœuvrant, Stan expliquait la signalisation, montrait comment régler le tiroir de distribution, comment inverser le sens de marche et quantité d'autres détails. À la fin, il laissa même Anja effectuer une manœuvre. Quand elle raconterait ça à son père, il n'en croirait pas ses oreilles ! Quant à Marge et ses amies du conservatoire, elles n'en reviendraient pas !

Malheureusement, les meilleurs moments ont une fin. Une fois les vérifications effectuées, il fallut bien revenir au dépôt. Et quand ils franchirent les poutrelles métalliques qui délimitaient l'entrée du hangar, un homme se tenait sur le quai :

— Visiblement, mam'zelle Anja est attendue ! cria Stan pour se faire entendre.

— Qui est-ce ? demanda Anja, soulagée que ce ne soit pas l'homme aux moustaches.

— Qui est-ce ? répéta Stan en riant. Vous ne le reconnaissez pas ?

— Heu, non... fit Anja qui tentait de se rappeler qui ça pouvait être.

— Mais c'est vot' oncle ! Le chef de gare !

CHAPITRE 6

LA REINE DU SILENCE

Si Anja avait douté de la célébrité de son père, la réaction du chef de gare – Constantin Kostakovitch, pour vous servir – l'eût définitivement convaincue de sa renommée. Alors qu'il se tenait sur le quai, rouge de colère et le souffle coupé par l'indignation – la petite conduisait tranquillement une locomotive pendant qu'il remuait la gare en tous sens pour la retrouver ! –, il se contenta de bredouiller quelques mots en lui tendant un mouchoir pour essuyer la suie sur son visage :

— C'est un grand honneur, répéta-t-il plusieurs fois.

Mais Anja voyait bien qu'il lui aurait volontiers flanqué une correction si elle n'avait pas été la fille de cet *éminent* professeur, de cet *immense* scientifique qui faisait la gloire de l'Empire austro-hongrois ! Et, comme elle tentait d'expliquer pourquoi elle avait manqué son train, il passa sa colère sur le mécanicien en le renvoyant sans ménagement à sa locomotive.

Ce dernier, trop heureux de voir son supérieur se parer des couleurs d'une tomate bien mûre, s'éloigna avec nonchalance :

— Au revoir, mam'zelle Anja ! dit-il en retirant cérémonieusement sa casquette. Et si vous décidez de vous tourner vers le métier de chauffeur, je vous embauche immédiatement. Au plaisir... et le bonjour à vot' oncle !

Cette fois, le teint de Constantin Kostakovitch vira carrément grenat et ce n'est qu'une fois arrivé devant la maison de fonction qu'il occupait qu'il reprit une couleur presque normale.

— L'express pour Vienne a été arrêté et le poste-frontière nous a signalé votre disparition. Votre père a demandé que vous l'attendiez ici, jusqu'à son retour dans deux jours, expliqua-t-il en montrant sa demeure.

Avec son toit de tuiles rouges, ses fenêtres agrémentées d'encorbellements de fleurs, la maison tranchait avec les bâtiments industriels qui l'entouraient.

— Tanya Kostakovitch, pour vous servir, dit sa femme qui les accueillit, les mains dans son tablier.

Puis, comme si elle connaissait Anja depuis toujours, elle la prit dans ses bras et l'embrassa. Les pommettes rouges, les yeux légèrement bridés, elle arborait un sourire qui mit tout de suite Anja en confiance et c'est sans crainte qu'elle la suivit.

À l'intérieur, on la débarrassa de sa veste et elle se laissa mener jusqu'à la table de la cuisine. Immédiatement, elle fut assaillie par les parfums : cannelle, pavot, anis et chou fermenté. L'odeur de brioche se mêlait à celle des pommes auxquelles s'ajoutaient quantité d'autres senteurs qu'Anja n'arrivait pas à identifier.

Après avoir soulevé le couvercle d'une marmite, la femme du contrôleur hocha la tête d'un air satisfait et, avec une grosse louche, elle emplit des bols d'un bouillon doré.

Sur sa chaise, Constantin Kostakovitch se mit à l'aise. Il avait retrouvé la petite, la journée était terminée, il pouvait enfin souffler. Il enleva sa casquette et retira sa veste, laissant voir ses bretelles qui traversaient de haut en bas sa chemise en soulignant son embonpoint. Devant les bols fumants, sa colère acheva de s'évanouir :

— Pour vous servir, dit-il et – *slurp, slurp* – il plongea sa tête dans le récipient.

Anja, tout aussi heureuse du dénouement de la journée, en fit de même. Elle souffla sur sa cuillère pour refroidir le bouillon puis elle la vida au fond de sa bouche, laissant les saveurs envahir son palais. Un délice ! Elle reprit une deuxième cuillère, puis une troisième et une quatrième. À la fin, elle saisit carrément le bol à deux mains pour – *slurp, slurp* – en pourlécher les bords comme un petit chat.

S'ensuivit un interminable repas. Boulettes de viande épicées, concombres marinés, chaussons au fromage et aux herbes, galettes de pommes de terre, strudel nappé de crème fouettée, gâteaux, fruits au sirop… Sous le regard bienveillant de Tanya Kostakovitch et dans les bruits de mastication de son mari, débarrassée de la surveillance qu'exerçait sur elle Miss Nightingale, Anja mangea plus que de raison. Et quand elle finit par quitter la table pour aller se coucher, son ventre était plein comme jamais.

Elle fit des rêves étranges et agités. Dans son sommeil, la maison du chef de gare n'était plus faite de briques mais de gâteaux et de pains d'épices. Et comme si elle n'avait pas assez mangé, Anja entreprit de dévorer le toit en chocolat. Elle était en train d'avaler la première rangée de tuiles quand des pas la tirèrent de son sommeil.

Avant même de savoir de quoi il retournait, la peur qu'elle avait ressentie quand l'homme aux moustaches l'avait poursuivie la gagna à nouveau. Se frottant les yeux, hésitant entre rêve et réalité, elle se glissa hors du lit en se demandant si ce n'était pas un cauchemar qui remplaçait son songe plein de sucre et de friandises.

Quelle heure pouvait-il être ?

Elle se pencha à la fenêtre : dehors, il faisait nuit noire et l'horloge de la gare affichait 3 heures.

Avec précaution, elle ouvrit la porte puis s'arrêta sur le palier.

Le bruit des pas avait cessé.

Elle descendit l'escalier puis longea le couloir sur le mur duquel se projetaient des ombres provenant de la cuisine. Elle entendit des chuchotements, les bribes d'une conversation.

Évitant de faire grincer le parquet, elle s'approcha jusqu'à atteindre l'encadrement de la porte. Cette fois, elle reconnut plusieurs mots et, à leurs voix, elle distingua la présence de trois personnes : le chef de gare, sa femme et quelqu'un qu'elle ne connaissait pas. Pour en avoir le cœur net, elle décida de se rapprocher encore un peu.

Sur le mur d'en face, les ombres des trois protagonistes s'étaient mêlées. Elles formaient une étrange créature, faite de plusieurs têtes et de nombreux bras. Dans la cuisine, la conversation s'anima et Anja entendit prononcer le nom de son père. Et aussi des mots comme *devoir, sécurité.*

Suivant toujours l'ombre qui dansait sur le mur, elle gagna encore quelques centimètres. La créature, qui jusqu'à présent ne ressemblait à rien, se transforma peu à peu. De plus en plus grande, elle déploya des ailes qui rappelaient celles d'une chauve-souris. Puis elle se rétrécit et finit par se séparer à nouveau en trois. Anja reconnut facilement la première ombre : c'était madame Kostakovitch qui remuait nerveusement ses casseroles. La deuxième était tout aussi identifiable : c'était le chef de gare, affalé sur sa chaise, en train de s'éponger le front.

Ne restait que la troisième.

Dans la cuisine, les voix s'échauffèrent. Cette fois, Anja entendit son prénom. Décidée à savoir qui était ce visiteur nocturne, elle s'approcha encore de la porte quand l'ombre se déplaça comme pour sortir de la pièce. À nouveau, ses contours se transformèrent et cette fois, Anja n'eut aucun mal à distinguer la forme sur le mur : c'était l'homme aux moustaches.

Elle recula comme si elle s'était brûlée.

Comment avait-il pu la retrouver si vite ?

En un instant, l'hypothèse du voleur qui avait croisé sa route par hasard se dissipa. Cette rapidité, ajoutée au fait que l'homme évoque son père et qu'il connaisse son prénom, montrait qu'il était visiblement à ses trousses et que son action était planifiée.

Qui était-ce ?

Un policier ?

Mais un policier n'aurait pas essayé de lui voler son violon.

À nouveau, la peur l'envahit. Et cette peur était renforcée par la voix tremblante du chef de gare, Constantin Kostakovitch. Une voix craintive, comme celle d'un petit garçon. Et celle de sa femme, presque suppliante.

Avec d'infinies précautions, Anja remonta dans la chambre où on l'avait installée. Bizarrement, cela lui rappela un jeu auquel elle s'amusait quand elle n'était encore qu'une enfant. Le roi du silence. Les règles étaient assez simples : pendant que le maître du jeu se retournait pour compter contre un arbre ou un mur, les autres joueurs devaient avancer sans faire le moindre bruit. Quand il se retournait, ceux qui n'étaient pas parfaitement immobiles et silencieux étaient éliminés et punis d'un gage.

Et pour moi, se demanda Anja, quel sera mon gage si je me fais repérer ?

Perdrai-je mon violon ?

Ou bien – et elle ne put s'empêcher de songer à la force avec laquelle la canne s'était abattue sur sa main – serait-ce pire encore ?

— Je suis la reine du silence, murmura-t-elle et les mains tremblantes, elle enfila ses bas troués et sa robe pleine de suie.

— Je suis la reine du silence, et, le souffle court, elle noua tant bien que mal les lacets de ses bottines.

Elle enfila aussi sa veste, prit l'étui qui contenait son précieux instrument et toujours le plus discrètement possible, elle poussa une chaise jusqu'à la fenêtre avant d'écarter les rideaux et les deux battants.

— Je suis la reine du silence.

Et, veillant à ne pas les abîmer, surmontant un haut-le-cœur à cause du vertige, elle enjamba les fleurs. Après avoir atterri sur la petite pelouse qui bordait la maison, elle s'enfonça dans la nuit.

62° 44′ Nord, 132° 13′ Est
Sibérie/Oblast de Iakoutsk

Dès que les chevaux reconnurent les pas de la femme, ils se rapprochèrent de la barrière, les yeux fixés sur le chemin. Et quand elle souleva les rondins de mélèze pour pénétrer dans l'enclos, ils vinrent vers elle en s'ébrouant.

Elle les écarta d'un geste tranquille puis, s'enfonçant avec ses bottes dans la terre gorgée d'eau, elle rejoignit la jument qui se tenait à l'écart, allongée sur le flanc.

Quand la femme ne fut plus qu'à quelques mètres, la jument se redressa et, les yeux brillants, elle approcha son museau pour le frotter contre sa tête.

— Ma belle…

Tout en sanglant la selle, elle caressa sa robe blanche.

Elle attacha aussi deux sacs qui contenaient ses affaires, puis, marchant à ses côtés, elle la fit sortir de l'enclos. Là, elle prit appui sur l'étrier pour se hisser sur le cheval.

Dans la nuit, on devinait les premières lueurs de l'aube. Quelques oiseaux chantaient.

Plusieurs fois, la femme tira sur la sangle pour modérer l'enthousiasme de l'animal. Puis elle lui fit gagner l'unique route qui traversait la région.

Le vent soufflait librement sur la toundra, sans aucun obstacle pour l'arrêter.

Sur sa jument blanche, la mort d'Anja se mit en route.

Piotr

Chapitre I

L'Ogre

Piotr avait glissé dans son sac le peu de choses qu'il possédait. Une chemise trouée, une vieille couverture, un peu de nourriture. Dans la poche, un couteau, et sur un papier jauni qu'il était incapable de déchiffrer, la liste donnée par sa grand-mère, Matouchka. Une liste qu'elle avait relue plusieurs fois à voix haute, pour être sûre qu'il s'en souvienne. Sur le côté gauche, il avait rangé la clarinette offerte par son maître, le jour où ce dernier avait compris que l'Ogre ne le laisserait plus aller à l'école. Enfin, une boîte de bonbons contre la toux, vide, où il avait percé des trous pour y installer Véra.

Une fois son sac bouclé, il le dissimula dans le placard. Puis, le dîner terminé, sachant que c'était la dernière fois avant longtemps, il embrassa Matouchka et monta l'échelle pour gagner la mansarde à l'étage qui lui servait de chambre.

Pour pouvoir partir plus vite, Piotr avait gardé ses vêtements et ses chaussures, comme en hiver, quand il avait trop froid pour s'endormir, et il s'allongea complètement habillé. En bas, il entendait sa grand-mère se préparer pour la nuit. Matouchka... Il aurait tellement voulu l'emmener avec lui. Mais avec sa maladie, c'était un trop long voyage.

Il repensa à la liste des remèdes qu'elle lui avait remise avec précaution :

— Sur la grande place du marché, tu chercheras une roulotte rouge et or. Tu iras trouver une femme aux cheveux couleur de feu et tu lui montreras cette liste. Elle te donnera ce qu'il faut. Tu promets ?

Bien sûr qu'il avait promis. Il aurait promis tout ce qu'elle voulait tant que cela pouvait l'aider à guérir. Mais cela ne répondait pas aux nombreuses questions qu'il continuait à se poser. Comment allait-il se rendre jusqu'à Kiev, lui qui n'avait jamais quitté son village ? Et cette femme aux cheveux rouges, comment la trouverait-il ? Et surtout, comment ferait-il sans argent ?

Comme à chaque fois qu'il pensait à sa vie future, son ventre se noua et l'angoisse le gagna. Serait-il à la hauteur ? D'un seul coup, l'immensité de la tâche lui parut insurmontable et la peur le paralysa. Cette même peur qui l'avait longtemps empêché de fuir quand l'Ogre se jetait sur lui, qui l'avait laissé sans défense face aux déferlements de coups. Rattrapé par la violence de ces images, il eut de plus en plus de mal à respirer. La poitrine oppressée, il aspira de longues goulées d'air pour chasser ce sentiment qui l'envahissait. Yeux grands ouverts, les sens en alerte, il finit par se raisonner, faisant appel à la force qu'il devinait au fond de lui et qui voisinait avec sa peur. Il se débrouillerait, il trouverait une solution... Il travaillerait... Peu importe le métier, le labeur ne lui faisait pas peur, tant qu'il gagnait assez pour soigner Matouchka...

Peu à peu, sa respiration reprit son rythme habituel et il s'endormit en songeant à la journée qui venait de passer. Au tour qu'il avait fait dans les prés pour ne rien oublier, pour se souvenir de tout ce qui avait apaisé le malheur de son enfance. D'abord les papillons qui butinaient avec leur insouciance habituelle. Puis les scarabées réfugiés à l'ombre des fourrés. Après, les fourmis et les abeilles qu'il avait veillé à ne pas déranger alors qu'elles étaient en pleine activité. Et les sauterelles, les deux lézards du muret, le jeune à la peau anisée et le plus âgé, à qui il manquait un bout de queue. Enfin, les coccinelles, les mouches et les moustiques.

Les pas chancelants de l'Ogre le réveillèrent. Yeux mi-clos, il entendit son souffle puissant, son corps massif. Puis les jurons, les coups de pied dans le portail. Avec les années, Piotr avait appris à reconnaitre chaque bruit. Il pouvait discerner le grincement de chaque latte du plancher, distinguer la porte qu'on ouvrait de celle qu'on refermait. Bien concentré, il pouvait même entendre le sifflement d'un moustique à dix mètres à la ronde ou percevoir le chant nuptial d'un grillon qui frottait ses ailes dans le champ voisin.

Comme chaque soir, l'Ogre revenait de l'auberge et, à sa démarche, Piotr savait qu'il avait bu.

Maladroit, il fit tomber les pots de fleurs qui bordaient les escaliers. Puis, d'un coup d'épaule, il pénétra dans la pièce principale. Perdant l'équilibre, il fonça sur une chaise, renversa la vaisselle qui séchait sur l'évier et, écartant Matouchka, il se rattrapa in extremis à la table.

Dans la mansarde, Piotr s'était relevé. Il savait que l'Ogre n'allait pas manquer de l'attaquer, depuis toujours, il était sa proie préférée. Il savait aussi que sa maladresse était trompeuse et que dès qu'il l'apercevrait, la soif de violence la dissiperait.

Encore une fois, il ne s'était pas trompé. Quand, après l'avoir vainement cherché dans la pièce du bas, l'Ogre l'aperçut derrière la rambarde, il le fixa un instant, le visage déformé par la haine. Puis d'un coup de reins puissant, il se jeta sur l'échelle pour monter.

Piotr resta étonnamment calme. Alors que, barreau après barreau, l'Ogre se rapprochait de lui, il repensa à toutes ces années où, terrorisé, il courait se cacher dès qu'il l'entendait rentrer. À toutes ces années où d'un coup de poing, il le laissait à terre. À toutes ces nuits où il errait sur les chemins, frigorifié, attendant le jour qui se lève car le froid et l'hiver étaient devenus des refuges plus sûrs que sa maison.

Cette fois pourtant, le garçon l'attendit sans trembler. Jusqu'à ce que l'Ogre, faisant vibrer de son pas lourd le plancher, atteigne la mansarde et que de toute sa puissance il se rue sur lui. Alors, esquivant son attaque d'un geste vif, il grimpa au-dessus de la rambarde et se jeta dans le vide.

Pendant un fragment de seconde, le temps sembla s'arrêter, la scène s'immobiliser : Piotr suspendu en l'air et son assaillant, bras ballants et bouche ouverte, surpris d'avoir vu sa proie lui échapper. Plus bas, Matouchka, les mains sur la tête, observant la scène avec stupeur.

Puis, aussi vite qu'il s'était arrêté, le temps reprit son cours.

Piotr se rattrapa à la poutre centrale et, après avoir effectué un tour complet, fit un saut de près de trois mètres pour se rétablir sur le sol, comme un gymnaste, les bras en croix. Sans perdre un instant il déplaça l'échelle et, sous les menaces et les invectives de l'Ogre qui venait de comprendre qu'il était coincé là-haut, il récupéra son sac dans le placard.

Tranquillement, il sortit la boîte qu'il avait percée de plusieurs trous, il l'ouvrit et, claquant sa langue contre son palais, il fit un drôle de bruit avec sa bouche. Immédiatement, comme si elle n'attendait que son signal, Véra s'extirpa d'une fissure du mur. Descendant le long d'un fil jusqu'à la table, elle enjamba avec ses longues pattes velues le rebord métallique pour s'installer confortablement au fond de la boîte. Entre ses crocs, elle emportait un jeune moucheron qu'elle venait de capturer.

Fou de rage, bloqué dans la mansarde, l'Ogre hurlait toutes sortes de jurons et d'insanités pendant que Piotr, indifférent, achevait ses préparatifs. Une fois Véra installée, il replaça la boîte dans son sac et se dirigea vers le mur où était accrochée la photo de mariage de ses parents.

Le jeune garçon contempla le beau visage de sa mère et comme à chaque fois, il regretta de n'avoir pour tout souvenir d'elle que cette image. Puis, veillant bien à ce que ses gestes puissent être vus d'en haut, il dégagea la photographie de son cadre et la déchira en deux. La première partie, qui représentait sa mère, rejoignit les autres objets dans son sac. De la seconde, il fit des confettis qu'il jeta en l'air. Et quand ils furent retombés, il se racla la gorge et cracha dessus.

Dans la mansarde, les hurlements redoublèrent mais Piotr continua à les ignorer. Il prit même le temps d'embrasser à nouveau Matouchka. Mais, alors qu'elle lui glissait quelques zlotys dans la poche, un cri à la fois effrayant et ridicule retentit dans la chaumière : secouée en tous sens, la rambarde venait de céder et c'est l'Ogre qui se retrouvait cette fois dans le vide. Comme s'il espérait voler, il battit des bras à toute vitesse mais ses efforts furent inutiles. En effet, après avoir manqué la poutre centrale, il s'écrasa lourdement sur le sol.

Sans même un regard, Piotr mit son sac sur l'épaule et, après avoir enfilé sa casquette, il enjamba l'Ogre comme un vieux sac qui encombrait la pièce.

Dehors, la lune était pleine et des milliers d'étoiles brillaient.

Il se mit en route.

Il n'avait plus peur.

Chapitre 2

Une fête sauvage

Piotr traversa le village d'un pas léger. Tout à sa joie de partir, il savourait ce nouveau sentiment de liberté. Fini les brimades, les coups, les humiliations ! Terminé les pleurs, les souffrances ! Il avait triomphé de l'Ogre. Il l'avait mis à terre. Plus jamais l'Ogre ne lèverait sa main sur lui.

Pourtant, ce sentiment d'allégresse fut de courte durée. Sur le chemin qui descendait vers la rivière, la jubilation de s'être débarrassé du monstre laissa rapidement place à l'amertume. Il s'interrogeait. Comment la nuit pouvait-elle être aussi silencieuse ? N'avaient-ils pas compris qu'il s'en allait ? Et qu'ils ne le reverraient peut-être plus jamais ?

Sur le chemin où seuls ses pas résonnaient, quelques rares lucioles saluèrent son passage. Et aussi un moustique qui tournoya autour de lui jusqu'à ce qu'il franchisse le pont et qu'il remonte vers les grandes prairies.

Mais cela ne dura guère et quand ils disparurent, Piotr eut beau siffloter entre ses dents, à l'exception des grillons dont le chant lui faisait écho, il se retrouva seul dans l'immensité de la nuit.

Tant pis, se dit-il en haussant les épaules, mais il sentait bien que son indifférence était feinte. Derrière lui, il laissait tout ce qui avait jusque-là été sa vie, toute son enfance. Et il savait que sans eux, il n'aurait jamais tenu. Malgré Matouchka. Malgré son maître d'école.

Tandis qu'il continuait à avancer, le ciel s'obscurcit subitement.

Que se passait-il ? Un orage ? Il avait fait tellement chaud les derniers jours que cela ne serait en rien surprenant. Mais, alors qu'il fixait le ciel à la recherche d'un éclair, un grondement puissant et soudain fit frémir les feuilles des arbres et la masse sombre qu'il avait jusque-là prise pour un nuage se mit se mit à fondre sur lui comme un tourbillon.

Dans le bourdonnement, il les reconnut immédiatement et un sourire se dessina sur son visage.

Il y avait celles de la rivière, les plus rapides. Celles des prairies, de loin les plus nombreuses, et celles des sapins, toujours un peu à l'écart. Enfin, celles de la roche noire qui faisaient leur miel dans la pierre.

Au fur et à mesure qu'elles l'entouraient, leur bourdonnement devenait plus fort et très vite leur nombre fut tel que, dans un bruit assourdissant, elles masquèrent complètement la lune et les étoiles.

Combien pouvaient-elles être ?

Des milliers ? Des millions ? Plus encore ?

Le souffle de leurs ailes était si puissant que les vêtements de Piotr se plaquèrent contre son corps et par instants il lui fallut se boucher les oreilles pour se protéger les tympans. Dans l'air, des brins d'herbe, des brindilles et même des cailloux tournoyaient.

Quand toutes les abeilles furent arrivées, leurs trajectoires élégantes et étudiées se transformèrent en une ronde moins raffinée, et comme pour une danse primitive, elles se mirent à tourner autour de Piotr. Elles ne l'avaient pas oublié ! Conscientes de son départ, elles étaient venues le saluer une dernière fois ! Les plus audacieuses allaient jusqu'à le frôler, et sur ses bras, son cou, son visage, il sentait la caresse de leurs ailes, le duvet de leur abdomen.

Quand le tourbillon enfla jusqu'à former une masse presque solide autour de lui, la terre, comme pour se mettre à l'unisson du ciel, se mit à son tour à bouger. Ce fut d'abord une légère oscillation, un frémissement, puis sous ses pieds le sol grouilla et sans même les regarder, aux élytres qu'elles frottaient, aux mandibules qui vibraient, il comprit que des milliards de fourmis rejoignaient les abeilles.

Entouré par la nuée qui vrombissait, emporté par le rythme et les mouvements ondulatoires des insectes, Piotr fut pris dans cette danse vertigineuse. Et quand le sol se mit à trembler, il comprit qu'aux fourmis s'étaient ajoutés scarabées, araignées et quantité d'autres espèces et que ses pieds étaient portés par ces milliards de pattes et de tarses.

Combien de temps dura cette fête sauvage ? Quelques secondes, quelques minutes ? Il n'aurait pu le dire...

Un bref instant, tout parut suspendu : les mouvements, le temps, comme si le vent avait cessé de souffler, les nuages d'avancer, la terre de tourner.

Porté par la puissance des vibrations, Piotr étendit les bras.

Autour de lui, les insectes étaient si nombreux qu'ils auraient pu l'emmener avec eux.

Éperdu de reconnaissance, il sentit son cœur battre très fort.

Ils ne l'avaient pas oublié...

— Adieu... Adieu... Adieu... dit-il plusieurs fois.

Alors, aussi vite que tout avait commencé, le sol cessa de trembler et le nuage se désagrégea pour disparaître dans la nuit.

Autour de Piotr, les hautes herbes de la prairie étaient couchées, comme foulées par le passage d'un troupeau. De la manche, il s'essuya les yeux et, le cœur en paix, il rentra dans la forêt. Si tout allait bien, il atteindrait la ville dans une dizaine de jours.

Chapitre 3

Survivre

Fumée noire. Cheminées d'usine. Suie. Bruit. Foule sale et hagarde. Maisons, masures, immeubles, briques. Visages blêmes. Brouhaha, klaxons, « Attention ! ». Voitures. Pavés. Immenses publicités sur les murs, *Bouillons Kub, Élixir parégorique, Assurances Impériales, Crème éclipse, Bières Lager*. Tramways, étincelles, chevaux, hennissements, bousculades, cris des marchands, des vendeurs de journaux, « Dernières nouvelles ! ». Chantiers, charbon, charrettes, échafaudages. Bouges, taudis, réduits, maladie, gale, galetas. Chômeurs, mendiants, indigents, misérables, moins-que-rien. Crasse, rats, rues, avenues, faubourgs. Kiosques, képis. Brigands, chenapans, voleurs, arnaqueurs...

À Kiev, les projets de Piotr – trouver du travail, gagner assez d'argent pour acheter les remèdes pour sa grand-mère – s'évanouirent aussi vite que les quelques zlotys qu'il avait en poche. Non pas que l'ouvrage manquait dans cette ville où tous les jours de nouvelles usines sortaient de terre, mais dès qu'il se présentait à une place, des centaines d'autres personnes l'avaient précédé. Et à chaque fois, on lui répétait la même chose : qu'il était trop petit. Ou trop grand. Ou tout simplement, qu'il arrivait trop tard.

Même en dépensant le moins possible, en ne se nourrissant que de pain et en dormant dehors, il se retrouva sans le sou en moins de dix jours. À partir de là, seul son estomac guida sa conduite et, du matin au soir, toute son énergie ne fut plus consacrée qu'à trouver de quoi se nourrir.

Pourtant, tout comme le travail, la nourriture était abondante dans la ville. Partout, on trouvait des épiceries, des restaurants et des magasins dont les vitrines grouillaient de victuailles. Mais outre qu'il était autrement plus difficile pour un misérable d'y pénétrer qu'un renard d'entrer dans un poulailler, encore une fois, des milliers de personnes étaient dans le même cas que Piotr. Comme lui, attirées par la grande ville, elles avaient abandonné leur village et leur famille dans l'espoir d'améliorer leur sort. Comme lui, en quelques jours, elles avaient perdu le peu qu'elles possédaient quand elles ne s'étaient pas fait dépouiller par les voleurs qui pullulaient. Et le pire, c'est que chaque jour la ville grossissait de nouveaux arrivants.

Dans l'espoir de ramasser quelques fruits et légumes abîmés mais aussi de retrouver la femme aux cheveux rouges, celle qui devait lui remettre les remèdes pour Matouchka, Piotr avait écumé les différents marchés. En vain. S'il repartait parfois avec un vieux navet, un trognon de chou ou quelques pommes blettes, la femme était restée introuvable. La seule chose qu'il avait réussi à savoir – un vieux monsieur édenté semblait se souvenir d'elle et de sa roulotte –, c'est qu'elle était partie pour Odessa, une ville à plus de quatre cents kilomètres de là, ce qui avait achevé de le déprimer. Il se sentait bien trop faible pour entreprendre un nouveau voyage. Surtout maintenant qu'il n'avait plus d'argent.

Et puis, survivre était une activité à part entière, presque un métier. Pour se nourrir, Piotr passait d'un quartier à l'autre, à la recherche d'une soupe populaire où on lui verserait un maigre bouillon ou d'une bonne âme qui, prise de pitié, lui abandonnerait quelque menue monnaie. Tout ceci n'était pas sans risque. Partout, les carabiniers rôdaient et, à plusieurs reprises, Piotr ne dut son salut qu'à ses jambes et à la vitesse de sa course.

Une fois qu'il avait mangé, il fallait encore trouver un endroit pour passer la nuit. Là aussi, les places étaient chères. S'allonger sur un banc ou sur la pelouse d'un parc, c'était à nouveau s'exposer aux carabiniers. En quelques jours, il était passé de l'arrière-cour d'une tannerie au chantier d'un d'immeuble, de la cage d'escalier d'une vieille pension au pavé humide d'un pont. À chaque fois, l'odeur épouvantable, les crocs d'un chien de garde, les cris d'une concierge acariâtre où tout simplement les rats eurent raison de lui.

Une nuit, de guerre lasse, il grimpa dans un arbre où, entre deux branches, il s'installa presque confortablement. Là, il sortit de son sac la photo de sa mère et la boîte de bonbons contre la toux : pendant qu'il contemplait l'image en noir et blanc, Véra déploya ses fines pattes pour remonter le long du tronc. Ses yeux brillaient comme des lumignons. Elle aussi était affamée...

Entre deux branches, elle repéra une toile tissée par une autre araignée. Sans gêne, elle dévora la mouche prise au piège et, rassasiée, elle se réfugia dans le cou de Piotr – c'était son endroit préféré.

D'un claquement de langue, Piotr lui exprima sa gratitude.

Sans elle, il aurait déjà abandonné. Sans elle et la promesse faite à Matouchka.

Trouver la femme aux cheveux rouges... Acheter les remèdes pour la soigner...

Soudain, il se redressa, inquiet. La liste ! Qu'en avait-il fait ? Paniqué, il fouilla en vain son sac avant de la retrouver, toute froissée, dans la poche de sa chemise. Il la déplia. Devant lui s'alignaient des signes auxquels il ne comprenait rien. Se remémorant les mots que Matouchka lui avait fait apprendre par cœur, il les récita en suivant du doigt les lettres comme s'il savait lire :

Armoise
Angélique
Millepertuis
Mandragore
Maldoror

CHAPITRE 4

LE PIÈGE

— Hé, petit !

Piotr observa la rue alentour. Sur le trottoir, la foule habituelle se bousculait et, excepté un garçon assez corpulent d'à peu près son âge, il ne vit personne susceptible de l'avoir appelé. Qui aurait pu s'adresser à lui ? Il ne connaissait personne à Kiev. Au point de se demander parfois s'il n'était pas devenu invisible.

Sans doute, avait-il dû mal entendre, aussi haussa-t-il les épaules avant de retourner à son spectacle préféré : les vitrines de l'épicerie *Délicatessen Bronstein (Père et fils)* ! Toute la journée, renouvelée par des commis en tablier bleu, une quantité phénoménale de victuailles y était exposée et toutes paraissaient plus appétissantes les unes que les autres : saucisses, poissons fumés, chaussons farcis, brioches moelleuses, gâteaux débordant de miel. C'était une torture, un véritable supplice pour son estomac vide ! Mais Piotr avait beau se raisonner, chaque fois qu'il tentait de s'en éloigner, ses jambes le ramenaient irrémédiablement vers les étals somptueux.

— Tu peux me croire, p'tit gars. Y'a pas meilleures saucisses au monde que celles de chez *Bronstein* !

Cette fois, pas de doute possible. C'était bien le garçon qui flânait devant l'épicerie qui l'interpellait. D'ailleurs, tout en continuant à vanter la qualité des saucisses, il le rejoignit devant la vitrine :

— Cependant, j'aurais la bedaine aussi vide que la tienne, ajouta-t-il en se tapant le ventre, j'observerais avec encore plus d'attention ces harengs marinés. Une vraie merveille, digne de la table d'un prince !

Piotr ne savait trop que penser. Tout en examinant les poissons qui étincelaient comme des couteaux d'argent, il se demanda si le garçon ne se moquait pas de lui. Car s'il était bien plus costaud que lui et qu'avec ses grosses joues il n'avait pas l'air de manquer de nourriture, il ne ressemblait en rien à un prince, avec ses chaussures trouées et sa veste rapiécée. Que pouvait-il donc lui vouloir ?

— Et que dis-tu de ces fruits au sirop ? Je parie que même au paradis, on n'en trouve pas d'aussi beaux !

— Ça suffit ! s'énerva Piotr que la faim rendait nerveux. Depuis ce matin, je n'ai avalé en tout et pour tout qu'un quignon de pain, alors cesse de me parler de cette nourriture que je ne pourrai jamais me payer. D'ailleurs, sans vouloir t'offenser, vu comme tu es habillé, ça doit être pareil pour toi. Alors, tais-toi !

Tandis que Piotr, lui-même surpris par le flot de ses paroles, reprenait son souffle, le garçon recula en hochant la tête :

— Un vil matérialiste, voilà ce que tu es… finit-il par lâcher, l'air profondément déçu.

— Hein ?

— Un matérialiste… Et de la pire espèce… Comment t'appelles-tu ?

— Piotr.

— Piotr ? Moi c'est Boris mais tu peux m'appeler Gros Boris, comme tous mes amis.

— D'accord… dit Piotr qui trouvait que pour des amis, ce n'était pas très gentil de l'appeler ainsi.

— Bien ! Dis-moi, Piotr, si je suis bien ton raisonnement, simplement parce que je suis habillé de façon… un peu négligée, je n'aurais pas le droit de goûter aux délices de chez Bronstein ? C'est bien ça ?

— Je ne voulais pas te vexer, dit Piotr, ennuyé à l'idée d'avoir blessé son interlocuteur. Ce que je voulais simplement dire, c'est que sans argent, je ne vois pas comment manger ces harengs, cette brioche ou ces fruits au sirop.

— *Comment ?* s'exclama Boris, triomphal, tu as dit le mot qu'il fallait. Tout est dans le *Comment* ? *Comment* faire pour manger sans argent ? Et la réponse est d'une simplicité enfantine, mon cher Piotr : pour manger, il suffit de se servir et d'enfourner tout ça dans son bec !

Les propos du garçon, associés au fait que Piotr n'avait presque rien avalé depuis cinq jours, le mirent dans un drôle d'état. Il commença à tanguer, comme pris de vertige. Il fallait qu'il reste sur ses gardes. Parce que cette fois, il en était certain, ce garçon était complètement fou ! Ou stupide ! Ou malhonnête ! Ou les trois à la fois !

— En fait, ce que tu me proposes, c'est d'aller voler ces harengs ? s'indigna Piotr tout en salivant de plus belle.

— Les voler ? Tout de suite les grands mots ! Tu mériterais que je t'abandonne sur ce trottoir le ventre vide. Mais Gros Boris n'est pas comme ça ! Gros Boris n'est pas un vil matérialiste ! Gros Boris est un idéaliste ! Un pur idéaliste qui va tout simplement *emprunter* un peu de nourriture à son ami Bronstein et la partager avec son nouvel ami Piotr.

— Tu connais monsieur Bronstein ? s'étonna Piotr.

— Mais bien sûr ! C'est même une vieille connaissance. Allez, assez perdu de temps, allons-y ! conclut-il en l'entraînant avec lui.

Manger ! Il allait manger ! Était-ce possible ? Rien que d'y penser, Piotr se mit à trembler ! Mais, alors qu'il se dirigeait vers la porte de *Delicatessen Bronstein* (*Père et fils*), se réjouissant à l'avance du tintement qu'elle ferait quand il la pousserait, il fut retenu par son nouveau compagnon :

-Tttttt ! Un idéaliste ne suit pas la même voie que les autres. Un idéaliste, c'est un artiste, et comme au théâtre il a une entrée qui lui est réservée ! Suis-moi !

En fait d'entrée, il s'agissait d'une modeste arrière-cour et quand Gros Boris le fit monter sur ses épaules pour lui indiquer la réserve, qu'il le fit glisser de l'autre côté du mur en lui recommandant de ne surtout pas faire de bruit, Piotr savait qu'il aurait dû se méfier. Mais comment résister ? Son estomac avait définitivement pris le contrôle surtout quand, après avoir poussé la porte de la réserve, il se retrouva face aux victuailles qui s'entassaient du sol au plafond.

Persuadé qu'il rêvait, Piotr se pinça plusieurs fois, jusqu'à ce qu'il fût convaincu que ce qu'il voyait était bien réel. Alors, sans perdre un instant, il attrapa deux seaux de ces fameux harengs qu'il s'empressa de passer par-dessus le mur.

— Très bien ! l'encouragea Boris, va nous chercher la suite !

À toute vitesse, Piotr grimpa sur un escabeau, attrapa une dizaine de saucissons et, récupérant au passage deux bocaux de cornichons, il leur fit suivre le même chemin qu'aux harengs.

— Formidable ! Apporte aussi de la brioche... Et de la salade de pommes de terre... Et du pain d'épices, ça fait une paye que je n'en ai pas mangé !

Piotr retourna dans la remise. Gros Boris avait raison, il était bien trop matérialiste ! À partir d'aujourd'hui, lui aussi deviendrait idéaliste et, dès qu'il aurait faim, il irait chez ce généreux Bronstein !

— Je crois que ça suffira, finit par crier Boris après avoir réceptionné les dernières victuailles.

Piotr, se réjouissant à l'avance à l'idée du festin qu'ils allaient faire, sauta à pieds joints sur le tonneau pour se hisser jusqu'au sommet du mur, pressé de retrouver son nouvel ami.

— Où es-tu ? chuchota-t-il en le cherchant pour prendre appui sur ses épaules et redescendre de l'autre côté.

— Gros Boris ?

Mais il eut beau appeler, la ruelle était vide. Et il fallut se rendre à l'évidence, ce n'était pas une hallucination provoquée par la faim, Gros Boris avait disparu !

— Le traître...

En un instant, comme si on lui avait trempé la tête dans l'eau, il comprit qu'il s'était fait abuser. Quel escroc ! Il s'était bien joué de lui ! Comment avait-il pu se laisser berner si facilement ?

Tandis qu'il réalisait qu'il venait de participer à un cambriolage et que pour la première fois de sa vie il avait volé, un signal se déclencha en lui. Fuir ! Il fallait fuir ! Fuir le plus loin et le plus vite possible ! Mais, alors qu'il cherchait à franchir le mur, comme le piège se referme sur les pattes du renard, une main le saisit par la jambe :

— Monsieur Bronstein, monsieur Bronstein ! Venez vite ! J'ai attrapé le voleur ! Celui qui pille nos réserves depuis des semaines !

Chapitre 5

Les Compagnons de la Vraie Foi

— Il m'a tout l'air d'un brave gosse, chère baronne. Un brave gosse affamé tombé dans la misère, comme tous les autres.

Et tout en offrant une chaise à l'élégante dame, le commissaire souleva un épais dossier dont les feuilles débordaient de chaque côté.

— Le pauvre garçon ! soupira la femme dont le parfum avait envahi le bureau du commissaire.

Et dans un froissement de tissu, elle se rapprocha de Piotr. Tête baissée, celui-ci se tenait dans l'attitude de l'élève puni.

— Un si bel enfant ! poursuivit-elle en lui relevant la tête. Difficile de l'imaginer faire quelque chose de mal.

— Oui, oui, s'empressa d'approuver le commissaire, mais cet enfant, quoi qu'on en pense, est bel est bien impliqué dans une affaire criminelle ! Monsieur Bronstein a déposé une plainte tout ce qu'il y a de plus officiel et même si je doute que ce soit cet individu qui pille son épicerie depuis plusieurs semaines, connaissant la sévérité du juge, ce garçon en prendra au minimum pour trois mois.

— Trois mois ! Mais il ne tiendra pas trois jours en prison ! s'exclama la femme en attirant le garçon à elle.

Le nez plaqué contre sa robe, Piotr se demanda qui était cette dame si distinguée. Dans un réflexe, il voulut se dégager mais la douceur du tissu associée au parfum entêtant était si réconfortante qu'il resta sans défense. Que pouvait-elle bien lui vouloir ?

— Je sais, baronne, je sais. C'est pourquoi, avant de le livrer à la justice, j'ai préféré faire appel à vous... et à votre générosité... Peut-être que cet enfant pourrait être sauvé par la fondation que vous présidez ? Je veux dire, avec votre pédagogie innovante...

— Vous avez bien fait, commissaire Vychinski ! soupira à nouveau la femme. Travail, ordre, hygiène, les principes de notre fondation sont solides et structurants ! Il sera très bien chez les Compagnons de la Vraie Foi !

Et après s'être baissée pour se mettre au niveau du garçon, elle ajouta :

— Nous allons prendre soin de toi, tu vas voir...

Avant de se relever, elle lui passa tendrement la main dans les cheveux. Puis, se tournant vers le commissaire, elle fouilla dans son sac et en sortit une enveloppe pleine de billets.

— Notre petit arrangement, commissaire...

Si Piotr avait su lire, c'est sans peine qu'il aurait déchiffré la devise qui surplombait le portail de la bâtisse où la voiture de la baronne le menait : travail, ordre et hygiène. Mais, fasciné par l'immensité du bâtiment et du parc qui l'encerclait, il ne s'en préoccupa guère. Car tout se passa très vite : à peine sorti de la voiture et après l'avoir confié à un homme entièrement vêtu de blanc, la baronne disparut.

Un peu sonné par la vitesse à laquelle il était passé du cachot du commissariat à cette grande demeure, il se laissa mener à l'intérieur du bâtiment par l'homme en blanc. Là, ils remontèrent un couloir qui semblait interminable, puis s'arrêtèrent devant une salle d'eau où d'autres personnes, également vêtues de blanc, le débarrassèrent de ses affaires et l'envoyèrent sous une rangée de douches. En à peine quelques minutes, Piotr se retrouva lavé, la tête rasée et le corps aspergé d'un puissant désinfectant. Enfin, on lui fit revêtir un habit de toile et une paire de sabots. Dans l'unique poche de son pantalon, il glissa la boîte qui contenait Véra.

Suivant un couloir tout aussi long que le premier, le même homme le conduisit cette fois à l'arrière du bâtiment, dans un immense atelier où Piotr se retrouva mêlé à un grand nombre de garçons et de filles vêtus comme lui. Même si c'était la fin de la matinée, on ne distinguait pas grand-chose, aussi Piotr mit-il un moment avant de discerner dans la semi-obscurité à quoi s'affairaient les autres enfants : certains transportaient de longs rouleaux de tissu, d'autres, avec de lourds ciseaux, découpaient des pièces, pendant que d'autres encore les assemblaient à toute vitesse.

Dans le fracas des machines à coudre et le cliquetis des ciseaux, l'homme en blanc lui désigna une place.

— Tu commenceras là en dessous ! Et tâche de travailler rapidement, sinon, j'en référerai directement à madame la baronne !

En se glissant sous un fatras de câbles, de rouages et de pistons, Piotr découvrit que les machines étaient actionnées par les enfants eux-mêmes. Observant ses voisins pour voir comment s'y prendre, il eut à peine le temps de commencer qu'un coup s'abattait sur sa tête.

— Tu vas te grouiller ? J'ai encore cinquante vestes à assembler ! hurla un garçon à qui il manquait une dent et qui s'affairait sur la machine au-dessus.

Tant bien que mal, Piotr se mit à actionner le mécanisme.

— Mais qu'est-ce qui m'a fichu ce crétin ? Plus vite !

À nouveau, Piotr accéléra mais un second coup s'abattit sur lui. Et il en fut de même tout le reste de la matinée.

Quand arriva l'heure de la pause et qu'il vit passer des chariots remplis de bols fumants et de miches de pain, Piotr, à moitié sonné, se consola à l'idée de manger. Mais, alors que les autres enfants avaient droit à un bouillon, un morceau de pain et, luxe suprême, une saucisse, le garçon qui l'avait abreuvé de coups subtilisa la sienne :

— T'auras un repas complet quand tu travailleras correctement ! dit-il en croquant dans la saucisse.

La réaction de Piotr fut immédiate. Avant qu'elle ne disparaisse dans la bouche du garçon, il se jeta sur lui et le renversa par terre. L'autre, surpris par la rapidité de l'attaque, lâcha la nourriture que Piotr, comme un animal, eut le temps d'avaler, mais déjà d'autres enfants l'immobilisaient en lui tenant les bras.

— Ça, tu vas me le payer ! dit le garçon en se relevant.

Furieux, le visage rouge de colère, il s'avançait le poing levé quand un surveillant vint mettre fin à l'altercation :

— Pour un premier jour, tu t'es déjà distingué, dit-il en envoyant Piotr à l'autre bout de l'atelier. File, et cette fois tâche de rester tranquille !

Tout en essayant de retrouver son calme, Piotr avala son maigre brouet. Même si cela n'était guère ragoûtant, il en savoura chaque gorgée. C'était son premier repas depuis longtemps. Et s'il fallait à nouveau se battre pour manger, il n'hésiterait pas à recommencer.

La sonnerie annonçait la reprise du travail quand une boulette de papier heurta son front. Il chercha qui pouvait l'avoir lancée mais autour de lui tout le monde s'activait avec indifférence. Il allait se débarrasser du papier quand, par transparence, il aperçut des traces d'encre. Comme il se savait incapable de le lire, il le déplia avec appréhension. Heureusement, sur le papier, seul un signe était tracé :

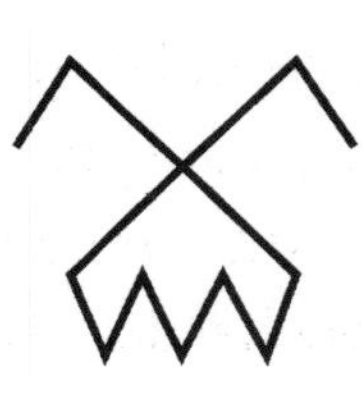

Piotr observa à nouveau les alentours quand un tout jeune garçon, encore un enfant, lui glissa en zozotant :

— T'aurais *z*amais dû te me*z*urer à Pharaon ! C'est le *ss*ef des Effa*ss*eurs. Là, il t'a *rayé* ! Tu vas pa*ss*er une nuit horrible !

Chapitre 6

Le *SS*au*ss*isson

Le dortoir des garçons occupait un étage entier de l'immense bâtisse blanche. Subdivisé en plusieurs sections identiques, une centaine de lits s'y alignaient, chacun alternant avec une table de chevet et une armoire. Piotr, à qui le surveillant avait attribué une place, se demandait où cacher la boîte qui contenait Véra quand le petit qui l'avait mis en garde à l'atelier se glissa jusqu'à lui :

— Les *z*armoires et les tables *ss*ont fouillées tous les *z*ours, pas la peine d'y ca*ss*er quoi que *ss*e *ss*oit, dit-il comme s'il avait lu dans ses pensées. De toute fa*ss*on, *ss*i *ss*'est pas un *ss*urveillant qui te prend tes *z*affaires, *ss*'est eux qui *ss*'en occuperont.

D'un geste fébrile, il désigna le groupe autour du chef de la bande des Effaceurs, le dénommé Pharaon, avec qui Piotr s'était battu à l'heure du repas. Ce dernier, se sachant observé, roulait des mécaniques. Tout en plaisantant avec les autres qui riaient bruyamment à ses blagues, il sortit un saucisson de son armoire et le souleva comme un trophée.

Comment était-ce possible ? C'était un de ceux que Piotr avait dérobé chez *Délicatessen Bronstein*, il l'aurait reconnu entre mille, il l'avait tellement convoité derrière la vitrine ! Alors qu'il se demandait par quel mystère il avait pu arriver jusqu'ici, un claquement métallique attira son attention. C'était Pharaon qui, faisant jaillir la lame d'un couteau à cran d'arrêt, entreprit d'en découper de fines tranches.

— *Ss*'est pas de *ss*an*ss*e d'être tombé dans le même dortoir que Pharaon, murmura le petit. Fais très *z*atten*ssi*on à toi *ss*ette nuit !

— Pourquoi ? Que vont-ils me faire ? s'inquiéta Piotr en voyant étinceler la lame du couteau.

— Peut-être que *ss*i tu demandes pardon, il ne t'effa*ss*era pas... dit le petit, le visage traversé par une expression de terreur.

— M'effacer ? Que veux-tu dire ? insista Piotr, de plus en plus mal à l'aise.

— À côté de Pharaon, poursuivit l'enfant, comme s'il n'avait pas entendu sa question, *ss*e *ss*ont *ss*es bras droits : le Phasme, le plus mé*ss*ant de tou*ss*, et Gros Bori*ss*, le co*ss*taud qui vient d'arriver...

Gros Boris ? Mais que faisait-il là ? Alors que le petit poursuivait la présentation, désignant successivement chacun des six frères Poliakov, Piotr se redressa en découvrant que le garçon qui l'avait piégé rejoignait tranquillement les autres.

— Tou*ss*, lui ont *z*uré fidélité. Il y a aussi une fille, N'a-qu'un œil. *Ss*'est la *ss*eule qui peut monter à l'éta*z*e des gar*ss*ons. Elle n'est pas là *ss*e *ss*oir mais tu la reconnaîtras fa*ss*ilement.

Piotr, sonné par cette apparition, ne l'écoutait qu'à moitié, n'arrivant pas à détacher les yeux de Gros Boris qui mangeait maintenant du saucisson en se tapotant le ventre.

— Quand tu fais partie de *ss*a bande, tu as plein d'avanta*z*es : les *ss*urveillants te lai*ss*ent tranquille, on ne fouille pas tes *z*affaires, tu as droit aux meilleurs mor*ss*eaux et tu as même des *z*autorisations de *ss*ortie !

Piotr, qui comprenait maintenant comment le saucisson s'était retrouvé entre les mains de Pharaon, opina tout en observant les Effaceurs autour de leur chef. Mais, tandis que quelques secondes avant ils riaient en s'empiffrant, d'un mouvement aussi brusque que soudain le groupe fondit droit sur lui et l'encercla.

Couteau à la main, Pharaon se détacha des autres.

Conscient de la peur qu'il inspirait, il coupa une tranche de saucisson, en détacha soigneusement la peau avant de la laisser tomber par terre. Puis il enfourna la tranche dans sa bouche, la mâchant longuement avant de l'avaler avec un plaisir surjoué. Enfin, toujours avec cette même lenteur exagérée, il se tourna vers le petit qui zozotait :

— Alors P'tit *Ssssasss*a, on a *z*un nouveau copain ? dit-il en exagérant son défaut de prononciation, ce qui provoqua l'hilarité des autres.

À nouveau la même expression de terreur s'afficha sur le visage du petit.

— Tu crois que ton nouveau copain fait pipi au lit comme toi, P'tit *Sssasss*a ?

Pharaon laissa ses acolytes longuement rire avant de désigner de son couteau la pelure du saucisson :

— Mange, P'tit Sacha !

Tremblotant, les yeux écarquillés, le garçon se jeta pour l'avaler, provoquant des cris de dégoût.

Pharaon attendit qu'il se soit relevé avant d'en découper une seconde rondelle.

— Mange, P'tit Sacha.

Mais cette fois, Piotr retint le garçon.

— Piotr, lais*sse*-moi ! dit-il en essayant de se dégager. *Ss*a ne me *z*êne pas, *ss'*est même très bon, le *z*auci*ss*on ! zozota-t-il, ce qui entraîna à nouveau l'hilarité générale.

Pharaon fit stopper les rires. À nouveau, il désigna l'épluchure par terre, mais cette fois, c'est vers Piotr qu'il se tourna :

— Mange, dit-il en indiquant le déchet de la pointe de son couteau.

Piotr resta immobile. Pour rien au monde, il n'obéirait aux ordres de ce tyran.

— Mange, sale chien !

Mais Piotr ne bougeait toujours pas, malgré Gros Boris qui, à côté de son chef, le menaçait du poing.

— Je t'assure que tu vas manger, sale...

Mais juste au moment où il levait la lame de son cran d'arrêt, le surveillant de l'étage arriva.

— Extinction des feux dans cinq minutes ! cria l'homme en détournant la tête, comme s'il n'avait rien vu de la scène.

Sûr de son impunité, Pharaon rangea son arme avec la même lenteur qu'il avait adoptée depuis le début. Et alors que, comme dans une fourmilière, tout le monde se préparait pour la nuit, il se détourna, suivi par ses hommes de main.

La gorge nouée, Piotr fit sa toilette à toute vitesse.

— Mais qu'est-*ss*e qui t'a pris ? dit le petit Sacha en remontant avec lui le couloir. *Z*amais tu n'aurais dû faire *ss*a. *Ss*ette fois *ss*'est *ss*ûr, ils vont t'effa*ss*er !

— Que veux-tu dire ? demanda Piotr, livide.

— *Ss*'est horrible ! Ils vont attendre que tu t'endormes et après, ils...

Mais il n'acheva pas ses explications. Dans le dortoir, Pharaon et sa bande, allongés sur leur lit, les observaient en sifflotant.

Quant à son tour Piotr se coucha, il trouva un papier sous son oreiller. Il eut juste le temps de le déplier avant que la lumière ne s'éteigne :

Chapitre 7

Le dortoir

Seule la lueur d'une veilleuse atténuait l'obscurité du dortoir mais les yeux de Piotr s'y habituèrent rapidement. Autour de lui, c'était un mélange de chuchotements, de lits qui grincent et de raclements de gorge que le ballet des lampes torches des surveillants interrompaient de leur rappel à l'ordre. Cela ne dura guère. Le travail à l'atelier, la fatigue de la journée eurent raison des pensionnaires et rapidement, on n'entendit plus rien.

Piotr savait que ce silence n'annonçait rien de bon.

La tête tournée dans la direction de Pharaon, les sens aux aguets, il était à l'affût du moindre bruit. Plusieurs fois, il crut entendre le froissement d'un drap, des pas sur le sol, des respirations qui se rapprochaient.

Que faire ? Cette fois, c'était sûr, ils allaient l'attaquer. *L'effasser,* comme disait le petit Sacha qui, le drap remonté sur la tête, dormait dans le lit à côté.

Peut-être serait-il judicieux de se réfugier dans la salle d'eau ?

Mauvaise idée... Là-bas, ce serait encore pire, ils pourraient faire de lui ce qu'ils voulaient, il n'y aurait pas même un témoin pour l'entendre crier. Non, ce qu'il fallait, c'était ne pas s'endormir. S'il tombait dans le sommeil, il était fichu. La seule chose qu'il espérait, c'est qu'ils soient tout aussi fatigués que lui. Alors, peut-être laisseraient-ils tomber...

L'idée réconfortante de Pharaon, Gros Boris, le Phasme et les frères Poliakov plongés dans le sommeil fit son chemin dans l'esprit de Piotr. Peu à peu, il sentit son corps s'engourdir... Dormir... Dormir dans un bon lit... Dormir entre des draps bien propres...

Tchic-tchic-tchic-tchic-tchic...

Un bruit métallique arracha Piotr du sommeil. C'était le bruit des pattes de Véra contre le couvercle de la boîte pour qu'il la libère. Véra ! Comment n'y avait-il pas pensé plus tôt ? Surtout qu'à sa droite il entendit des chuchotements, des lits qui remuaient, quelque chose se préparait, il fallait faire vite !

Sans perdre un instant, il ouvrit la boîte, laissant l'araignée déployer ses pattes depuis trop longtemps immobilisées. Puis il fit claquer doucement sa langue contre son palais :

Danger – Séparation – Douleur – Morsure – Poison

À peine eut-il terminé que, sous la lueur blême de la veilleuse, Véra traversa les quelques mètres qui la séparaient du lit de Pharaon. Là, parfaitement silencieuse, elle remonta le long du cadre jusqu'à atteindre le matelas où elle s'engouffra sous les couvertures.

Cinq minutes plus tard, elle rejoignait Piotr.

C'est l'agitation provenant du lit de Pharaon qui le réveilla une seconde fois. Ce dernier, la paupière démesurément enflée, geignait comme si sa dernière heure était arrivée. À côté de lui, encadré par le Phasme et Gros Boris, un infirmier considérait le thermomètre, stupéfait :

— 41,4 degrés ! Cela fait des années que je soigne les pensionnaires de cet internat et c'est la première fois que je vois une température aussi élevée ! Et quelle morsure ! constata-t-il en sortant un tube de crème de sa trousse de soins. Pas d'atelier pour toi demain, tu es cloué au lit jusqu'à la fin de la semaine !

L'infirmier resta encore quelque temps au côté du malade pour voir si la fièvre baissait puis, se résignant à lui faire une piqure, il rangea sa trousse de soins.

— Surtout n'hésitez pas à m'appeler si ça ne s'arrange pas, dit-il à l'adresse du Phasme et de Gros Boris.

Dans son lit, Piotr s'étira longuement. Cette fois c'était sûr, il serait tranquille pour la nuit !

Étonnamment, malgré le calme et la fatigue, impossible de se rendormir. Il eut beau se tourner et se retourner, se couvrir et se découvrir, rien n'y fit.

— Zut ! dit-il, en se relevant. Puisque c'est comme ça, profitons-en pour repérer les lieux.

Et Véra sur l'épaule, il entreprit d'explorer les longs couloirs de l'internat.

Le bâtiment était construit de façon symétrique, aussi s'y repéra-t-il aisément. Trois sections identiques à celle qu'il occupait se succédaient puis on trouvait une chambre réservée au surveillant et, enfin, un long bloc avec des toilettes et des lavabos.

Après cinq bonnes minutes où il remonta tout l'étage, il déboucha sur un escalier.

Que faire ? Retourner se coucher ? Descendre, voir où cela menait ? Piotr n'hésita pas longtemps avant de se rendre à l'étage inférieur où il se retrouva face à un couloir identique à celui qu'il venait de quitter. Dans une lueur tout aussi blafarde, il aperçut, sortant de sa chambre, une surveillante, vêtue du réglementaire uniforme blanc et d'une coiffe de la même couleur.

— Le dortoir des filles, murmura-t-il en se glissant le long du mur pour descendre à l'étage suivant.

Il déboucha au rez-de-chaussée. Cette fois, si le couloir était identique, les portes dissimulaient une série de bureaux qui semblaient déserts. Satisfait de cette première exploration, Piotr allait rebrousser chemin quand il aperçut de la lumière. Glissant doucement sur le sol, il se rapprocha avec précaution jusqu'à atteindre la porte d'où elle provenait. S'il avait su lire, sur la plaque en cuivre qui l'ornait, il aurait pu déchiffrer :

Baronne von Stumpf
Présidente de la fondation des Compagnons
de la Vraie Foi

Il la reconnut à son parfum. Et à sa voix, puisque malgré l'heure tardive elle semblait en pleine conversation.

Intrigué, Piotr décida d'en savoir plus. Le cœur battant, il se glissa jusqu'à l'entrebâillement de la porte. La baronne, à son bureau, discutait avec le gardien qui s'était occupé de lui depuis son arrivée. Elle semblait soucieuse :

— Êtes-vous sûr de ce que vous affirmez ?

— Affirmatif, madame la baronne. La feuille était dans son sac.

— C'est très embêtant, dit-elle en examinant le document que lui tendait le gardien.

— Quelles sont les instructions ? demanda ce dernier en s'écartant, ce qui permit à Piotr de découvrir le document dont il était question.

C'était la feuille que Matouchka lui avait remise, celle où étaient notés les remèdes qu'il devait rapporter et qu'il connaissait heureusement par cœur. Par réflexe, il se mit à la réciter :

Armoise
Angélique
Mandragore
Ma...

— Maldoror... acheva la baronne von Stumpf.

En un éclair, Piotr aperçut l'expression dure et sévère que prit son visage. Puis, d'un ton sec et militaire, elle s'adressa au gardien :

— Apportez-moi le Livre. Maintenant...

L'homme s'exécuta, retirant d'un coffre un ouvrage qu'il s'empressa de déposer sur le bureau de la baronne. C'était un livre ancien, recouvert de signes étranges, et même si Piotr ne savait pas lire, il remarqua tout de suite qu'ils ne ressemblaient en rien aux lettres de l'alphabet qu'il essayait habituellement de déchiffrer.

La baronne le feuilleta attentivement, avant de s'arrêter et d'en arracher fébrilement quelques pages. Alors que Piotr s'éloignait dans le couloir, il l'entendit donner ses ordres au gardien :

— Demain matin, à la première heure, vous m'amènerez le garçon dans mon bureau ! C'est de la plus haute importance, il faut absolument que j'en réfère à Son Excellence.

58° 84′ Nord, 113° 21′ Est
Sibérie/Nord de Bratsk

Des jours et des jours durant, la mort d'Anja traversa la forêt qui s'étendait sur des milliers de kilomètres. Autour d'elle, il n'y avait que des sapins. Des sapins à l'infini. Parfois quelques mélèzes, des bouleaux, une rivière.

Sur l'épais lit d'épines qui recouvrait le sol, les sabots de son cheval ne faisaient pas plus de bruit que les chaussons d'un enfant sur le plancher d'une isba.

Le chemin tracé en ligne droite par les bûcherons semblait interminable et quand elle essayait d'en voir le bout, elle était gagnée par le vertige.

Chaque jour se ressemblait : à peine réveillée, elle sellait sa jument et se mettait en route. Souvent, pour briser la monotonie des heures, elle chantait. Au début, des chansons dont elle avait gardé les paroles en mémoire, mais très vite, comme le font les enfants, elle en inventait de nouvelles. Sans réfléchir, elle laissait affluer les mots au hasard de la mélodie. À la fin, elle ne prononçait plus que des sons et, si quelqu'un l'avait entendue, il l'aurait prise pour une folle.

Dès que le soleil disparaissait, elle s'arrêtait au bord d'un cours d'eau et pendant que sa jument se désaltérait, elle rassemblait des branches pour faire un feu. Une fois que les flammes étaient suffisamment hautes, elle se déshabillait et sous l'œil indifférent de son cheval, elle s'immergeait dans l'eau glacée. Avec une pierre ramassée dans le lit de la rivière, elle frottait sa peau qui, à l'exception des mains et du visage, était tatouée sur toute sa surface à l'encre bleu cobalt.

Quand, avec le froid, elle finissait par ne plus sentir son corps, elle se couvrait de son manteau et se réfugiait dans la fumée âcre qui la protégeait des nuées infernales de moustiques.

Sur les braises, elle faisait griller une poule d'eau, une grive ou n'importe quel gibier chassé pendant la journée. Parfois, un poisson qu'elle attrapait comme le font les ours, d'un mouvement sec et rapide de la paume. Certains soirs, elle se contentait de quelques baies.

Une fois son repas terminé, sa jument venait la rejoindre. Elle se couchait par terre et la mort d'Anja s'allongeait contre ses flancs, s'endormant sous le souffle chaud de l'animal.

Kiev

Chapitre 1

Comme les sanglots d'un ange

La poste principale de Kiev faisait partie des endroits les plus fréquentés de la ville. Mais Piotr eut beau se presser, un autre musicien – un type avec des lunettes qui maltraitait son accordéon – lui avait déjà soufflé la meilleure place. Pourtant, comme chaque jour depuis qu'il s'était échappé des Compagnons de la Vraie foi, Piotr décida de prendre son mal en patience. Et comme chaque jour, il écouta ce concurrent reprendre inlassablement les mêmes ritournelles, jouant si fort et si faux que personne d'autre n'aurait pu s'installer aux alentours.

Cette fois pourtant, quand pour la cinquième fois Piotr entendit le même air, il n'y tint plus. En jouant aussi mal, le type allait faire fuir tout le monde ! Ou attirer les carabiniers et il n'aurait plus qu'à s'en aller !

Résolu à ne pas perdre sa journée, Piotr décida d'agir. Comme il *les* avait aperçues près du marchand de glaces, il savait qu'*elles* ne devaient pas être bien loin. Aussi, écartant un pan de sa veste pour se dissimuler un tant soit peu du maigre public, il siffla trois coups brefs en coinçant sa langue entre ses lèvres.

Elles répondirent presque immédiatement et il eut à peine le temps de relever la tête et d'observer les quelques rares badauds réunis autour de l'accordéoniste qu'elles arrivèrent en rang serré.

— *À l'attaque !* siffla-t-il cette fois.

Les guêpes, il en compta sept au total, se mirent à tourbillonner autour des gens avec ce bourdonnement qui aurait rendu fou même un mort. Elles firent plusieurs tours, frôlant les uns, agaçant les autres, avant de reprendre un peu d'altitude et de piquer droit sur le musicien.

La surprise de ce dernier fut entière. De frayeur, il en perdit ses lunettes et s'arrêta de jouer. Mais, alors que Piotr sortait déjà sa clarinette, une bonne âme les ramassa et le musicien reprit son flonflon insupportable.

La seconde attaque fut plus concluante. Cette fois, à l'inverse du premier raid, les guêpes ne se contentèrent plus d'un passage éclair. Au contraire. Alors que l'une plongeait dans la barbe du musicien, les autres s'attaquèrent à son nez et à ses oreilles quand elles ne s'engouffraient pas dans le col de sa chemise. L'offensive fut un véritable succès, la déroute totale : quelques instants plus tard, le type battait en retraite, laissant à Piotr le champ libre.

Le jeune garçon prit le temps de s'installer. Pendant que les sept guêpes traversaient triomphalement le ciel pour s'en retourner chez le marchand de glaces, il étala sa veste sur les marches de la poste principale. À côté, après en avoir retiré le couvercle, il déposa la boîte métallique percée de trous. Puis il fixa le bec de sa clarinette et après un bref coup d'œil aux alentours il se mit à souffler dans son instrument.

Très vite, les premiers curieux s'approchèrent et Piotr, qui commençait à avoir un peu d'expérience – cela faisait maintenant plusieurs semaines qu'il gagnait sa vie en jouant de la musique dans la rue –, enchaîna des airs populaires. Attiré par les mélodies qu'il reconnaissait, un public joyeux l'entoura rapidement.

Malgré cet enthousiasme, Piotr savait que ce succès était fragile et que les gens pouvaient repartir aussi vite qu'ils s'étaient arrêtés, tout cela sans laisser la moindre pièce. Aussi avait-il imaginé une petite attraction destinée à les retenir. En plein morceau, il leva sa clarinette vers le ciel et souffla dans son instrument pour en sortir un son particulièrement aigu. N'attendant que ce signal, Véra s'échappa alors de la boîte métallique. Encore un peu engourdie, elle s'avança sur les marches avec hésitation, provoquant un mouvement de recul au premier rang. Puis, très vite, retrouvant sa souplesse et son agilité, elle s'appliqua à suivre le rythme de la musique en faisant des cercles concentriques et réguliers. Au début, on aurait pu croire que ces déplacements n'étaient que le fruit du hasard. Mais quand elle commença à tourner en un mouvement qui rappelait indéniablement celui de la polka, il n'y eut plus de doute possible.

Fascinés, les enfants qui s'étaient d'abord éloignés se rapprochèrent, captivés et effrayés à la fois. À l'arrière, devinant qu'il se passait quelque chose d'extraordinaire, on se bousculait, on jouait des épaules.

— Je ne vois rien, que se passe-t-il ?

— Une araignée ! Une araignée qui danse !

— Voyons, madame, une araignée qui danse, ça n'existe pas !

— Si, monsieur. Elle danse. Une polka, précisément...

— Hein ? Quoi ? Mais poussez-vous, poussez-vous enfin...

Entouré d'une foule de plus en plus nombreuse, Piotr levait de temps à autre la tête pour vérifier le succès de sa protégée. Les enfants étaient conquis, les adultes applaudissaient et surtout, les premières pièces atterrissaient sur sa veste.

De peur que cette foule trop enthousiaste n'attire les carabiniers, Piotr décida de jouer un dernier morceau avant de s'arrêter. S'il s'attardait, il risquait de se faire confisquer sa clarinette et tous les zlotys qu'il venait de gagner. Pire, on le renverrait chez les Compagnons de la Vraie Foi et ça, il n'en était pas question.

Après avoir fait rentrer Véra dans sa boîte, il commença à jouer un morceau en mode mineur car il avait constaté que la mélancolie rendait les gens plus généreux. Pour en accentuer la tristesse, il ferma les yeux tout en prenant un air grave et inspiré. Et à chaque fois qu'il le pouvait, il forçait les trémolos et les vibratos, entraînant une nouvelle volée de pièces.

Les yeux toujours clos, il allait entamer le dernier refrain quand, venues de nulle part, des notes de violon se mêlèrent à celles de la clarinette.

Quel son extraordinaire ! Quelle beauté ! En quelques mesures, le morceau qu'il jouait fut transfiguré. Comme si pour l'accompagner, le ciel s'était mis à chanter et le public se figea en retenant son souffle. C'était tellement beau que Piotr, qui pourtant brûlait de savoir qui l'avait rejoint, garda les yeux fermés, de peur que la musique ne s'arrête.

— On dirait les sanglots d'un ange... songea-t-il avec émotion quand il joua les derniers notes.

Quelle ne fut pas sa surprise quand il découvrit une fille au visage sale qui l'observait de ses grands yeux bruns, son violon à la main. L'ange qu'il avait imaginé n'était qu'une pauvrette aux cheveux ébouriffés, une gamine des rues tout comme lui ! Pourtant, malgré cette déconvenue, il s'efforça de sourire et l'invita à saluer le public avec lui.

C'est quand elle fut à ses côtés qu'il remarqua que quelque chose clochait. D'abord, il y avait le violon. Pas la peine d'être un grand musicien pour comprendre qu'avec son éclat brillant et ses mécaniques finement ouvragées, ce n'était pas un de ces crincrins cabossés avec lesquels jouent habituellement les vagabonds. Mais il y avait autre chose qui dénotait dans l'allure de la jeune fille. Si son chemisier tout comme sa robe étaient maculés de taches, la violoniste portait des vêtements de prix et, à leur état, on pouvait en déduire que cela ne faisait pas longtemps qu'elle était à la rue. Un rapide coup d'œil à ses bottines acheva de convaincre le garçon : sa place était plus avec les enfants bien nourris qui applaudissaient au premier rang qu'à ses côtés...

— Je m'appelle Anja, lâcha la violoniste entre deux saluts.

Et, désignant le public d'un mouvement de tête, elle ajouta :

— On rejoue ?

Piotr hésita. Avec cette foule, les carabiniers pouvaient arriver à tout moment. En même temps, l'occasion de jouer avec pareille musicienne, même si elle était barbouillée des pieds à la tête, ne se représenterait peut-être jamais.

Le sourire de la fille acheva de le convaincre.

— Moi, c'est Piotr, se présenta-t-il à son tour. Qu'aimerais-tu jouer ?

— Oh, ça m'est égal, dit Anja en haussant les épaules. Commence, j'improviserai...

Le morceau que choisit Piotr fut encore plus poignant que le précédent. Dans l'assistance, l'émotion était palpable et le garçon eut l'impression que toute la ville s'était arrêtée pour les écouter. Tout en soufflant dans sa clarinette, il observa la violoniste à la dérobée. L'aisance avec laquelle elle faisait glisser son archer sur les cordes, la facilité avec laquelle ses doigts parcouraient le manche lui firent définitivement oublier son teint sale et maladif.

— Un ange... murmura-t-il, ému. Un ange qui s'appelle Anja.

Et à nouveau, comme quand il avait donné le signal à Véra de le rejoindre, il souffla dans sa clarinette pour en sortir un sifflement aigu. Puis, tout en haussant les épaules en signe d'excuse comme s'il venait de faire une fausse note, il se remit à jouer en surveillant le ciel.

Cela prit un peu plus de temps qu'avec les guêpes car les papillons les plus proches se trouvaient dans le parc Shevchenko. Même en survolant les voitures, il leur fallut quelques minutes pour remonter toute l'avenue. Au début, ils ne furent pas plus d'une dizaine, mais rapidement c'est toute une nuée qui les entoura. Le spectacle de toutes ces ailes qui virevoltaient autour d'Anja et Piotr comme une pluie de fleurs blanches, enthousiasma les spectateurs. Mais, alors qu'ils se remettaient à applaudir de plus belle, obligeant les jeunes musiciens à rejouer le refrain, un mouvement dans la foule dissipa soudainement la nuée de papillons...

Chapitre 2

La fuite

Piotr reconnut tout de suite Pharaon. Et plus inquiétant, le reste de la bande, le Phasme, Gros Boris mais aussi les frères Poliakov et, sans aucun doute, la bien nommée N'a-qu'un-œil.

Que lui voulaient-ils ? Étaient-ils là pour se venger ? Ou pire encore, pour ramener Piotr chez les Compagnons de la Vraie Foi ?

Se noyant dans la foule, Piotr essaya de ne pas perdre de vue le chef de la bande. Un court instant, il crut qu'il avait disparu, mais Pharaon resurgit quelques mètres devant lui. Le fixant droit dans les yeux, il mima avec ses doigts le mouvement du couteau qui tranche la gorge.

— La veste ! cria Anja en s'accrochant à son bras.

À leurs pieds, profitant de la diversion faite par Pharaon, le Phasme et N'a-qu'un-œil tentaient de récupérer le vêtement couvert de zlotys !

En un même réflexe, Piotr et Anja sautèrent pieds joints sur les doigts des voleurs qui hurlèrent de concert.

— Vite, filons ! dit Piotr en enfonçant sa clarinette dans son sac et en ramassant la boîte avec Véra.

Puis, pendant qu'Anja rangeait son violon, il roula sa veste en baluchon pour ne pas faire tomber les pièces de monnaie.

— Vite, répéta-t-il en saisissant la main de la jeune fille, ne traînons pas !

Et ils se jetèrent à leur tour dans la foule.

Le Phasme et N'a-qu'un-œil, occupés à souffler sur leurs doigts douloureux, ne furent pas difficiles à semer. Par contre, Pharaon et Gros Boris semblaient peu disposés à les voir s'échapper et ils se mirent tout de suite à leur poursuite.

Anja et Piotr slalomèrent un moment entre les gens avant de pouvoir rejoindre l'artère principale.

— Ça va ? s'enquit Piotr en lui indiquant une rue où s'engouffrer.

Anja, essoufflée, approuva. Il avait l'air de bien connaître la ville, aussi décida-t-elle de lui faire confiance. De toute façon, elle n'avait guère le choix. Depuis qu'elle avait fui la maison du chef de gare, elle errait au hasard dans Kiev et, à part le wagon de marchandises où elle dormait, elle n'avait aucun endroit où se réfugier.

Leurs poursuivants toujours à leurs trousses, ils franchirent à toute vitesse un boulevard où ils manquèrent plusieurs fois de se faire écraser. Ils traversèrent un quartier puis un autre, s'enfoncèrent dans des ruelles malfamées et des passages sombres et voutés. Quand ils se retrouvèrent au fond d'une impasse, Anja crut bien qu'ils étaient pris au piège. Surtout quand le gros costaud et le garçon au sourire cruel ne furent plus qu'à quelques mètres d'eux. Mais, au dernier moment, Piotr ouvrit la porte d'une courette et, dès qu'ils l'eurent franchie, il la bloqua avec un épais madrier.

— C'est ma botte secrète ! annonça-t-il fièrement en désignant le gros morceau de bois. Grâce à ça, j'ai déjà semé plusieurs fois les carabiniers.

Ils quittèrent tranquillement la courette avant de déboucher cette fois sur une grande avenue bordée de platanes. Tout du long, d'immenses villas alternaient avec des hôtels particuliers. À la vue de ces belles demeures, Anja éprouva tout de suite un sentiment de familiarité : à peu de choses près, c'étaient les mêmes habitations qu'à Hietzing, le quartier de Vienne où elle vivait.

— Le temps de remonter l'avenue et on est arrivés, expliqua Piotr.

— Où va-t-on ? interrogea Anja qui se demandait où pouvait habiter le garçon.

— Chez monsieur le comte, dit Piotr. Tu verras, on sera en sécurité là-bas.

Monsieur le comte ? Surprise, Anja marqua un temps d'arrêt. Était-il possible que ce garçon fût issu de la noblesse alors qu'il était habillé comme un vagabond ? Avec la position de ses parents, Anja avait l'habitude de côtoyer l'aristocratie et la grande bourgeoisie européenne.

Pourtant, jamais elle n'aurait pensé que Piotr pût être un jeune prince. Peut-être était-il le rejeton d'un employé du fameux comte auquel il faisait allusion ? Le fils du jardinier ou de la cuisinière ?

Tout en longeant les demeures, elle essaya de deviner celle où il habitait.

La villa en pierre blanche ?

Le palais agrémenté d'un jardin *à la française* ?

Qu'importe... concéda-t-elle finalement. Ce qui comptait avant tout, c'était que ses ennuis soient bientôt terminés. Encore quelques mètres et ils entreraient dans une magnifique propriété. Gentiment, elle demanderait à rencontrer le comte. Ou la comtesse. Quand ils la verraient avec sa robe tachetée et ses bas troués, ils fronceraient les sourcils. Alors, après sa plus belle révérence, elle se présenterait en papillonnant des cils : « Anja Blumbaum. La fille du professeur Nathan Blumbaum. Vous savez, le grand physicien... »

Aussitôt, on s'empresserait, on écarquillerait des yeux. Tout au plus se contenterait-elle d'expliquer les circonstances qui l'avaient amenée, elle, la fille du célèbre chercheur, à se retrouver dans la rue, attifée comme une romanichelle : « Vous allez rire... », commencerait-elle, et effectivement, ils riraient tout en la félicitant pour son courage.

Pendant que le comte contacterait les autorités, la comtesse insisterait pour la mener dans ses appartements... Le temps que ses parents viennent la retrouver, on lui préparerait une chambre, on lui ferait couler un bain...

— On arrive, dit Piotr en débouchant sur la place où se trouvait le palais du gouverneur.

Elle n'en crut pas ses yeux. C'était encore mieux que tout ce qu'elle avait imaginé ! Au bout d'une cour immense, toute une rangée de gardes en uniformes se tenaient devant ce qui était certainement le bâtiment le plus somptueux de la ville !

— Je ne suis pas mécontente d'être arrivée, dit-elle en admirant les façades éclairées du palais, et tout en avançant, elle s'empressa de frotter les taches les plus visibles sur sa robe.

Bizarrement, Piotr s'arrêta au milieu de la place, devant la statue d'un cavalier sur son cheval. Puis, accompagnant son geste d'une courbette malhabile, il désigna la statue équestre :

— Bienvenue chez monsieur le comte, mademoiselle Anja.

Chapitre 3

Chez monsieur le comte

Tandis qu'Anja essayait de comprendre pourquoi ils restaient plantés devant cette statue, un bruit métallique interrompit ses pensées. C'était Piotr qui, comme un vandale, s'acharnait avec un tournevis sur la plaque qui ornait le socle de la statue.

Qu'est-ce qui lui prenait ? Bien décidée à ne pas être associée à un acte qu'elle réprouvait, elle le tança :

— Voyons, Piotr... Pourquoi détériorer ce monument ? C'est courir auprès de nouveaux ennuis que...

Elle ne put achever sa phrase. La plaque de bronze céda et le garçon, après s'être assuré que personne ne les observait, se plia en deux pour se glisser dans la statue :

— Bienvenue chez monsieur le comte ! répéta-t-il en la tirant à l'intérieur.

Son violon plaqué contre la poitrine, Anja resta interdite. Bouche bée, elle observait le curieux abri pendant que Piotr y remettait un peu d'ordre. Dans la pénombre, elle le vit replier une couverture, ramasser les restes d'un repas, accrocher son sac.

— Mais ? Monsieur le comte ? finit-elle par bredouiller.

— Monsieur le comte ? Mais nous y sommes ! Nous avons même le privilège d'être reçus chez lui ! *Sous* lui ou *en* lui serait plus exact.

Et, en guise d'explication, il désigna l'intérieur de la statue.

— On ne dirait pas de l'extérieur, mais monsieur le comte et son cheval sont aussi creux qu'un moule à gâteau !

Et pour montrer qu'il ne racontait pas de bêtises, d'une pichenette, il fit sonner la statue comme une cloche :

— Mais je manque à tous mes devoirs, poursuivit-il une fois que le bourdon se fut atténué. Nous voilà donc à l'intérieur du célèbre comte Khmelnitski.

— À l'intérieur du comte Khmelnitski ? répéta machinalement Anja.

— Tout à fait ! Comte Bogdan Khmelnitski. Général en chef des Cosaques...Trois fois médaillé pour acte de bravoure...

Anja n'en revenait pas. Le comte... Le palais... La réception en son honneur, ses parents qu'elle allait bientôt retrouver... Quel terrible malentendu !

— Mais... le palais...

— Le palais ? Quel palais ?

Anja indiqua l'extérieur d'une main tremblante.

— Ça ? C'est la demeure du gouverneur. Mais pourquoi me demandes-tu ça ?

— Oh, comme ça... dit Anja qui réalisait peu à peu l'ampleur de sa méprise et qui se demandait comment elle avait pu imaginer que ce garçon la conduirait dans un palais.

— Tu peux te débarrasser de tes affaires, proposa Piotr. C'est vétuste mais ce n'est pas si mal, tu verras. Et puis, on y est en sécurité.

— Tu vis ici ? Je veux dire, c'est ta maison ? demanda Anja en essayant de dissimuler sa déception.

— C'est provisoire... En fait, je ne suis pas là depuis très longtemps. C'est juste le temps de régler quelques trucs... Je t'expliquerai... Et toi, tu crèches où ?

Observant l'étrange dôme que formait la statue au-dessus de leurs têtes, Anja trouva plus approprié d'évoquer les nuits qu'elle venait de passer plutôt que les vingt-deux pièces que composaient sa maison à Vienne :

— Je suis installée dans un wagon près de la gare. C'est assez calme... Mais pareil que pour toi, c'est du provisoire, s'empressa-t-elle d'ajouter en faisant une grimace, juste le temps de...

Soudain, sa grimace se transforma en rictus. Trop émue pour continuer, la gorge nouée, elle s'arrêta au milieu de sa phrase. Depuis qu'elle s'était retrouvée seule au cœur de cette ville, elle avait plutôt bien résisté à l'angoisse et à la panique. Mais repenser au luxe tranquille de sa maison, à la vie facile qu'elle y menait, lui fit soudain prendre conscience de sa situation misérable.

Malgré la pénombre, Piotr perçut la tristesse de la jeune fille :

— Aimerais-tu visiter ? proposa-t-il pour lui changer les idées, tout en prenant conscience de la stupidité de sa proposition.

Étonnamment, cela fonctionna. Et pendant qu'il lui montrait le hamac fixé aux deux extrémités de la statue, la caisse en bois où il s'installait pour manger et la corde où il accrochait ses vêtements, Anja oublia un temps sa demeure viennoise et sa mélancolie.

Une fois la visite terminée, il saisit sa main pour la hisser sur le hamac et, dans un équilibre assez précaire, ils glissèrent leurs têtes dans celle du comte Khmelnitski.

— Imprenable, la vue, non ?

Étonnée, Anja plaqua son visage contre les ouvertures ménagées dans les yeux de la statue. La nuit était presque tombée et, devant elle, tout étincelait : la place et ses réverbères, les badauds qui passaient sans soupçonner un seul instant qu'on puisse les observer. Enfin, comme un rappel cruel de ses illusions, le palais du gouverneur magnifiquement illuminé.

Un bref instant, elle songea à la baignoire où elle avait espéré se prélasser, à ses parents qu'elle aurait enfin retrouvés et à nouveau, la mélancolie la gagna. Mais elle n'eut guère le temps de s'apitoyer. D'un bond, Piotr était redescendu pour déplier sa veste.

— A-t-on jamais vu autant de zlotys ! s'exclama-t-il avec enthousiasme. Nous sommes riches, Anja !

Pour elle qui disposait chaque mois d'une généreuse somme d'argent de poche, les pièces qu'empilait Piotr n'étaient que de la menue monnaie. Mais, quand son ventre se mit à gargouiller et qu'elle se rappela qu'elle avait dépensé ses derniers sous la veille pour une miche de pain, elle comprit ce qu'il ressentait. Surtout quand il fit glisser vers elle la moitié de la somme !

CHAPITRE 4

UNE NUIT AUX BAINS

Piotr, qui connaissait trop bien cette sensation de faim, s'empressa de lui proposer d'aller manger.

— Mais d'abord, dit-il en glissant un morceau de savon et quelques vêtements dans son sac, que dirais-tu d'un brin de toilette ?

Un brin de toilette ? Persuadée qu'il se moquait d'elle, Anja allait s'indigner quand il posa un doigt sur ses lèvres :

— Chut...

Puis, après avoir vérifié que le champ était libre, il fit pivoter la plaque de bronze de la statue :

— Suis moi...

Au bout d'une dizaine de minutes, ils s'arrêtèrent devant l'entrée d'un parc. Il faisait maintenant complètement nuit et seule la lune, masquée par les arbres qui se détachaient dans le ciel comme des ombres chinoises, éclairait la rue.

— On dirait que c'est fermé, dit Anja en essayant de faire bouger le lourd portail.

Piotr ne répondit pas. Il se contenta de hausser les épaules puis, à tâtons, il examina la grille qui protégeait le jardin public des intrusions.

— Par ici... chuchota-t-il avant de se glisser entre deux barreaux distendus.

À l'intérieur, il guida Anja sur les sentiers de gravier. Dans le ciel, les étoiles semblaient s'être multipliées à l'infini. Le bruit des voitures et de la foule avait laissé place à ceux de la nuit : le claquement sec d'une chouette qui prend son envol, un mulot qui se glisse dans les fourrés, le clapot de l'eau... Soudain, au détour d'un chemin, Piotr écarta les branches d'un saule, dévoilant une fontaine aménagée dans la roche :

— Et voici la salle de bains ! dit le garçon comme s'il achevait la visite débutée dans la statue.

Attirée par l'eau qui coule et par la blancheur du marbre, Anja s'approcha. Parmi les statues qui formaient l'ensemble, elle reconnut tout de suite – souvenir de ses cours de grec – Poséidon, le dieu de la mer. Haut de près de trois mètres, il se dressait, triomphant, entouré de sirènes et de créatures marines desquelles s'échappaient des jets d'eau.

— On y va ? suggéra Piotr.

Pour la seconde fois de la journée, Anja resta sans voix. Il n'y pensait pas. Se baigner avec lui ? Ici ? Elle n'avait même pas sa tenue de bains... Imaginait-il vraiment qu'elle allait se déshabiller dans un parc, en pleine nuit ?

Tandis que joues en feu, Anja le regardait comme s'il avait définitivement perdu la raison, Piotr retira tranquillement sa chemise et son pantalon. Et, sans se soucier le moins du monde de la jeune fille, vêtu d'un simple caleçon à la propreté douteuse, il entreprit d'escalader le dieu grec. Une fois juché sur la tête de Poséidon, il se redressa, puis, d'une brève impulsion, il plongea dans le bassin avant de refaire surface quelques mètres plus loin.

— Qu'est-ce que tu attends ? Elle est délicieuse ! dit-il en l'éclaboussant.

Quel rustre ! Ce garçon manquait vraiment d'éducation ! songea Anja en reculant. Peut-être serait-il temps qu'elle lui explique les règles de bienséance auxquelles une fille de bonne famille devait se soumettre.

Pourtant, quand Piotr s'approcha d'elle tout ruisselant, elle fut incapable d'émettre le moindre son, troublée par ce corps dont la pâleur se confondait avec la blancheur du marbre. Non qu'elle n'ait jamais vu de corps dévêtus jusque-là – avec son amie Marge, elles se rendaient régulièrement au Kunsthistorisches Museum et, à chaque fois, elles en profitaient pour jeter un coup d'œil aux tableaux qui représentaient des gens tout nus. Généralement, elles finissaient par détaler en gloussant quand le gardien arrivait. Mais là, comment dire... Quelqu'un de vivant...

C'est en s'approchant que Piotr prit conscience de la gêne de la jeune fille :

— Suis-je bête ! J'ai oublié de t'indiquer où te changer !

Et, la peau parsemée de frisson, il la mena à l'arrière de la fontaine où, dissimulé entre deux rochers, se trouvait un immense coquillage sculpté dans la pierre.

— Sois sans crainte, ici, personne ne te verra.

Et, lui laissant un morceau de savon, il retourna se baigner.

Que faire ? se demanda Anja.

D'un côté, elle se sentait si sale que la fraîcheur de l'eau était tentante...

De l'autre, se baigner non loin d'un garçon dont elle ne savait rien lui semblait inconcevable. Que dirait sa mère si elle l'apprenait ? Et Miss Nightingale ? L'Anglaise s'étoufferait sur-le-champ !

Non, vraiment, ce n'était pas raisonnable...

Elle allait renoncer quand l'odeur de ses vêtements lui monta jusqu'au nez. Pouah ! Avait-elle déjà senti aussi mauvais ? Au diable les convenances ! finit-elle par se dire et sans attendre, à l'exception d'une fine chemise de coton, elle retira ses vêtements et s'enfonça dans l'eau fraîche.

Quelle sensation incroyable ! Après la chaleur de la journée, elle eut l'impression de renaître. Se frottant vigoureusement, elle s'empressa de se débarrasser de toute la crasse accumulée. Puis, apaisée, elle se laissa flotter dans la baignoire en forme de coquillage. Elle était seule, loin des siens, avec un garçon qu'elle ne connaissait pas. Elle était seule, à moitié nue, dans la fontaine d'un parc public, et pourtant elle se sentait terriblement bien.

Chapitre 5

Une pimbêche

— Délicieux, franchement délicieux ! dit Anja, les cheveux encore mouillés, en lorgnant les parts de tarte que le cuisinier venait de déposer.

— C'est une bonne adresse, se rengorgea Piotr en récupérant les assiettes sur le bord de la fenêtre. La seule chose que le chef exige, en plus de quelques zlotys, c'est la discrétion.

En guise de discrétion, difficile de faire mieux. Installés dans l'arrière-cour du restaurant, dissimulés entre plusieurs caisses de bouteilles vides, ils étaient quasiment invisibles.

— C'est donc comme ça que tu t'es retrouvée à Kiev ? reprit Piotr qui réfléchissait à ce que venait de lui raconter Anja. Et tu es sûre que tes parents sont à nouveau repartis ?

Comme elle avait la bouche pleine, Anja se contenta d'un mouvement de tête avant de répondre :

— Certaine ! Je les ai vus quitter l'hôtel hier...

— Mais je ne comprends pas, pourquoi ne pas aller les retrouver quand tu as découvert qu'ils étaient revenus te chercher ?

— C'est ce que j'ai fait ! Dès que la presse a annoncé qu'ils étaient de retour à Kiev, je me suis empressée de me rendre à leur hôtel.

— Et ? Que s'est-il passé ?

Anja fronça les sourcils et, malgré la chaleur, elle se mit à frissonner :

— C'est le hasard qui m'a sauvée ! Juste au moment où j'allais me diriger vers la réception, mes parents sont arrivés. Oh, si tu les avais vus, si tristes et préoccupés ! Mais, alors que je m'apprêtais à les rejoindre, me réjouissant par avance de la bonne surprise que j'allais leur faire, je l'ai vu qui les suivait.

— Qui ça ?

— L'homme aux moustaches ! Celui qui m'a déjà empêchée de remonter dans le train pour voler mon violon. Le même qui m'a retrouvée dans la maison du chef de gare...

— Et le même toujours qui a monté un guet-apens pour te piéger pas plus tard qu'hier...

— Oui, poursuivit Anja toujours frissonnante. Et le pire, c'est que les carabiniers sont de mèche avec lui ! Du coup, impossible de leur demander de l'aide.

— Incroyable ! Mais comment a-t-il fait pour deviner où tu avais donné rendez-vous à tes parents ?

— Mes télégrammes... Il a dû les intercepter... Le pire, c'est que mes parents n'en ont sans doute pas lu une seule ligne et qu'ils doivent être morts d'inquiétude. Si ça se trouve, c'est lui qui leur a fait croire que j'étais rentrée à Vienne pour se débarrasser d'eux. Ce qui expliquerait leur départ...

Piotr approuva :

— Heureusement que tu as repéré les carabiniers sur le lieu de rendez-vous avant de tomber dans le piège... Et que comptes-tu faire maintenant ?

— Je ne sais pas, répondit Anja, dépitée. J'ai dépensé le peu d'argent que j'avais sur moi en télégrammes et en nourriture. Demain, avec les zlotys que nous avons gagnés, j'essaierai de leur écrire à Vienne. Peut-être aurais-je plus de chance...

Piotr, qui ne savait pas trop comment lui remonter le moral, fit glisser son assiette vers elle, lui assurant qu'il avait assez mangé.

Elle le regarda avec reconnaissance et pendant que le jus sucré la consolait momentanément des événements des derniers jours, elle réfléchit à la situation. Il fallait qu'elle se ressaisisse, tout n'était pas si sombre. Pour commencer, elle avait réussi à échapper à l'homme aux moustaches à trois reprises, ce qui n'était pas un mince exploit alors qu'il était épaulé par les carabiniers. Ensuite, après quatre jours sans vrais repas, elle venait de faire un véritable festin. Enfin – et c'était le plus important à ses yeux –, elle avait toujours son précieux violon avec elle.

Tout en avalant les dernières miettes qui restaient sur son assiette, elle commença à entrevoir une solution : demain, ce serait plus sûr, elle téléphonerait à ses parents. Une fois rassurés, ils lui feraient parvenir un mandat, elle rentrerait à Vienne et tout redeviendrait comme avant. Tranquillisée, elle songea à son amie

Marge. Il faudra qu'elle lui raconte son aventure. Sûr qu'elle trouvera ça *follement romantique* !

Quand ils regagnèrent la statue du comte Khmelnitski, il faisait nuit noire.

— Dommage qu'il n'y ait pas d'électricité ! plaisanta Anja en se glissant sous la statue.

— De l'électricité ? J'ai bien mieux que ça... dit Piotr en sifflant comme il l'avait fait devant la poste principale.

Aussitôt, comme par magie, une minuscule lueur bleutée apparut. Puis une autre. Et une autre encore. Et en quelques instants, une centaine de lucioles illuminèrent l'abri.

— Magnifique ! s'enthousiasma Anja en frappant des mains. Mais comment as-tu fait pour dresser ces insectes ?

Piotr secoua la tête, lui expliquant que ça n'avait pas grand-chose à voir avec le dressage.

— Ah bon ? Ce n'est pas comme pour un chien ou un éléphant ? Mais alors comment as-tu fait danser l'araignée et les papillons ?

— En fait, ce n'est pas très compliqué, expliqua-t-il le plus sérieusement du monde. Il suffit que je leur demande poliment. Un peu comme avec une personne...

— Mais les insectes ne sont pas des personnes ! s'étrangla Anja, persuadée à nouveau qu'il se moquait d'elle – à moins qu'il ne soit complètement fou, un peu comme Karlheinz, le frère de Marge, qui ne parlait que d'uniformes et de défilés militaires et dont elle avait été vaguement amoureuse quand elle était petite.

Penchant plutôt pour la seconde solution, elle s'adressa à Piotr en détachant chaque syllabe, comme si elle parlait à un enfant de moins de cinq ans :

— Est-ce bien raisonnable de comparer des insectes à des êtres humains, Piotr ? Il s'agit quand même de vermine, comme les puces ou les poux. Ces bestioles ont sans doute une intelligence très limitée et...

— Chut ! Tu vas finir par la vexer, chuchota Piotr en jetant un regard inquiet vers sa boîte.

Anja éclata de rire :

— Es-tu sérieux ? Es-tu en train de me dire que les insectes nous comprennent ? Tu te moques de moi, j'en suis sûre !

À ces mots, Piotr se renfrogna.

Qu'est-ce qu'elle s'imaginait ? Bien sûr qu'ils comprenaient ! Pendant des années, ils avaient même été ses seuls amis !

— Je te laisse le hamac, grommela-t-il après l'avoir fixé aux deux extrémités de la statue.

Puis, déroulant une couverture, il s'allongea dans le coin opposé, mettant fin à la discussion.

Anja, qui trouvait dommage que la soirée s'achève ainsi, tenta de relancer la conversation :

— Et tes parents ? Cela ne les inquiète pas de te savoir à la rue ?

— Ma mère est morte... lâcha Piotr d'une voie blanche.

— Oh, je suis tellement désolée ! s'excusa la jeune fille, gênée par cette nouvelle maladresse.

— Elle est décédée le jour où je suis né...

De son sac, il retira la photo de mariage à moitié déchirée et la tendit à Anja.

— Elle est très belle. Tu lui ressembles beaucoup, dit-elle après avoir observé la mariée.

Piotr ne put s'empêcher de rougir.

— Mais pourquoi la photo est-elle déchirée ? Où est ton père ?

— Mon père... commença Piotr.

Mais il n'acheva pas sa phrase et d'un mouvement vif il se releva pour récupérer son tournevis. C'est quand il se pencha pour soulever un des pavés qui recouvrait le sol qu'elle vit les cicatrices sur son dos.

La vision l'horrifia ! D'où provenaient ces marques terribles ? Observant le garçon qui déposait l'argent qu'il avait gagné devant la poste dans un renflement creusé dans le sol, elle habituellement si bavarde resta sans voix.

— Ce sont mes économies, expliqua Piotr en montrant la cachette. Quand j'aurai assez d'argent, j'achèterai des médicaments pour Matouchka. C'est ma grand-mère, elle est très vieille et très malade.

— Et il te faut combien encore ? s'enquit Anja, troublée.

— En fait, je ne sais pas... Je devais retrouver une femme qui vit dans une roulotte. C'est elle qui peut me procurer ces médicaments. Mais quand je suis allé la voir, elle avait quitté Kiev pour Odessa... Tu crois que c'est cher, un billet de train jusqu'à Odessa ?

Anja ne l'écoutait plus :

— Piotr...

— Qu'y a-t-il ? demanda le garçon en se redressant.

Mais Anja resta muette : sur l'étui qui contenait son précieux violon, dressée sur ses pattes velues, l'araignée qu'elle avait aperçue sur les marches de la grande poste fonça droit sur elle.

— Piotr...

Véra n'était plus qu'à quelques centimètres de son visage quand, d'un geste rapide, le garçon la rattrapa. Une fois l'araignée dans la paume de sa main, il s'éloigna du hamac tout en entamant avec elle ce qui ressemblait à une conversation. Aux sons qu'il produisait avec sa bouche, à l'agitation des pattes de l'animal, on devinait que la discussion était houleuse.

— C'est arrangé, dit Piotr en déposant l'araignée qui disparut dans un recoin sombre. C'est Véra. Elle est parfois jalouse...

— Jalouse ? Mais de quoi ?

Il eut une moue gênée.

— Euh, rien de spécial... éluda-t-il. C'est juste son tempérament... Le problème, quand elle est énervée, c'est qu'elle n'a plus de limites.

— Tu veux dire qu'elle aurait pu me faire du mal ? s'alarma Anja.

— Ne t'inquiète pas, elle est calmée. Elle devrait te laisser tranquille.

— Comment as-tu fait ? poursuivit Anja, pas très rassurée.

— Oh, je lui ai dit qu'elle était unique et qu'à mes yeux, elle seule comptait.

— Et ça l'a convaincue ?

Piotr se mit à rire :

— Oh oui, je pense avoir été persuasif ! Pour être sûr qu'elle te fiche la paix, je lui ai dit que je te trouvais moche et que tu avais l'air d'une pimbêche. Enfin, quelque chose d'équivalent *en araignée*.

Moche ? Elle ? Mais pour qui se prenait-il ? Et puis, c'était bien la première fois qu'on la traitait de « pimbêche » !

Cette fois, c'est elle qui fut vexée. Et, se retournant dans son hamac, elle mit un terme à la conversation.

Une pimbêche ? Non mais...

Chapitre 6

Une journée qui commence bien...

Il y a des journées qui commencent tellement bien qu'on imagine difficilement qu'elles puissent mal se finir. Aussi, ce matin-là, quand Piotr se réveilla et qu'il vit un rayon de soleil se frayer un chemin par les yeux de la statue, était-il loin d'imaginer les événements qui se succéderaient jusqu'au soir.

Tout en enfilant sa chemise, il suivit le faisceau de lumière jusqu'au visage d'Anja. Cela faisait près de dix jours qu'ils dormaient tous les deux *sous* monsieur le comte et, comme chaque matin, il s'approcha du hamac pour observer la jeune fille : avec le soleil, les taches de rousseur sur ses joues étaient de plus en plus visibles et il resta quelque temps à la contempler avant de quitter la statue pour chercher de quoi déjeuner.

— Comme c'est gentil ! s'extasia Anja en découvrant la brioche et le chocolat chaud que lui avait rapportés Piotr ! Merci, c'est vraiment adorable !

Le parfum qui lui chatouillait les narines lui rappela inévitablement Vienne et ses parents. Malgré un pincement au cœur, elle décida de garder le moral et, tout en avalant un morceau de brioche, elle organisa la journée. Priorité absolue : appeler chez elle avec l'espoir de trouver un bureau de poste où il n'y aurait pas de carabiniers pour surveiller l'entrée. De toutes les manières, c'était décidé : si les efforts de la journée se révélaient infructueux, elle achèterait un billet pour Vienne avec l'argent qu'elle avait gagné. Depuis dix jours qu'ils jouaient dans la rue, ils avaient amassé une sacrée quantité de monnaie !

Pourtant, Anja eut beau planifier la journée, les choses ne se déroulèrent pas comme prévu.

Si comme à chaque fois la grande poste était gardée par les carabiniers, il en fut aussi de même des bureaux de moindre importance comme de l'entrée des hôtels et des grands restaurants où se trouvaient les rares téléphones qui équipaient la ville. Et à la gare, ils connurent la même déconvenue. Cette fois, personne ne surveillait les guichets, mais Anja découvrit qu'elle ne possédait même pas de quoi acheter un billet de troisième classe. Elle avait beau avoir un sac plein de piécettes, elles ne valaient pas grand-chose et il faudrait encore jouer de nombreuses fois avant qu'elle ne puisse rentrer chez elle.

— Quarante-cinq jours ! calcula-t-elle. Il faudrait qu'on joue encore quarante-cinq jours avant d'avoir assez pour un billet pour Vienne !

Quand il entendit le résultat du calcul d'Anja, Piotr ne songea même pas à Matouchka et à sa maladie. Quarante-cinq jours, c'était à ses yeux la durée qu'il était assuré de passer en la compagnie de la jeune violoniste.

Mais Anja doucha rapidement ses espoirs :

— Quarante-cinq jours ! Quelle horreur ! J'espère vraiment avoir retrouvé mes parents d'ici là ! En attendant, autant aller jouer...

Et, comme en quittant monsieur le comte ce jour-là Piotr l'avait convaincue de laisser son instrument afin qu'ils soient moins reconnaissables, elle l'entraîna avec lui pour le récupérer.

Là encore, ses plans furent contrariés. C'est d'abord N'a-qu'un-œil qu'ils aperçurent sur le trottoir d'en face. Puis le Phasme et les frères Poliakov quelques rues plus loin.

À chaque fois, ils se débrouillèrent pour les semer, mais comme il fallait absolument éviter que les Effaceurs découvrent leur cachette, ils firent de longs détours pour s'assurer qu'ils n'étaient pas suivis.

Prise d'un mauvais pressentiment, Anja pressa Piotr de se dépêcher :

— L'homme aux moustaches, les carabiniers et à nouveau les Effaceurs. Décidément, c'est à croire que tout le monde en a après nous.

— Tu as raison, approuva Piotr en songeant aux efforts qu'ils devaient faire pour trouver chaque jour un nouvel endroit pour jouer de la musique. Ils sont vraiment coriaces...

— Ne trouves-tu pas que les moyens qu'ils déploient pour se venger sont un peu disproportionnés ? s'étonna Anja à qui Piotr avait raconté l'épisode où Véra avait mordu Pharaon.

— Comment ça ?

— Nous suivre dans toute la ville, juste pour une morsure d'araignée, juste pour se venger, tu ne trouves pas ça exagéré ?

— C'est notre argent qui les intéresse, rappelle-toi la première fois qu'on a joué ensemble. À moins qu'ils ne s'intéressent également à ton violon.

— Notre argent ? soupira Anja. On n'a même pas de quoi acheter un billet pour Vienne... Quant à mon violon, ça m'étonnerait qu'ils en connaissent la valeur...

— La liste ! s'écria soudain Piotr en se remémorant la scène qu'il avait surprise dans le bureau de la baronne.

— Quelle liste ? demanda Anja.

— La liste des remèdes que m'a donnée Matouchka. La baronne l'a trouvée dans mes affaires et elle semblait y attacher la plus grande importance.

— Une liste ? Voilà qui est intéressant... Et où se trouve-t-elle ?

— Dans son bureau. Je n'ai pas pu la récupérer...

— Dommage, dit Anja qui s'imaginait déjà en détective, loupe à la main. Peut-être qu'on aurait trouvé un indice...

— T'inquiète pas, je la connais par cœur... dit-il en se mettant à réciter :

Armoise
Angélique
Millepertuis
Mandragore
Maldoror

— Ce ne sont que des noms de plantes, sans doute des décoctions pour soigner ta grand-mère, dit Anja, un peu déçue. Je me demande en quoi cela pouvait intéresser la baronne. Es-tu sûr qu'il n'y avait rien écrit d'autre sur ce papier ? Une adresse ? Le nom d'une personne ?

Fermant les yeux, Piotr se remémora la feuille que sa grand-mère lui avait remise. Cinq lignes... plusieurs lettres identiques... Soudain, à ces lettres se mêlèrent les signes étranges qu'il avait aperçus dans le livre dont la baronne avait arraché les pages.

Des signes étranges ? Saurait-il les reproduire ? Et les mots écrits par sa grand-mère, pouvait-il les épeler ? insista Anja, à la recherche du moindre indice.

Épeler les mots ? Piotr en était incapable. Et pour cause : il ne savait ni lire ni écrire. Mais, alors qu'il arrivait sur la place du comte Khmelnitski et qu'il se demandait comment il allait se dépêtrer de cette situation – il ne voulait surtout pas qu'Anja le découvre –, il reconnut le jeune garçon aux cheveux blonds qui les rejoignait en courant :

— P'tit Sacha, quelle surprise ! Mais que fais-tu là ? Tu t'es évadé du pensionnat ?

— Tu es fou ! répondit-il, comme si Piotr lui avait demandé s'il venait de se battre avec un lion. *Ssé* Pharaon et les *z*autres mé*sss*ants de la bande ! Y *ss*ont venus vous *z*effa*ss*er.

Puis, reprenant son souffle avant de poursuivre :

— *Z*e *ss*uis venu te prévenir dès que *zé ss*u. Il faut t'enfuir, tu n'as aucune *ss*an*ss*e de t'en *ss*ortir !

Un coup d'œil suffit à Piotr pour vérifier l'exactitude du propos du garçon. Non loin de la statue du comte

Khmelnitski, en plus de Pharaon, Gros Boris et le Phasme, il y avait, reconnaissables à leur uniforme, une trentaine de pensionnaires de la Compagnie de la Vraie Foi.

Quelle catastrophe, ils avaient découvert leur cachette ! Maintenant, ils allaient devoir s'enfuir en laissant toutes leurs affaires. Il repensa à l'argent caché sous la dalle. Tout ce travail pour rien, il en était malade !

— Mon violon ! s'inquiéta Anja, il faut que je récupère mon violon !

— C'est trop tard, ils nous ont retrouvés, dit Piotr en la prenant par le bras. Viens, il faut partir avant qu'ils nous voient.

Mais, avec une force qui surprit Piotr, elle s'arracha de son emprise :

— Pars si tu veux ! Moi, je ne bougerai pas d'ici !

— Anja, on ne peut rien faire, ils sont beaucoup trop nombreux. Ce n'est pas de gaieté de cœur que je te dis ça, moi aussi, j'aurais aimé récupérer mon argent.

— Si tu savais comme je me fiche de ton argent ! lâcha Anja, le visage défiguré par la colère. C'est pour mon violon que je m'inquiète. C'est une pièce unique ! Unique au monde ! Tu peux comprendre ça ? Ça n'a rien à voir avec quelques zlotys !

— Anja, sois raisonnable ! La seule chose qu'on puisse espérer, c'est qu'ils ne trouvent pas l'entrée de la statue. Dans ce cas, on reviendra récupérer nos affaires plus tard.

— Plutôt mourir que de repartir sans mon violon ! cria-t-elle. Si tu es trop lâche pour me suivre, va-t'en !

Et, après lui avoir arraché le tournevis qu'il gardait dans sa poche, elle fonça droit vers la statue, insensible à ses appels.

Piotr était désemparé. Prendre des risques pareils, juste pour un violon ! Elle était folle ! Qu'est-ce qu'elle s'imaginait ! Qu'ils allaient l'accueillir avec des courbettes ? Ces types étaient des brutes, il ne pouvait pas la laisser tomber entre leurs mains, fulmina-t-il en accélérant pour la rattraper.

Alors qu'il était à une vingtaine de mètres d'elle, il la vit s'engouffrer dans la statue. Presque aussitôt, obéissant à un signe de Pharaon, les Effaceurs se déployèrent autour pour l'encercler. Elle était piégée, elle s'était jetée dans la gueule du loup. Il n'avait plus le choix, il fallait qu'il agisse !

Avec l'été et la floraison des arbres, Piotr avait remarqué que les essaims étaient nombreux. Sans plus tarder, il siffla plusieurs fois, des coups brefs et stridents, priant pour que son appel domine les bruits de la ville. Pourvu qu'elles soient rapides ! En face, Anja ressortait déjà de la statue. Violon dans une main et clarinette dans l'autre, elle avançait, ignorant superbement le Phasme qui fonçait droit sur elle.

— Anj... !

Il n'eut pas besoin de la prévenir. D'un coup d'étui, elle fit sauter la casquette du grand gaillard ! Profitant de sa surprise, elle s'apprêtait à lui asséner un second coup quand un grondement dans le ciel suspendit son mouvement, tout comme ceux du reste de la bande qui arrivait en renfort.

Piotr leva la tête. Jamais il n'aurait pensé qu'elles seraient aussi nombreuses. Et aussi rapides ! En quelques secondes, les abeilles s'étaient mêlées en une énorme nuée au-dessus de la place, obscurcissant le ciel comme si un orage se préparait. Puis, dans un vrombissement assourdissant et avant que personne ne puisse réagir, elles plongèrent vers la statue.

— Anja ! cria à nouveau Piotr en courant vers la masse compacte et bourdonnante qui s'abattait sur Pharaon et toute la bande – et, bousculant Gros Boris, Pharaon et tous les autres, il se jeta sur elle pour la plaquer au sol.

Elle voulut se débattre mais, quand elle entendit les cris de leurs ennemis et le grondement de la nuée qui s'abattait sur eux, elle cessa de bouger.

Piotr attendit que le tourbillon s'éloigne avant de relâcher son étreinte.

— Viens, fit-il, filons !

Cette fois, Anja le suivit sans discuter. Elle tenait dans sa main l'étui de son violon et rien d'autre ne comptait.

En s'éloignant, elle vit les dernière abeilles disparaître dans le ciel. Était-ce Piotr qui avait *ordonné* cela ? Il faudrait qu'elle tire ça au clair. En attendant, il fallait faire vite avant que leurs assaillants ne réagissent. Alors qu'ils rejoignaient l'avenue et son tramway, elle se retourna une dernière fois. Sur la place, imperturbable, se dressait la statue du comte Khmelnitski sur son cheval.

Chapitre 7

Et qui se termine…

— Je suis désolée, Piotr. Je pensais surtout à mon violon. Ta clarinette, je l'ai vue qui dépassait de ton sac, je me suis dit que ça te ferait plaisir de la récupérer.

— Et pourquoi n'as-tu pas pris l'argent ? Il te suffisait de soulever le pavé, il y avait là toutes mes économies...

— Je suis désolée, répéta Anja. Et puis, il n'y avait pas tant que ça. Tu as bien vu, ça ne suffisait même pas pour un billet pour Vienne.

Pas tant que ça ? Une somme amassée pièce par pièce, jour après jour ? Jamais il n'avait possédé autant d'argent !

Anja haussa les épaules. Il commençait à l'énerver avec cet argent. Un instrument, c'était bien plus que ça. C'était avant tout une rencontre, quelque chose d'unique qui n'avait pas de prix.

— Écoute, Piotr... Je suis navrée, vraiment... Alors voilà ce que nous allons faire. Direction la gare, cette fois, nous partons à Vienne. Une fois là-bas, je retrouverai mes parents, je leur expliquerai tout ce que tu as fait pour moi et je suis sûre qu'ils te viendront en aide.

Mes parents ont beaucoup d'argent, ils feront en sorte que les meilleurs médecins s'occupent de ta grand-mère.

— Mais je n'en veux pas, de l'argent de tes parents ! s'indigna Piotr.

Pour qui le prenait-elle ? Un mendiant ? De rage, il cracha par terre.

— Et puis, poursuivit-il, je me demande bien à quoi il va te servir ici, l'argent de tes parents ! Tu penses peut-être qu'on va prendre le train sans payer ? Tu imagines qu'on va arriver à la gare et qu'on va nous distribuer gratuitement des billets ? Vraiment, parfois, tu te comportes comme une vraie, une vraie...

— Pimbêche ? C'est le mot que tu cherches ?

Anja, qui jusque-là était sincèrement ennuyée, passa en un clin d'œil de l'embarras à la colère. Une pimbêche ! Il allait voir, non mais ! Elle allait lui clouer le bec, à ce minus qui devenait aussi rouge qu'une tomate au fur et à mesure qu'elle s'énervait.

— Eh bien oui ! Exactement ! On va prendre le train... Et gratuitement !

Et devant l'air interdit de Piotr, elle le tira par la main pour le traîner à travers les rues de Kiev. Une pimbêche... Et puis quoi encore... Toujours sans le lâcher, elle l'entraina jusqu'à la gare qu'elle contourna soigneusement avant de rejoindre l'entrepôt où elle s'était réfugiée le jour où l'homme aux moustaches l'avait attaquée.

Stan... Pourvu qu'il soit là... Et surtout, pourvu qu'il accepte...

Tout en longeant les locomotives, elle essayait de se souvenir de ce qu'il lui avait dit.

C'était le train de Vienne qu'il conduisait, ça, elle en était certaine. Mais quel jour était-ce ? Caressant le chrome éclatant d'une locomotive, elle pria pour que le départ se fasse aujourd'hui. Sans quoi... Sans quoi, Piotr aurait beau jeu de la traiter à nouveau de pimbêche. Et ça, il en était hors de question !

En pénétrant dans l'entrepôt, Piotr eut un mouvement de recul. Le bruit des marteaux, les gerbes d'étincelles, les cris des mécaniciens, tout cela le mit tout de suite mal à l'aise. Et que dire de la taille gigantesque des machines à vapeur ?

Intimidé, il se rapprocha d'Anja. Pourquoi l'avait-t-elle mené jusqu'ici ? Quel était son plan pour se rendre gratuitement jusqu'à Vienne ? Il n'avait été à l'école que quelques jours avant que l'Ogre ne lui interdise d'y retourner, mais il savait quand même que la capitale austro-hongroise se trouvait à près de mille kilomètres de Kiev. Impressionné par les lieux, il en oublia sa colère. C'était curieux : quelques minutes avant, il en voulait terriblement à Anja, et voilà que dans le fracas des machines sa présence le rassurait.

— Une *Typhon 56* ! s'exclama la jeune fille en stoppant devant une locomotive bleu nuit.

Et tandis qu'elle s'approchait de la carlingue, dans une langue où se mêlaient les mots pistons, soupapes et injecteurs, elle s'émerveilla comme devant la huitième merveille du monde.

— Hé, faut pas rester là ! cria un grand costaud, le visage plein de suie et la tenue maculée de tâches d'huile.

Impressionné, Piotr s'apprêtait à déguerpir mais Anja le retint. Grand sourire aux lèvres, elle se tourna vers l'homme qui avait l'air aussi fort qu'un taureau :

— Je cherche Stan, dit-elle d'un ton autoritaire. Stan, le mécanicien.

— Z'avez pas de chance... répondit l'homme en baissant la tête, comme s'il craignait de se faire gronder. Stan, il est parti hier...

Hier ? C'était tout le plan d'Anja qui s'effondrait ! Elle qui espérait convaincre Stan de les prendre à bord, il fallait absolument qu'elle trouve une autre solution.

— N'y a-t-il pas moyen de rejoindre Vienne autrement ? se renseigna-t-elle.

— Il y a bien une solution... reprit l'homme en réfléchissant. Vous prenez le rapide jusqu'à Ekaterinoslav. Puis vous changez pour Lemberg, vous attrapez la correspondance pour Bucarest et là, vous remontez sur Czernowitz. À Cracovie...

Anja, qui commençait à avoir la tête qui tourne, l'arrêta :

— Et combien de jour cela prendrait-il ?

Le colosse se mit à compter sur les doigts :

— Une semaine, mademoiselle.

Une semaine ! C'était beaucoup trop long. Que faire ? Ils ne pouvaient quand même pas retourner en ville. Tout en réfléchissant, elle balayait le quai du regard. La *Typhon 56* ! En un éclair, elle entrevit une solution. Une solution impossible et complètement folle. Impossible ? Rapidement, elle lista les difficultés qui pourraient se présenter. L'absence d'autorisation ? La méconnaissance des points d'aiguillages et des horaires des autres convois ? Le passage des frontières ? Oserait-elle ?

— Quel est son problème ? demanda-t-elle en désignant la locomotive.

— Aucun, mademoiselle. J'ai fait la révision complète et le tender est plein à craquer. Pour dire, j'y ai mis près de six tonnes de charbon et vingt mille litres d'eau. De quoi faire un sacré bout de chemin !

— Quand part-elle ? se renseigna Anja.

— D'ici dix minutes, dit-il en jetant un œil à l'horloge de l'entrepôt. Elle est sous pression, le conducteur ne devrait plus tarder.

Anja se mordit les lèvres. C'était pure folie ! Elle pesait le pour et le contre quand elle vit un homme remonter le quai tout au loin. Le conducteur... C'était maintenant ou jamais...

— Maintenant, dit-elle entre les dents.

À partir de là, tout se déroula très vite.

S'inspirant de l'opuscule de son amie Marge Madsen – *La Vérité sur le Mensonge* –, elle se débarrassa du mécanicien en inventant un problème sur une autre machine. Puis, sans même attendre qu'il se fût suffisamment éloigné, elle prit appui sur le marchepied et monta à bord de la locomotive.

Quelle merveille ! Elle en eut le souffle coupé. Dans la cabine, toutes les commandes étaient rassemblées et, de chaque côté, deux oculus cerclés de cuivre offraient une large vue sur la voie. Elle vérifia les vannes, les niveaux : le cheminot n'avait pas menti, la machine était prête à partir !

La gorge nouée par l'émotion, elle décrocha une vieille casquette, la mit sur la tête puis se pencha vers Piotr :

— Alors ? Tu viens ou tu comptes rester planté là ?

Comme il ne bougeait toujours pas, elle actionna le sifflet de la locomotive :

— En voiture ! Le train pour Vienne va partir !

Arraché de son hébétude par le sifflement, Piotr fit un bond.

Quoi ? Que voulait-elle faire ? Conduire la locomotive jusqu'à Vienne ? Cette fille était folle ! Complètement folle !

Pourtant, était-ce la casquette trop grande, ses longs cils ou son sourire de défi, toujours est-il qu'il se hissa sur le marchepied. Et il n'eut pas même le temps de franchir la carlingue que dans un fracas métallique et un nuage de vapeur, la *Typhon 56* s'ébranla.

— J'ignorais que tu savais conduire un train ! cria-t-il, ballotté par les à-coups que faisait l'engin.

Anja haussa les épaules :

— Moi aussi ! hurla-t-elle.

Et, alors que la *Typhon 56* quittait la gare de Kiev, ils éclatèrent de rire.

55° 46′ Nord, 109° 33′ Est
Sibérie/Rive septentrionale du lac Baïkal

La proximité du lac rendit sa jument nerveuse. Elle connaissait les plaines recouvertes de neige, les forêts de sapins et de bouleaux, mais pas cette immense étendue d'eau qui changeait de couleur en fonction du ciel et des nuages. Et puis, il y avait les cris des gens, les beuglements d'un troupeau, les autres chevaux qui attendaient pour embarquer.

Quand il fallut monter sur le pont instable du bac, la mort d'Anja retint l'entrave du cheval avec fermeté pour l'empêcher de ruer. À bord, elle s'installa à l'écart et toute la journée, elle resta à côté d'elle. Elle lui parlait doucement à l'oreille, lui caressait l'échine et les flancs. Le soir, elle fixa autour de son museau un sac plein d'avoine et après avoir avalé un peu de soupe et du pain de seigle, elle s'endormit à son côté.

Les clapots mouillaient le ponton, l'humidité rendait la nuit fraîche. Dans l'eau, on apercevait de gros poissons blancs qui suivaient le bateau.

La traversée dura cinq jours.

Depuis des années, elle avait vécu entourée de bêtes et elle n'était plus habituée aux regards qu'on portait sur elle, surtout celui des hommes, et ces regards réveillèrent en elle des souvenirs lointains et douloureux.

Au début, des marins attirés par sa chevelure lumineuse tentèrent de l'approcher. Puis un marchand de bestiaux, un agent de change, un colporteur qui revenait de Chine. Devant son mutisme, ils avaient tous renoncé. Surtout quand elle finissait par dévoiler ses bras en remontant ses manches, prononçant toujours les mêmes mots, comme une malédiction :

— Je suis celle qui marche là où le monde ne va jamais. Je suis celle qui sait le chemin de l'ombre quand la lumière disparaît...

Quand le bac accosta et que la passerelle s'abattit sur le port, tout à la joie du cheval qui retrouvait la terre ferme, elle sourit. Mais très vite, elle se souvint que son bonheur avait disparu il y a très longtemps et son visage retrouva son expression habituelle.

Depuis combien de temps avait-elle perdu ce qui fait vivre et mourir les gens ?

Depuis combien de temps la haine avait-elle envahi son cœur ?

Qu'importe.

La seule chose qui comptait, c'était de mettre un point final à cette histoire.

L'achever, enfin.

— Ceux qui savent ne sauront plus... dit-elle, et quand un pêcheur se retourna, elle se rendit compte qu'elle parlait à voix haute.

Le Grand Cophte

Chapitre I

Celui que même les morts craignent

Tchica tchaca, tchica tchaca...

Quelques heures plus tôt, à des milliers de kilomètres de Kiev, les roues d'un autre train résonnaient sur les rails. Composé de près de cent voitures, c'était un convoi énorme, tracté par trois puissantes locomotives.

Tchica tchaca, tchica tchaca...

Dans les tristes plaines de Transbaïkalie où le moindre bruit portait à des kilomètres à la ronde, les paysans se signaient quand ils l'entendaient passer :

— Le Grand Cophte, disaient-il en blêmissant.

Et ils tombaient à genoux, priant pour que les fumées épaisses des locomotives se confondent avec les nuages d'un bourg plus lointain.

Tchica tchaca, tchica tchaca...

Cela faisait près de cinq années que le Grand Cophte traversait la Sibérie et il s'était vite rendu célèbre dans cet immense territoire de l'empire russe.

Chargé par le tsar Nicolas II de liquider les bandits qui sillonnaient ces régions et de chasser les révolutionnaires menaçant son régime, il s'était attelé à cette tâche avec un soin terrible. Ses troupes, les Opritchniks, qu'on appelait aussi les hommes à tête de chien, étaient composées de Cosaques, de brigands et de mercenaires. À leur tête, il avait pacifié la région avec une rage et une violence qui surpassaient ce que ces contrées avaient connu jusque-là.

Armés de sabres et de fouets, des têtes de chien accrochées à leurs selles, les Opritchniks pillaient villes, villages, jusqu'à la moindre isba, amassant butin et richesses, tuant, assassinant, massacrant qui osait leur opposer la moindre résistance.

« Même les morts le craignent », disait-on en évoquant le Grand Cophte quand on était sûr qu'aucun informateur n'était dans les parages.

Sa fortune était l'objet de toutes les spéculations. On disait qu'elle dépassait celle du tsar. On disait aussi que ce dernier ne savait plus comment se débarrasser de ce rival sanguinaire qui s'était rendu maître de toute une partie de son territoire.

Véritable ville roulante, son train débordait d'or, de bijoux et de pierres précieuses mais aussi d'œuvres d'art et de meubles rares. Une partie des wagons était blindée – capable de résister aux balles et à de puissants projectiles – et ceux qui avaient eu le courage de regarder le convoi quand il passait décrivaient des voitures sur lesquelles des canons ou des mitrailleuses étaient installés.

Quantité d'histoires et de légendes circulaient sur le Grand Cophte.

Qu'il rêvait de bâtir un empire qui s'étendrait de l'Asie à l'Europe. Qu'il avait inventé les supplices les plus cruels et qu'il prenait plaisir à exécuter ses ennemis de ses propres mains. Qu'il arrosait ses victoires en buvant du sang. Qu'il ne répugnait pas à se nourrir de chair humaine...

Tchica tchaca, tchica tchaca...

— Moi ? Un cannibale ? Qu'en dites-vous ? sourit le Grand-Cophte en s'adressant aux deux visiteurs qui venaient de le rejoindre dans son wagon luxueux. L'imagination est décidément sans limites... La chair humaine est bien trop fade à mon goût, je préfère celle de l'ours !

Et comme pour appuyer ses dires, il enfonça ses bottes dans la peau de grizzli qui recouvrait le sol, avant de se replonger dans la contemplation du paysage qui défilait.

Tchica tchaca, tchica tchaca...

Rapidement, la tête appuyée contre la vitre du wagon, les souvenirs affluèrent et il oublia les personnes en face de lui.

Combien de kilomètres avait-il parcourus depuis son enfance ?

Combien de pays, combien d'empires avait-il traversés depuis qu'il avait quitté son village misérable ?

Et surtout, combien de crimes avait-il commis ?

Au loin, sur la plaine recouverte de maigres buissons et gorgée de marais, un mouvement troubla sa rêverie.

Dans le ciel qui s'étirait, un rapace plongea vers les terres marécageuses avant de se redresser et de reprendre son vol. Dans son bec, les écailles argentées d'un poisson étincelaient.

Un instant, le Grand Cophte hésita à arrêter le train.

Arrêter cette course sans fin.

Abandonner ses rêves de royaume et de puissance.

Choisir ses deux meilleurs faucons, prendre son chien et chasser, chasser jusqu'à plus soif.

Dans la douce lumière du matin, il se laissa bercer par cette idée. Puis, le visage dur et volontaire, il se redressa, se souvenant que ses deux seconds étaient installés en face de lui, attendant patiemment pour lui exposer la situation.

Tchica tchaca, tchica tchaca...

Chapitre 2

La beauté d'un iceberg

Chaque matin, qu'importe où ils se trouvaient, à 11 h 11 précisément, Ivo et Ava venaient faire leur rapport. Le Grand Cophte les avait recueillis nourrissons, après avoir massacré toute leur famille, à l'époque où il écumait les pays baltes à la tête d'une bande de pillards. Il les avait confiés à une vieille nourrice – la menaçant de mort s'il leur arrivait le moindre malheur – et avait veillé à leur éducation comme si c'étaient ses propres enfants. Dès leur adolescence, il les avait associés à chacun de ses projets, et depuis, il lui suffisait de prendre une décision pour qu'ils la fassent appliquer.

Ivo, le garçon. Ava, la fille. D'un blond presque blanc, ils se ressemblaient à s'y méprendre, ressemblance encore renforcée par le fait qu'ils s'habillaient de la même façon. D'une beauté saisissante, ils affichaient dans toutes les situations la même assurance sans faille, comme si les émotions glissaient sur leur visage. À peine pouvait-on entrevoir un léger tremblement sur leurs lèvres en cas de contrariété. Dès qu'ils entraient dans une pièce, c'était comme si un courant d'air glacé les accompagnait. Sans rien faire de particulier, ils avaient le don de mettre les gens mal à l'aise, même les Opritchniks les plus sanguinaires.

— Moi ? Cannibale ? Voilà qui est parfait ! reprit le Grand Cophte en caressant son chien, un grand dogue noir. En répandant ces horreurs sur mon compte, ces paysans font tout le travail à notre place. Une rumeur comme celle-ci et c'est des milliers d'hommes et de femmes qui deviennent inoffensifs. Que dit le proverbe, Ava ?

— « La souris n'a pas besoin de voir les griffes du chat pour en avoir peur », Votre Excellence.

Le Grand Cophte acquiesça et, pendant que son ordonnance lui servait un thé fort et épicé, il contempla les faux jumeaux avec fierté. Ils ont la beauté d'un iceberg, se dit-il, la beauté d'un iceberg qui se serait détaché de la banquise pour flotter au milieu de l'océan ...

— Autre chose ? demanda-t-il en soufflant sur sa tasse.

— Le scientifique, Votre Excellence, répondit Ivo avec raideur.

— Que s'est-il passé ? N'aviez-vous pas laissé croire aux services secrets russes que le scientifique avait dissimulé ses plans dans l'instrument ?

— Si, bien sûr, et la désinformation a fonctionné à merveille : les agents de l'Okhranka ont foncé droit dans le piège. Le tsar a même dépêché un de ses meilleurs colonels pour se charger de l'affaire.

— Quels naïfs, ces Russkofs ! siffla le Grand Cophte avec mépris. En même temps, leur faire croire qu'ils trouveraient dans le violon les plans d'une arme secrète pour qu'ils le récupèrent à notre place, c'était imparable... Mais alors ? Qu'est-ce qui n'a pas fonctionné ?

— Votre Excellence... commença Ava, un léger tremblement sur la lèvre. L'opération ne s'est pas achevée comme prévu. Alors que nous pensions que les services secrets russes allaient appréhender toute la famille du professeur Blumbaum, l'Okhranka s'est attaqué directement à la fille du scientifique.

— Et ?

— Ils l'ont manquée, Votre Excellence. L'opération a eu lieu dans la gare de Kiev et depuis, la petite est portée disparue.

— Tout comme le violon... ajouta Ivo.

Comme à chaque fois qu'il était contrarié, le Grand Cophte s'apprêtait à abattre son poing sur la table mais au dernier moment il retint son geste. Ivo et Ava étaient ses meilleurs éléments, leur réseau d'informateurs s'étendait sur toute l'Europe et une partie de l'Asie. Ils étaient tellement efficaces que si l'empereur autrichien était enrhumé, il pouvait se vanter de l'apprendre avant l'impératrice !

— Une enfant qui résiste à l'Okhranka ! Quelle honte ! s'emporta-t-il. L'empire russe ne mérite plus de durer, même ses services secrets ne valent plus rien ! Et depuis ? L'ont-ils retrouvée, cette petite avec son violon ?

— Depuis, on est absolument sans nouvelles d'elle.

— Et que dit l'Autriche-Hongrie ? La disparition de la fille du grand physicien Nathan Blumbaum en territoire russe, cela n'a pas dû se faire sans heurts.

— Un vrai scandale ! Les Russes sont d'ailleurs tellement embarrassés qu'ils ont proposé de partager leurs informations avec les services autrichiens.

— C'est dire à quel point ils sont désemparés ! Et vous ? Des pistes de la petite ?

— Nous sommes sur le coup...

— Bien ! Dépêchez-vous de régler ça. Il me faut ce violon absolument ! Vous ne pouvez pas le rater une seconde fois.

La lèvre des jumeaux trembla à nouveau :

— Votre Excellence, lors de la vente à Königsberg, nous nous sommes laissés surprendre. Jamais nous n'aurions pensé que le professeur Blumbaum ferait monter les enchères pour acquérir le violon.

— Peu m'importent vos raisons ! Il est temps de régler cette affaire définitivement. Cet instrument est de la plus grande importance, il en va de mon destin et de celui de notre futur royaume ! Vous pouvez disposer !

Mais Ivo et Ava restaient sans bouger.

— Eh bien ? Qu'y a-t-il encore ? dit le Grand Cophte en caressant le flanc de son chien.

— Un signal, maître.

— Un signal ? Où ?

— Toujours à Kiev, il y a plus d'un mois. Par notre collaboratrice, la baronne von Stumpf.

— Et de quoi s'agit-il ?

— Un jeune garçon, dit Ava.

— Et que dit le signal ?

— Si Votre Excellence veut prendre connaissance de ceci, dit Ivo en tendant un papier froissé.

— *Armoise, Angélique, Millepertuis, Mandragore, Maldoror...* lut le Grand Cophte, les yeux brillants.

— Le message codé a été retrouvé dans les affaires du garçon, un vagabond arrêté par la police.

— Et ? Où se trouve-t-il ?

— Votre Excellence... Le garçon aussi a disparu.

Cette fois, rien ne retint le geste du Grand Cophte et son poing s'écrasa sur la table avec une telle force qu'il réveilla son chien qui s'était assoupi à ses pieds.

Lèvre frémissante, Ivo attendit que la colère de son maître retombe avant d'ajouter :

— D'après nos informateurs, il aurait pris la fuite avec la fille du scientifique.

Les yeux toujours brillants, le Grand Cophte se leva pour arpenter le wagon, réfléchissant aux conséquences de ce que les jumeaux venaient de lui apprendre.

— Deux enfants, voilà qui promet une belle chasse ! dit-il en songeant que c'était la deuxième fois aujourd'hui que le royaume se rappelait à lui.

Et les yeux pleins d'une cruauté féroce, il repensa au rapace et au poisson qui se débattait dans son bec.

— Une dernière chose, dit Ava avant de se retirer avec son frère. Cette enveloppe... La baronne von Stumpf prétend avoir mis la main sur les pages d'un livre qui vous intéressera. Elle a demandé à ce qu'elles vous soient remises personnellement.

Chapitre 3

La légende

Le Grand Cophte attendit que les faux jumeaux soient sortis du wagon avant de décacheter l'enveloppe. En sortant les pages arrachées – trois feuilles, au format in-octavo –, il reconnut tout de suite les signes.

Le royaume. Maldoror.

Le cœur battant, les doigts tremblants, il se mit à les parcourir et d'un seul coup, comme s'il redevenait un enfant, il replongea des années en arrière...

Près de trente ans étaient passés depuis qu'il avait entendu la légende de Maldoror pour la première fois et là, sous ses yeux, il la retrouvait...

Ainsi, il existait un livre. Un livre qui pourrait lui révéler la fin de l'histoire...

Ce ne pouvait être qu'un signe du destin.

Il serait l'héritier.

Celui qui restaurerait le royaume disparu.

Il reprit les pages pour les lire une seconde fois. Quel âge avait-il quand il avait entendu cette légende ? Huit ans ? Dix ans ? Difficile à dire, il ne connaissait même pas sa date de naissance. En tout cas, il se rappelait encore parfaitement les villageois rassemblés autour du feu, les chants, les danses, les guitares. Les bouteilles de slivovits, cette eau-de-vie très forte que les hommes se passaient. Il se rappelait la nuit qui tombe, l'excitation, les histoires qui s'échangent et les yeux des villageois qui brillaient quand le conteur était bon.

Seule, à l'écart, l'étrangère s'était longtemps tenue silencieuse. Elle avait attendu que les chants et les danses cessent. Que les braises remplacent les flammes et que les hommes la dévisagent avec ses cheveux d'or. Alors, elle s'était levée. Elle avait allumé une bougie puis, faisant couler un peu de cire, elle l'avait fixée sur une pierre. En passant, sa robe l'avait frôlé et quand elle avait commencé son histoire, il s'était réfugié entre les jambes de sa mère.

— Vous pensez que je ne suis qu'une bohémienne à la recherche de pain et d'hospitalité ? Que je viens mendier quelques pièces contre une bonne histoire ? Eh bien, vous vous trompez…

Écoutez-moi… Je suis celle qui marche là où le monde ne va jamais. Je suis celle qui sait le chemin de l'ombre quand la lumière disparaît. Et mon histoire est comme la flamme de la bougie. Une fois que cette bougie sera consumée, plus un mot ne franchira la barrière de mes lèvres.

Voici mon histoire. Quand la flamme s'éteindra, ne restera que le silence. Et un mince filet de fumée noire…

Tout commence dans un royaume entre l'Ukraine et la Russie, la Pologne et la Galicie, il y a longtemps, si longtemps que ces noms n'existaient pas encore.

Un royaume où vivaient un roi et une reine qui s'aimaient comme jamais personne ne s'était aimé.

D'un amour plus fort que le vent qui balaye la plaine.

Plus puissant que le courant du Dniepr au printemps.

Plus intense que les braises du feu.

Plus immense que le ciel et les étoiles.

Alors qu'elle racontait son histoire, l'étrangère avait relevé la manche de son chemisier. Sur sa peau blanche, il avait découvert, dessinés à l'encre bleue, le roi et la reine amoureusement enlacés. Autour d'eux, en un foisonnement artistiquement tracé par le tatoueur, des arbres, des oiseaux, toute une nature qui faisait écho à cet amour absolu.

— *Leur amour était si beau, reprit la femme, si intense, qu'il irradiait sur le royaume comme les rayons d'un soleil.*

On louait leur bonheur, leur beauté.

On se réjouissait de l'enfant qu'une si belle union ferait naître.

Prince ou princesse, dans tout le royaume le ventre de la reine était observé, le moindre signe commenté.

Mais il n'existe pas de bonheur parfait. Et dans le secret de leur lit, le roi et la reine avaient beau s'aimer, le ventre de la reine refusait obstinément de s'arrondir.

Après ce flot de paroles, la femme aux cheveux d'or s'était interrompue puis elle avait déboutonné le haut de sa robe, laissant entrevoir son épaule et la naissance de sa poitrine. Sa peau semblait recouverte du même bleu cobalt que ses bras et alors qu'elle s'était penchée, il avait vu à la lueur du feu le dessin d'un œil en larme et d'un poignard qui s'enfonçait dans son cœur.

— « Mon âme, dit le roi à la reine un jour où ils étaient allongés sur une couche de fleurs. Tu sais à quel point mon amour pour toi est immense mais notre union est stérile. Partout dans le royaume, on s'inquiète de ne pas te voir me donner de descendance. Le Grand Conseil s'est réuni hier. Sa décision est prise. Dès demain, il me faut prendre une nouvelle épouse. »

Sa voix se brisa en un sanglot :

« Et dès demain, tu ne seras plus reine, tu ne seras plus ma femme, je dois te répudier. »

Les mots du roi s'enfoncèrent dans son cœur comme un poignard. Et tandis qu'une larme coulait sur son visage, elle resta sans voix.

Nous laissant imaginer le désespoir silencieux de la reine, l'étrangère avait attendu quelque temps avant de reprendre son récit. Puis, dévoilant les tatouages de ses jambes comme si elle tournait les pages d'un livre, elle raconta en quelques mots la terrible cérémonie : le roi prenant deux nouvelles épouses car le Conseil avait voulu s'assurer d'une descendance pour le royaume. Puis le bannissement de la reine. Et son départ dans la forêt.

— S'est-elle perdue à tout jamais ? A-t-elle été dévorée par les bêtes sauvages ? Nul ne le sut et comme les inquiétudes du roi firent vite place aux premières annonces de sa descendance, on s'empressa de l'oublier. Commentant chaque jour le ventre

des nouvelles reines, pariant sur celle qui lui donnerait en premier un héritier, le royaume ignora ce qui se préparait dans les entrailles de la terre : absorbée par le sol, avalée par la glèbe et le limon, l'unique larme versée par la reine répudiée s'était transformée en graine. Et de cette graine avait germé une fleur encore close qui avait traversé le limon et la glèbe pour, attirée par les promesses de la lumière, briser la couche du sol et pousser vers le ciel...

Schhhhhh...

Il se souvenait encore du bruit de la bougie quand elle s'éteignit. L'assistance, qui venait de comprendre que la femme ne raconterait pas la fin de l'histoire, s'était mise à protester et elle avait levé les bras, l'air désolé :

— *Je vous avais prévenus. Mon histoire est comme la flamme de cette bougie. Il n'en reste rien. Rien que le silence. Et un mince filet de fumée noire.*

En le tirant par la main pour rentrer, sa mère aussi avait manifesté son mécontentement. Cela ne l'avait pas empêchée, comme tous les autres, de laisser une pièce à la femme aux cheveux d'or.

— Elle l'a fait exprès, avait-elle maugréé en le traînant jusqu'au lit. Tout ça pour qu'on vienne demain écouter la suite de son histoire !

Chapitre 4

Comme les pages d'un livre

Il avait attendu que ses parents s'endorment avant de ressortir dans la nuit.

Il avait couru jusqu'à la grange où la femme aux cheveux d'or avait laissé son cheval plus tôt dans la journée. La nuit était claire, la lune à son apogée, on se serait cru en pleine journée. Sans faire le moindre bruit, il avait longé le mur de l'écurie quand, entre deux planches, il l'avait vue : entourée de chevaux, elle remplissait une bassine d'eau à un puits.

Le regard aimanté, il avait observé l'étrangère jusqu'à ce que la bassine soit pleine. Puis elle avait retiré sa robe et, pendant un court moment, elle s'était retrouvée complètement nue. Il en avait eu le souffle coupé. Plus que de voir pour la première fois une femme sans vêtements, ce qui l'avait fasciné, c'était son corps recouvert de tatouages. Pas seulement sur les parties qu'elle avait dévoilées pendant la veillée, mais sur chaque parcelle de sa peau, à l'exception de son visage et de ses mains.

Les jambes chancelantes, la gorge nouée, inquiet à l'idée de se faire surprendre, il l'avait contemplée pendant qu'elle se lavait. Alors, son corps était devenu comme un livre. Un livre dont il allait feuilleter les pages pour connaître la fin de l'histoire racontée autour du feu.

Toujours dissimulé par les planches, il avait laissé ses yeux se promener sur le corps de l'étrangère, distinguant parmi ses nombreux tatouages le dessin des deux nouvelles reines, chacune portant en son ventre le futur héritier du royaume.

Sur ses reins, il avait aussi vu des flammes qui, remontant le long de son dos, devenaient feu, brasier, fournaise. De cet incendie, des hommes à tête de chien, armés de sabres et de fouets, jaillissaient pour répandre chaos et destruction. Et entre les mèches de cheveux blonds, il avait découvert des maisons détruites, un château en ruine et, passés par le fil de l'épée, des morts par milliers.

Absorbé par le spectacle de ce corps qui, jusqu'au moindre recoin de peau, racontait le royaume anéanti, il avait éprouvé une joie intense, comme s'il participait au massacre. À tel point qu'il avait cru entendre le roi crier quand l'épée l'avait transpercé. Et quand dans la grange la femme aux cheveux d'or s'était baissée pour ramasser ses vêtements, révélant le dessin d'une embarcation sur laquelle s'étaient réfugiées les deux reines, une haine si puissante l'avait envahi qu'il fut obligé de se détourner le temps de retrouver son calme.

Quand il s'était replongé dans la légende, l'étrangère enduisait son corps d'une huile brillante et il n'avait plus discerné que des fragments de l'histoire : les deux reines accompagnées de leurs suivantes embarquant sur un navire. Des animaux. Un violon. Puis les hommes à tête de chien qui s'étaient lancés à leur poursuite.

Pendant un temps qui lui avait paru infini, la femme était restée immobile, le laissant dans l'attente de la suite. Où étaient passées les deux reines ? Les hommes à tête de chien avaient-ils rattrapé le navire sur lequel elles avaient fui ? Comme s'il revenait sur des pages déjà lues, il s'était alors replongé dans les images devant lui. Éclipsé par les autres tatouages, un détail lui avait échappé. C'était une sorte de ligne, un long trait dont il ne distinguait ni le début ni la fin et qui, comme du lierre, envahissait tout. Quand la femme avait relevé son bras, il avait compris que ce fil était une longue tige, avec une fleur sombre et noire en son extrémité. Et qu'une main se tendait pour la cueillir.

— Retourne-toi, retourne-toi...

Plus de trente années étaient passées et il se souvenait encore de cette ultime prière.

— Retourne-toi, s'il te plaît... avait-il supplié, espérant découvrir celui qui cueillerait la fleur née de la larme d'une reine.

C'est à ce moment que l'ivrogne était arrivé. Maudit soit-il pour l'éternité !

Épris d'alcool, il chantait à tue-tête, réveillant tout le village sur son passage.

À peine l'avait-elle entendu que la femme aux cheveux d'or s'était enveloppée d'une couverture. Et c'était comme si le livre s'était refermé pour toujours.

Le Grand Cophte qui n'était alors qu'un enfant s'était enfui sans se retourner.

Une fois dans son lit, des images de destruction et de mort l'avaient agité.

Dans sa nuit, confondant rêve et réalité, il avait rejoint les hommes à gueule de chien.

Lui aussi avait frappé avec son épée, lui aussi avait tué, détruit, brûlé. Et ce plaisir avait été si fort, si intense, qu'il avait décidé qu'il serait celui qui cueillerait la fleur sombre et noire. Celui qui éliminerait les fausses reines et leurs héritiers. Celui qui vengerait celle que le roi avait abandonnée.

Le lendemain, quand le village s'était réveillé, il avait disparu.

Dans sa maison, on avait retrouvé le corps de son père et de sa mère. Égorgés.

Tchica tchaca, tchica tchaca...

Dans le wagon du train qui traversait la Sibérie, le dogue noir, fâché d'être ignoré par son maitre aboya, arrachant le Grand Cophte à ses souvenirs.

Rappelé à l'ordre par l'animal, il caressa un temps son échine. Puis, lassé, il se replongea dans les pages arrachées, ces pages qui racontaient l'histoire de la femme aux cheveux d'or.

Comment la baronne était-elle entrée en leur possession ? Et pourquoi lui avait-elle fait parvenir ces trois feuillets ? Pour lui révéler où se trouvait la première porte de Maldoror ? Pour lui confirmer l'importance du violon ? Ou alors, parce qu'elle n'en possédait pas d'autres ? Il faudrait qu'il en ait le cœur net... Quand bien même, il mettrait tout en œuvre pour retrouver ce livre et connaître la fin de la légende. Parce qu'il en était persuadé, il serait l'héritier de Maldoror. Celui qui cueille la fleur sombre, celui qui venge la reine déchue. Celui qui rétablit le royaume.

Et alors qu'à travers les vitres du train, le paysage continuait à défiler, il relut la phrase qui révélait le lieu où se trouvait la porte :

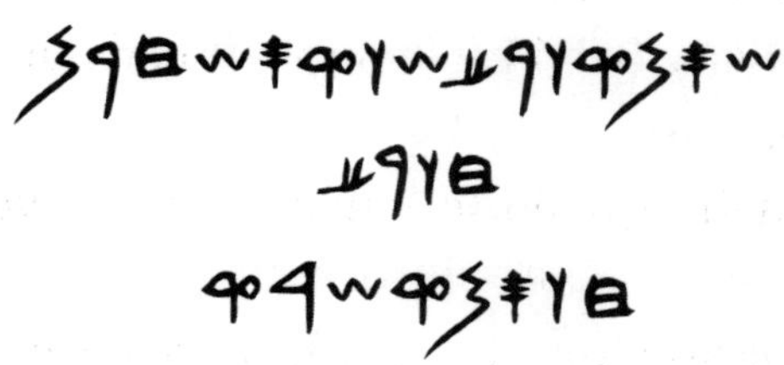

CHAPITRE 5

SUR LES RAILS

Tchica tchaca, tchica tchaca...

Quelques heures plus tard, quelques milliers de kilomètres plus loin, une locomotive fonçait vers la frontière austro-hongroise. Et si elle n'avait pas la puissance du convoi du Grand Cophte, sa vitesse restait impressionnante car elle ne tractait aucun wagon.

Tchica tchaca, tchica tchaca...

De sa cheminée, des gerbes de feu s'échappaient, mouchetant la nuit d'étincelles. À bord, deux enfants. Piotr, qui remplissait de charbon le ventre de la machine, et Anja manipulant les différents leviers et jouant avec la pression des cylindres pour maintenir l'allure.

Tchica tchaca, tchica tchaca...

Le paysage englouti par la nuit, les seules choses qu'ils distinguaient encore étaient les signalisations des gares et le rail qu'éclairait l'œil unique de la locomotive.

Couvert de charbon, Piotr n'avait aucune idée de là où ils se trouvaient. Et il s'en fichait. Subjugué par la vitesse, il avait tout oublié : leurs poursuivants, l'argent perdu par la faute d'Anja et même la maladie de

Matouchka. Persuadé que tant qu'il alimenterait le feu de ses pelletées rien ne pourrait leur arriver, il espérait que le voyage ne s'arrête jamais. Rien que pour entendre les cris de joie d'Anja à chaque fois que la *Typhon 56* prenait de la vitesse.

Tchica tchaca, tchica tchaca...

La nuit passa comme dans un rêve et, quand le soleil apparut à l'horizon, ils découvrirent le paysage qui les entourait : la forêt, les champs de blé, les villages qu'ils saluaient en actionnant leur sifflet.

— Il faut qu'on s'arrête ! cria Anja qui venait de vérifier la pression de la locomotive. La réserve d'eau est presque vide.

— Comment va-t-on faire ?

— C'est tout simple, Piotr. Il suffit de stopper dans une gare, elles sont équipées d'une citerne.

— Tout simple ? Mais on va se faire repérer !

Anja, comme s'il n'y avait rien de plus ordinaire au monde que deux enfants conduisant une locomotive, haussa les épaules. Et une dizaine de minutes plus tard, lorsqu'ils aperçurent une gare, elle se contenta de se barbouiller le visage de suie. Puis, elle enfila des lunettes accrochées à une manette et fit disparaître ses cheveux sous sa casquette :

— Cache-toi derrière le garde-corps ! cria-t-elle à Piotr.

Et, dans un crissement métallique, elle stoppa l'engin.

Le chef de gare apparut immédiatement, surpris par cette locomotive qui s'arrêtait de façon imprévue sur son quai :

— Un problème ? demanda-t-il.

En entendant Anja répondre avec une voix de baryton, Piotr faillit s'étouffer. Quel culot ! Ça ne marcherait jamais ! Pourtant, à sa grande surprise, elle réussit à bluffer le chef de gare qui l'aida à manœuvrer jusqu'à la citerne. Et quand à plusieurs reprises, elle prit sa grosse voix, Piotr, incapable de réprimer un fou rire, manqua de les faire repérer.

C'est par hasard, au moment où l'homme s'esquivait sous prétexte de papiers à faire signer, que Piotr perçut quelque chose d'anormal. Derrière une vitre de la gare, un éclat lumineux attira son regard. C'étaient deux carabiniers trahis par le métal de leurs fusils.

— Démarre ! cria-t-il à Anja qui sifflotait sans se douter de rien.

Persuadée que Piotr craquait nerveusement, elle lui fit signe de se taire.

— Anja ! cria-t-il une seconde fois en actionnant le levier de pression. Les carabiniers ! Dans la gare !

Il eut à peine le temps d'achever sa phrase que les deux hommes arrivèrent sur le quai.

Cette fois, Anja réagit et, d'un bond vif, elle se jeta sur la manette des freins. À la faveur de cette manœuvre, la *Typhon 56* s'ébranla brusquement et ils se retrouvèrent au sol.

Convaincus de rattraper la locomotive qui, sous le seul effet de la pression, roulait au pas, les carabiniers approchèrent sans se presser. Heureusement, dans un même réflexe, Anja et Piotr se redressèrent pour actionner le levier de vitesse. Surpris par l'accélération soudaine de la machine, les deux policiers se mirent à courir mais, ralentis par leur lourd harnachement, ils furent vite distanciés.

Tchica tchaca, tchica tchaca...

Tandis qu'ils s'éloignaient de la gare, Anja se tourna vers Piotr, un sourire triomphal aux lèvres.

— À terre ! eut-il juste le temps de crier en se jetant sur elle avant que les premières balles ne fusent sur la carlingue.

Alors que le train continuait à avancer, ils restèrent longtemps allongés, même après que les dernières balles eurent ricoché sur la locomotive.

— Décidément, ça va devenir une habitude ! dit Anja quand ils finirent par se relever. C'est la deuxième fois que tu me sauves la mise !

Et avant qu'il ne puisse répondre, elle l'embrassa sur le front.

Chapitre 6

Retrouvailles

Ils abandonnèrent la locomotive une centaine de kilomètres plus loin, sur une voie de délestage. D'après les calculs d'Anja, ils ne devaient plus être très loin de Vienne, ce qu'un panneau d'indications confirma : en marchant bien, ils arriveraient en début de soirée dans la capitale austro-hongroise.

Toute la journée, malgré le soleil et la chaleur, ils avancèrent d'un pas léger, fiers de leur escapade, et surtout de s'en être tirés à si bon compte. Cependant, au fur et à mesure qu'ils se rapprochaient de la ville, leur état d'esprit n'évolua pas de la même façon. Si Anja, excitée à l'idée de retrouver sa famille, affichait un immense sourire, Piotr prenait conscience que les moments de complicité qu'ils avaient partagés touchaient à leur fin. Et il ne pouvait s'empêcher d'être gagné par une certaine mélancolie. Quand il aperçut le palais impérial sur la Ringstrasse, il comprit que tout allait redevenir comme avant : Anja retournerait à sa vie de prodige du violon. Lui, tenterait de gagner Odessa dans l'espoir de retrouver une bohémienne dont il ne savait rien et qui détenait peut-être le remède qui sauverait Matouchka.

S'accrochant à son bras, Anja l'arracha à ses pensées : ils venaient de traverser le parc de Schönbrunn et, comme ils arrivaient dans son quartier, elle tenait à lui montrer les plus belles bâtisses de la Hochgartenstrasse :

— Voilà la maison de Marge ! Marge Madsen, tu sais, ma meilleure amie...

Piotr, stupéfait, acquiesça. Ce qu'Anja appelait une maison ressemblait plutôt à un château !

— Et là-bas, fit-elle en sautillant, c'est chez Annegret. La fille du consul Hopfitzkochen. Elle me déteste : un jour, avec Marge, on a glissé des limaces dans son panier à ouvrage. Si tu avais entendu le cri qu'elle a poussé quand elle y a mis la main !

Elle rit de bon cœur avant de le tirer à nouveau par la manche :

— Et là, c'est chez moi !

Piotr, impressionné par l'immense bâtisse, poussa un long soupir :

— Chez toi ? Et tu habites à quel étage ?

— Tu veux dire, quel est mon étage ? corrigea Anja sans malice. Le dernier, juste en dessous des mansardes où logent les domestiques. Maman a ses appartements au premier et papa a installé son laboratoire dans les dépendances du jardin. Plus bas, ce sont les salles de réception et la bibliothèque. Tu verras, mon père est formidable ! ajouta-t-elle, radieuse à l'idée de le retrouver. Ma mère aussi... Mais elle est si préoccupée par mon éducation et par l'idée qu'elle se fait d'une jeune fille bien élevée que ça en devient fatigant. Ne traînons pas ! Ils doivent être tellement inquiets.

En la suivant dans l'allée centrale, Piotr se frotta les yeux. Il n'en revenait pas ! Après les semaines passées à Kiev, il avait bien remarqué que, dans le monde, il y avait des riches et des pauvres et qu'il faisait indéniablement partie de la seconde catégorie. Mais là, en gravissant les marches de l'escalier central, il prit véritablement conscience de ce qu'étaient le luxe et la richesse.

Toujours aussi excitée, Anja le précéda :

— Quelle surprise ils vont avoir en me voyant arriver !

Mais, à son grand étonnement, quand elle s'accrocha à la lourde porte, celle-ci refusa de s'ouvrir. Plus étrange encore, les volets de la maison étaient clos et aucune lumière n'était allumée. Pourtant, ses parents auraient dû être revenus de Kiev depuis plusieurs jours à remuer ciel et terre pour la retrouver.

— On va passer par-derrière, dit-elle en l'entraînant dans le jardin. Quand les domestiques sont seuls, les pièces de réception restent généralement fermées.

Ils contournèrent la cabane du jardinier avant de longer le laboratoire du père d'Anja situé juste à côté. C'était un bâtiment rythmé par de grandes fenêtres, aux croisillons réguliers. À l'intérieur, une longue table encombrée de matériel de chimie en occupait la plus grande partie et sur le mur du fond, comme dans une salle de classe, on apercevait un tableau noir recouvert de calculs. Sur un bureau, des plans, des dossiers et des prototypes d'objets difficiles à identifier s'entassaient en un fragile équilibre.

Anja se retourna en souriant :

— Comme ça, on a l'impression que tout est en désordre mais mon père sait exactement où se trouve chaque objet, chaque papier. Viens, ressortons d'ici. Nous trouverons sans doute des domestiques dans la maison.

Alors qu'ils revenaient vers la demeure, Anja aperçut une silhouette à l'intérieur : aucun doute possible. À son allure rigide, à son chignon dressé vers le ciel, cela ne pouvait être que Miss Nightingale. Elle se précipita vers le bâtiment : c'était bien la première fois qu'elle était heureuse de voir sa gouvernante !

Mais, au moment où la porte s'ouvrait sur Miss Nightingale, Anja s'arrêta net. Elle n'était pas seule : l'homme aux grandes moustaches, celui qui avait voulu lui voler son violon et qui n'avait pas hésité à la frapper avec sa canne, l'accompagnait !

— Vite ! dit-elle en poussant Piotr derrière un bosquet.

— Que se passe-t-il ?

— Chut ! Pas un bruit ! dit-elle encore en lui montrant sa gouvernante et l'homme qui s'arrêtèrent à quelques mètres d'eux.

— Êtes-vous certain, colonel, demanda Miss Nightingale, que ce sont bien eux qui ont été signalés ?

— Aucun doute, répondit l'homme avec un fort accent russe. La description faite par les carabiniers, la locomotive retrouvée, tout concorde. À mon avis, débrouillards comme ils le sont, vous ne devriez pas tarder à les voir arriver. Aussi, je préfère m'éclipser, ce sera plus simple pour vous de l'amadouer. Quant à ses parents, je me suis débrouillé pour que vous soyez tranquille.

— *Bloody Hell !* lâcha Miss Nightingale sur un ton qu'Anja ne lui connaissait pas. Voler une locomotive ! Cette enfant est vraiment diabolique !

— Effectivement, Anja Blumbaum est une enfant en tout point surprenante, poursuivit le colonel en songeant à la facilité avec laquelle elle lui avait échappé à Kiev. Mais cette fois, tout se déroulera comme nous l'avons prévu. Dès qu'elle sera de retour et que vous vous serez assurée qu'elle a bien son violon, appelez-moi.

— Une chose, colonel...

— Je n'ai qu'une parole, Miss Nightingale. Quand nous aurons récupéré les plans, l'instrument vous reviendra. Je suppose que votre commanditaire à Londres vous remettra une belle commission.

— Il ne s'agit pas de cela, colonel.

L'homme, qui aimait que tout se déroule selon ses plans, se cabra de toute sa rigueur militaire :

— Quoi d'autre ? Vous me livrez la fille et l'instrument, en échange de quoi, une fois le violon examiné par mes services, vous pourrez en exploiter la valeur marchande.

— C'est au sujet de la petite...

— Eh bien quoi, la petite ?

— Que va-t-il lui arriver ?

— Cela ne vous regarde pas. Secret d'État.

Miss Nightingale se mit à frissonner :

— Êtes-vous bien certain que ces plans sont dissimulés dans le violon ? Il serait dommage que nous fassions tout cela pour rien.

Le colonel s'arrêta à son tour. Cette affaire avait trop duré, il ne pouvait se permettre un autre échec, les enjeux étaient trop importants. Pour preuve, il devait rendre compte de l'avancée de son enquête au tsar lui-même. Si les plans tombaient entre les mains d'une autre nation, les conséquences seraient terribles. Pour lui comme pour l'empire russe.

— Miss Nightingale, mes renseignements sont de tout premier ordre. Quant à l'enfant, poursuivit le colonel en frisotant l'extrémité de sa moustache, je peux vous assurer que nous agirons professionnellement et que les services de l'Okhranka la neutraliseront avec humanité.

— Colonel...

Il leva sa canne pour la faire taire :

— Nous agirons de même avec le garçon qui l'accompagne. L'affaire est trop importante, nous ne pouvons-nous permettre la moindre négligence. Faites-moi confiance. Tout cela s'effectuera dans la plus grande discrétion. En attendant, faites-moi signe dès qu'ils seront là.

Et, tout en se dirigeant vers la rue, il fit cingler sa canne sur un massif de dahlias, sectionnant d'un seul coup toutes les fleurs.

Sssssssssssssssssssss !

Chapitre 7

Marge Madsen

Complètement déconcerté, Piotr tentait de comprendre ce à quoi il venait d'assister.

Que faisait ce colonel russe – le fameux homme aux moustaches ! – à Vienne ? De quels plans parlait-il et comment auraient-ils pu être dissimulés dans un violon ? Enfin, plus inquiétant encore : que voulait-il dire quand il parlait de les *neutraliser*, Anja et lui ?

Peu à peu, à la manière des pièces d'un puzzle qu'on assemble, les choses devenaient plus claires dans l'esprit de Piotr. Le colonel de l'Okhranka et la gouvernante anglaise... L'acharnement de Pharaon et ses Effaceurs à les poursuivre, l'attaque chez monsieur le comte. Et si finalement, ce n'était pas le violon d'Anja qui les intéressait eux aussi ?

Kiev, la petite gare où les carabiniers les avaient attaqués et maintenant Vienne, ils étaient cernés de toutes parts. Soudain, Piotr prit conscience de l'ampleur de la menace. Parce qu'avec les services secrets russes sur le dos, ils ne seraient en sécurité nulle part ! Ce n'était pas juste une bande de voyous comme les Effaceurs !

Alors, que faire ? Où se cacher ? Où se mettre à l'abri ? Dans son village ? Il avait tellement envie de revoir Matouchka, mais avec l'Ogre, c'était impossible. Et puis, ça n'avait pas de sens d'y retourner sans remèdes pour la soigner.

Comme à chaque fois qu'il y pensait, il se mit à réciter la liste que sa grand-mère lui avait donnée. Au départ, c'était juste pour ne pas l'oublier puis c'était devenu une sorte de comptine qu'il ânonnait par réflexe :

Armoise, Angélique, Millepertuis, Mandragore, Maldoror...

— Que dis-tu ?

— Oh, désolé ! fit-Piotr, un peu gêné. Je réfléchissais à un endroit où on aurait pu se cacher. Tu as une idée ?

Mais Anja ne répondit pas. Sous le choc elle aussi, elle se demandait comment sa vie si tranquille, sa vie si bien tracée, avait pu être à ce point bouleversée. Il y a une dizaine de jours, elle était encore une petite fille sans histoires, sans autres préoccupations que ses cours de violon et sa gouvernante casse-pieds, et voilà qu'elle se retrouvait sans parents et dans la peau d'une fugitive.

Comme Piotr, chez elle aussi, les questions se bousculaient : que voulait dire ce colonel quand il affirmait qu'il s'était « débrouillé » avec ses parents ? Où pouvaient-ils être ? Et pourquoi un colonel des services secrets s'intéressait-il à son violon ? Était-il possible que son père ait caché des plans dans son violon ? Plus encore que cette découverte – elle transporterait des plans ultra-secrets ! –, il lui paraissait inimaginable qu'il ait pu se servir d'elle et la mettre en danger pour dissimuler les résultats de ses recherches.

En tout cas, une chose était sûre, il fallait qu'elle mette à l'abri son violon qui aiguisait tant les convoitises. Elle repensa à Miss Nightingale. Ainsi, sous son apparente bonne éducation, la Britannique n'était motivée que par l'appât du gain ? Se rappelant ses leçons de morale, Anja enragea. Si elle s'imaginait qu'elle allait la laisser faire, elle se fourrait le doigt dans l'œil !

— J'ai une idée ! dit-elle en levant la main comme si elle était en cours de solfège. On va se réfugier chez Marge. Tu verras, elle sera ravie de nous recevoir.

Tout en remontant la Hochgartenstrasse, Anja se consola en imaginant la réaction de son amie. Quand elle lui raconterait ses aventures et qu'elle lui dirait comment Piotr l'avait sauvée, elle n'en reviendrait pas ! En s'approchant de la demeure, elle se réjouissait à l'avance. Ce qui serait formidable, c'est que Piotr accepte de lui montrer ses cicatrices. Cela achèverait de l'impressionner, c'est sûr ! À moins qu'il ne fasse à nouveau danser les papillons comme devant la poste principale ? Avec des papillons de nuit, ce serait *follement romantique*...

Une fois devant la propriété des Madsen, elle s'avança sous la fenêtre de son amie.

— Marge, chuchota-t-elle à plusieurs reprises.

Comme personne ne venait, Piotr ramassa un caillou qu'il lança par la fenêtre ouverte.

Il eut à peine le temps de s'écarter que Marge apparaissait avec ses bonnes joues rouges :

— Anja ? Que fais-tu là à cette heure ?

— J'ai besoin d'aide, Marge : est-ce que tu peux nous faire entrer ?

Puis, désignant Piotr qui s'était mis sur le côté :

— Je ne suis pas seule.

Marge se pencha, plus curieuse que jamais.

— Ah bon ?

— Marge ! Dépêche-toi ! Et puis, sois discrète, il ne faut pas que tes parents sachent que je suis là.

— Qui est avec toi ?

— Marge, je suis avec un garçon...

Au mot *garçon*, on entendit un gloussement et, moins d'une minute plus tard, Marge leur ouvrait la porte et les faisait monter dans sa chambre.

Elles tombèrent dans les bras l'une de l'autre mais, très vite, Marge s'écarta en pinçant le nez.

— Anja ! Quelle est cette odeur ?

Anja sourit, un peu gênée. Puis, plus crânement :

— C'est le parfum de l'aventure ! Quand je vais te raconter tout ce qui m'est arrivé, tu seras épatée !

Mais Marge ne l'écoutait plus. La bouche entrouverte, elle dévisageait Piotr avec la même expression qu'Annegret Hopfitzkochen le jour où elle avait découvert les limaces dans son panier à ouvrage.

Anja s'empressa de faire les présentations. Avec force détails et rebondissements, elle raconta ses mésaventures : le train manqué... le colonel et ses moustaches...

la *Typhon 56*, la trahison de Miss Nightingale et sa maison sous surveillance...

— C'est *follement romantique*... répétait Marge qui, incommodée par *le parfum d'aventure* que dégageaient Piotr et Anja, s'était approchée de la fenêtre.

— Alors ? Qu'en penses-tu ? demanda cette dernière, une fois qu'elle eut terminé.

— C'est *follement*...

Mais Marge ne put achever sa phrase.

Elle venait d'apercevoir Véra que Piotr avait sortie de sa boîte. En découvrant les pattes velues de l'araignée, le rouge de ses joues disparut instantanément et elle s'évanouit en se pâmant.

Chapitre 8

Un signe sur la porte

La chambrière ne s'émut guère quand Marge réclama de l'eau chaude alors même qu'elle avait déjà pris deux bains dans la journée. À son service depuis plusieurs années, elle était habituée aux fantaisies de sa jeune maîtresse.

Une fois la baignoire pleine, Marge, encore toute pâle, avait envoyé, l'un à la suite de l'autre, les deux *aventuriers* se laver. Maintenant qu'ils se tenaient frais et propres, Anja dans une belle chemise de nuit et Piotr dans un costume trop grand qui avait appartenu à son frère Karlheinz, elle pouvait à nouveau respirer normalement.

— Il est vraiment minus, ton ami, glissa-t-elle à Anja quand elle le vit qui retenait son pantalon pour éviter qu'il ne tombe. Mon imbécile de frère portait ce costume quand il avait huit ans.

Piotr qui avait entendu sa remarque lui aurait bien rabattu le caquet, mais les deux filles éclatèrent de rire et il trouva plus prudent de ne rien dire. Il se sentait déjà assez ridicule comme ça...

Heureusement, la chambrière arriva avec une collation commandée par sa maîtresse et il fallut qu'ils se dissimulent derrière les rideaux.

— Voilà qui va finir par me requinquer ! s'exclama Marge dont les joues retrouvèrent leur couleur habituelle. Venez manger !

En guise de collation, c'était un véritable festin et ils dînèrent tous trois avec grand appétit. Anja et Piotr qui n'avaient rien avalé depuis la veille étaient affamés. Quant à Marge, c'était bien simple, elle avait faim tout le temps.

Entre deux bouchées, Anja acheva le récit de leurs aventures.

— Cette histoire est des plus étranges ! conclut son amie en engloutissant la dernière part de gâteau. Il vaut mieux que vous restiez ici pour la nuit. Anja, tu dormiras avec moi. Et toi, Piotr, tu iras dans la chambre de mon frère, il est à l'académie militaire pour les vacances.

Piotr se retira sans demander son reste.

Assis sur le lit de Karlheinz, il observa Véra qui tissait une toile dans l'encadrement de la fenêtre. Il repensa à la réaction de Marge quand elle l'avait vue. Bien fait ! se dit-il en retirant le costume ridicule qu'elle l'avait obligé à porter.

L'araignée, qui avait accroché le fil principal et délimité le cadre de sa toile, ajouta un à un des rayons. Puis, après avoir formé la spirale interne, elle s'y agrippa avec ses tarses, dans l'attente d'une proie.

Piotr bâilla longuement, les yeux fixés aux fils blancs – presque phosphorescents – qui se détachaient dans la nuit.

Demain, il tâcherait de trouver des vêtements à sa taille.

— Ton compagnon d'aventures ? Je te le répète : il a vraiment l'air d'un minus...

Couchée avec Marge dans son lit, Anja en convenait, Piotr était petit. Mais minuscule, elle exagérait.

— Anja, toutes ces aventures t'ont retourné la tête. Une bonne nuit de sommeil et tu y verras à nouveau plus clair. Demain, tes parents seront de retour et tout s'arrangera. Tu retourneras à tes études de violon, nous continuerons à tourmenter Annegret et ce jeune garçon repartira pour sa campagne.

— Mais...

— Chut ! fit Marge. J'irai faire un tour chez toi après le petit déjeuner. Et maintenant, dormons !

Le lendemain, Marge se rendit comme prévu chez Anja. Mais la maison était toujours fermée. Et elle eut beau faire retentir la cloche au-dessus de l'entrée, personne ne vint lui ouvrir, pas même Miss Nightingale.

— Au fait ! s'exclama-t-elle une fois de retour. Sur la porte... Je ne sais pas s'il était déjà là avant, mais j'ai vu un signe étrange, tracé à la craie.

Devant l'insistance de ses deux invités, elle dessina le symbole :

— Le signe ! s'exclamèrent Piotr et Anja de concert.

Surpris, le garçon se tourna vers son amie :

— Tu l'as déjà vu ?

— Oui, avant-hier. Tracé sur la statue du comte Khmelnitski. Sur le moment, je n'y avais pas fait plus attention que ça et avec tout ce qui est arrivé par la suite, ça m'était sorti de la tête. Mais là, je l'ai tout de suite reconnu. Et toi ? Tu le connais ? Tu sais ce qu'il veut dire ?

— Pas avec précision, mais je l'ai vu chez la baronne. Pour me menacer, Pharaon m'avait fait parvenir un papier où ce signe était dessiné.

— Qu'est-ce que tout cela signifie ? demanda Marge, intriguée.

— Cela signifie que les Effaceurs sont également à nos trousses ! expliqua fiévreusement Piotr. Et je me demande bien comment ils ont pu remonter jusqu'à nous aussi rapidement. Anja, je crois qu'il faut partir d'ici ! Nous ne sommes plus en sécurité.

— Comment cela ? s'indigna Marge en s'adressant à son amie. Tu retournerais dans la rue pour quelques traces de craie dessinées par des gamins ?

— Marge... C'est plus grave que tu ne le penses. S'ils nous ont retrouvés aussi vite...

— Oui, poursuivit Piotr, s'ils nous ont retrouvés aussi vite, ils ne tarderont pas à venir jusqu'ici. Marge, as-tu été suivie quand tu es allée chez Anja ?

Marge bredouilla. Elle n'en savait rien. Elle s'était contentée de se rendre jusqu'à la propriété des Blumbaum et de revenir.

Piotr réfléchissait à toute vitesse.

Comment les Effaceurs avaient-ils fait ? Était-il possible qu'ils soient de mèche avec l'homme aux moustaches ?

— Il faut partir d'ici, répéta-t-il.

— Mais où veux-tu aller ? l'interrogea Anja.

Penché à la fenêtre, Piotr observait les environs. Soudain, il se retourna, l'air déterminé :

— Anja... Il faut que nous parlions. Seuls...

Chapitre 9

La disparition

— Tu ne manques pas de toupet ! Marge est ma meilleure amie, elle a la gentillesse de nous héberger et toi tu l'écartes de notre conversation ?

Piotr haussa les épaules. Contrariée, Marge venait de sortir de la chambre et il savourait cette petite victoire :

— Il faut envisager toutes les possibilités, Anja.

— Et ? En quoi cela justifie que tu éloignes mon amie Marge en qui j'ai toute confiance ?

— Parmi ces possibilités, il faut considérer que Marge ait pu nous dénoncer...

— Quoi ? Mais tu es dingue ! Je te rappelle que c'est ma meilleure amie...

— Reconnais que la coïncidence est troublante, tout de même, non ?

— Tu dis ça juste parce qu'elle ne t'apprécie pas.

Tout en réfléchissant à ses accusations, Anja l'observait, se demandant ce qui avait changé chez le garçon. Ses habits ! Visiblement, il en avait trouvé à sa taille. Du coup, elle repensa au costume ridicule que lui avait donné son amie la veille. Pas étonnant qu'il ne l'appréciait pas... Mais de là à imaginer qu'elle les avait trahis...

— Il y a un truc qui ne colle pas, Piotr. Hier soir, le colonel de l'Okhranka et Miss Nightingale étaient déjà informés de notre arrivée alors que Marge ignorait encore que nous étions là.

— Tu as raison, Anja. Mais peut-être a-t-elle feint l'étonnement ? C'est toi-même qui m'as expliqué que c'était une menteuse de première catégorie ! Et puis, rien ne prouve que le colonel et ta gouvernante soient liés à la bande des Effaceurs.

Anja réfléchit à cette nouvelle hypothèse :

— Mais le signe ? Comment se fait-il qu'il ne s'y trouvait pas hier et qu'il y soit aujourd'hui ?

— Rien de plus facile. Il aura suffi qu'elle les informe de notre arrivée. Les occasions ne manquaient pas. Un coup de fil quand nous avons pris notre bain, par exemple.

D'indignation, Anja se releva :

— Là, tu dépasses les bornes. Que Marge mente à tout bout de champ, j'en conviens mais de là à en faire la complice d'une bande de criminels ! Pire, d'un réseau dont les ramifications vont de Kiev jusqu'à Vienne, là, je ne suis plus d'accord.

— C'est une hypothèse parmi d'autres... De toutes les manières, nous ne sommes plus en sécurité ici, il faut partir.

— Et où comptes-tu aller, Piotr ?

— À Odessa.

— Odessa ? Tu veux récupérer les remèdes pour ta grand-mère, je comprends... Mais moi, je n'ai rien à faire là-bas. Le plus sage est que je reste chez Marge en attendant mes parents. Ils vont finir par revenir, ils ne peuvent pas s'être envolés dans la nature ! Et une fois qu'ils seront là, tout s'arrangera. Tu devrais en faire de même, Piotr. Je n'ai pas oublié ma promesse. Je te jure que mes parents t'aideront pour les soins de ta grand-mère. Mon père connaît les plus grands médecins et...

Les coups rapides frappés à la porte et l'irruption quasi instantanée de Marge mirent fin à la discussion. Le souffle court, haletante d'avoir monté les étages à toute vitesse, Marge tendait les feuilles du *Wiener Zeitung*, le grand journal viennois :

— Anja, Anja ! C'est terrible ! Lis ça tout de suite !

— Voyons, Marge, calme-toi. Que...

En découvrant la Une du *Wiener Zeitung*, Anja aussi eut le souffle coupé quand bien même elle n'avait monté aucun escalier. Une grande photo de ses parents accompagnait le titre en gros caractères :

Odessa : Inquiétante disparition du célèbre professeur Nathan Blumbaum et de sa femme !

Ses parents ! Disparus ! À Odessa ! Mais que faisaient-ils là-bas ? Aux dernières nouvelles, ils auraient dû se trouver à Vienne ! Ou à la limite à Kiev, où ils seraient retournés la chercher !

Tout en parcourant l'article, Anja fit un effort inhumain pour refouler ses larmes. Elle repensa à la phrase du colonel qui disait qu'il s'était *« débrouillé »* avec ses parents et elle sentit un frisson parcourir son échine. Que s'était-il passé ? Était-ce lui qui les avait envoyés là-bas, prétextant qu'elle s'y trouverait pour les faire retourner en territoire russe ? Et après ? Que leur était-il arrivé ? Était-il responsable de leur disparition ? Un court instant, elle eut le sentiment que toute sa vie venait de s'effondrer. Jusque-là, même si son existence s'était singulièrement compliquée, elle avait cru que tout s'arrangerait dès qu'elle rentrerait chez elle. Or, depuis hier, c'était tout le contraire qui se produisait.

— Je viens avec toi, Piotr ! annonça-t-elle après avoir relu l'article pour la cinquième fois, ce qui ne lui avait pas appris grand-chose de plus, si ce n'est que ses parents avaient été aperçus pour la dernière fois à Odessa, au Majestic Hôtel ! Et que le lendemain, quand un confrère de l'Académie des sciences s'était présenté à la réception, son père et sa mère s'étaient *volatilisés,* comme concluait le journaliste.

— Anja, es-tu bien sûre de vouloir partir ? dit Marge en la retenant. Pourquoi ne pas en parler à mes parents ? Ils contacteront la police viennoise et je suis sûr qu'ils trouveront une solution.

— Ne fais surtout pas ça ! dit Piotr en avançant vers elle.

— Pourquoi ? Tu as quelque chose à te reprocher ? dit Marge sur un ton cassant.

— Traite-moi tout de suite de voleur, si c'est ce que tu penses !

— Oh, moi je ne pense rien ! Tout ce que je sais, c'est que depuis qu'Anja t'a rencontré, elle n'a que des problèmes !

— Ça suffit ! dit Anja en s'interposant entre ses deux amis. Marge, ce que tu dis est inexact. Depuis que je l'ai rencontré, Piotr m'a beaucoup aidée.

Le garçon, flatté par le compliment et trop heureux de voir Marge rabrouée, en profita pour en rajouter. Pour commencer, insista-t-il, le plus urgent était de s'éloigner de Marge. Car, désolé, mais il fallait bien l'admettre, c'est depuis qu'ils étaient chez elle que les ennuis s'accumulaient.

— Piotr ! Toi aussi, ça suffit ! Je te l'ai déjà dit, Marge est mon amie et j'ai confiance en elle... même si c'est une menteuse de premier ordre.

Marge ne put s'empêcher de rougir. Et quand après avoir rassemblé leurs rares affaires Anja la serra dans ses bras pour lui dire au revoir, elle ne put réprimer quelques larmes :

— Prends soin de toi, Anja. Et toi, Piotr, sache que tu auras affaire à moi s'il lui arrive quoi que ce soit !

— C'est ça ! Adieu !

Avant de quitter Vienne, Anja voulut récupérer quelques vêtements chez elle ainsi que son argent de poche qu'elle laissait dans un coffret dans sa chambre.

Elle ressortit au bout d'une dizaine de minutes :

— C'est bon, on peut y aller !

L'étui de son violon accroché sur une épaule, Anja rapportait également deux sacs à dos que ses parents utilisaient quand ils allaient randonner dans les montagnes du Tyrol. Elle y avait fourré toute la nourriture qu'elle avait pu trouver, quelques vêtements et des couvertures.

— J'ai récupéré tout l'argent qu'il y avait dans la maison et aussi...

Anja hésita, laissant sa phrase en suspens.

— Quoi ?

— Non, rien...

— Mais si, tu allais dire quelque chose.

— Non, non, je t'assure, rien... dit-elle en se tournant vers le jardin, comme si elle voulait emporter avec elle l'image des parterres de fleurs et des haies colorées.

En voyant l'air grave de la jeune fille et les papillons qui volaient de toutes part, Piotr ne résista pas.

Un sifflement, un bref claquement de langue, et un papillon aux reflets bleus vint se poser sur ses cheveux.

— Oh, fit Anja, qu'il est beau ! Merci !

— On s'en va ?

— Oui, je laisse juste un mot dans le laboratoire de mon père.

— Tu es sûre que c'est raisonnable ? Si quelqu'un le trouvait ?

— Aucune chance !

À l'intérieur, après avoir jeté un bref coup d'œil aux innombrables lignes de calculs qui s'étalaient sur le tableau noir, elle effaça quelques chiffres et inversa plusieurs signes.

— C'est tout ?

— Mon père le remarquera tout de suite. Comme une tasse de café renversée sur une nappe blanche. Depuis que je suis toute petite, on communique comme ça. C'est un jeu entre nous et ça fait enrager ma mère qui n'y comprend rien. Bon, je crois que cette fois, c'est bon, on peut y aller !

Le papillon aux ailes bleues les suivit jusqu'au trottoir où Anja se retourna une dernière fois sur sa maison. Puis, alors qu'elle refermait la grille, il se posa sur un massif d'hibiscus.

52° 17' Nord, 104° 16' Est
Sibérie/Port d'Irkoutsk

Dans les rues boueuses d'Irkoutsk, la mort d'Anja remonta un amas de baraquements construits dans un bois sale et foncé. Elle trouva vite la maison qu'elle cherchait. Sans attendre, elle en fit le tour et, dans une ruelle étroite à l'arrière de la bâtisse, elle repéra l'imprimerie.

Elle était déserte, des carreaux étaient cassés et, en approchant, elle comprit qu'elle était abandonnée depuis longtemps. Un coup d'œil à travers les vitres sales confirma qu'une grande partie des machines avaient disparu. Celles qui restaient étaient recouvertes d'une épaisse couche de poussière et, par terre, de vieux stocks de papier finissaient de prendre l'humidité.

D'un coup d'épaule, elle ouvrit la porte, faisant fuir toute une colonie de rats. Elle traversa l'ancienne fabrique pour gagner l'atelier de reliure où des chauves-souris accrochées au plafond la fixaient de leurs yeux luisants. C'est dans cette semi-obscurité qu'elle mit la main sur les livres : une bonne centaine d'in-octavo empilés soigneusement l'un sur l'autre. Elle prit un exemplaire, souffla sur la couverture et le feuilleta au hasard des pages :

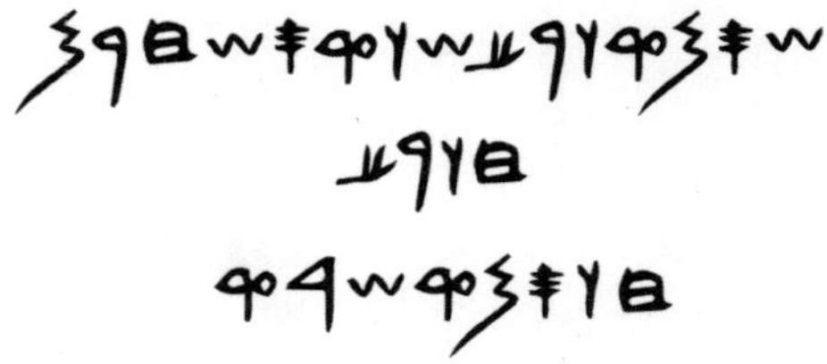

C'était bien le livre qu'elle cherchait. Rapidement, elle rassembla des restes de cartons et des grandes feuilles qui traînaient. De sa poche, elle sortit une allumette qu'elle gratta et qu'elle laissa tomber. Aussitôt, les flammes s'emparèrent du papier et, rapidement, elles gagnèrent le stock de livres.

Pendant un instant, elle sembla hésiter sur le sort de l'exemplaire qu'elle tenait entre les mains mais elle finit par le jeter au feu avant de quitter l'imprimerie.

— Ceux qui savent ne sauront plus, répéta-t-elle en remontant sur son cheval.

Derrière elle, l'incendie gagnait le bâtiment et une fumée sombre monta vers le ciel.

Odessa

Chapitre 1

Le grand marché

Ils prirent un tramway. Puis un autre. Et un autre encore.

Une fois à la gare, pour ne pas se faire repérer, ils achetèrent des billets de troisième classe et ils montèrent dans un train. Puis dans un autre. Et un autre encore.

Comme ils ne voulaient pas dépenser tout leur argent, ils continuèrent à pied.

Un jour passa. Puis un autre. Et un autre encore.

Parfois, un paysan les faisait monter dans sa carriole. Ou un artisan. Ou des voyageurs.

Accablés par la chaleur, ils traversèrent d'immenses champs de blé.

Ils pénétrèrent dans des forêts sombres et profondes.

Puis d'autres. Et d'autres encore.

La nuit, ils dormaient dans des clairières.

Ou au milieu d'un pré. Ou dans une grange.

Allongés dans le foin, effrayés par l'immensité de la nuit, ils se parlaient, se racontaient leurs secrets.

Et chaque nouveau matin, ils reprenaient invariablement leur chemin.

Quand après une dizaine de jours ils arrivèrent à Odessa, c'était le jour du grand marché. Si, dans un premier temps, ils se réjouirent de ce hasard, ils changèrent vite d'avis en découvrant que le grand marché d'Odessa n'était pas simplement grand. Il était immense.

— Comment va-t-on faire pour trouver la roulotte parmi tous ces étals ? s'inquiéta Anja en fouillant dans son sac. Et tout ce monde ! Tiens, je préfère te confier la bourse, je suis certaine que tu seras plus vigilant que moi.

Puis, craignant qu'ils se perdent tant les allées étaient longues, elle s'accrocha à Piotr :

— Donne-moi la main, tu veux bien ?

Le garçon hésita. Il trouvait un peu ridicule de se tenir comme des enfants. Mais en même temps... Sans plus attendre, il saisit la paume d'Anja.

— Bon, j'imagine qu'une roulotte avec une dame aux cheveux rouges, il ne doit pas y en avoir tant que ça non plus.

Mais ils eurent beau se renseigner à droite à gauche, interroger maraîchers, artisans et passants, personne n'en avait entendu parler.

— Tu te souviens de ce qu'il y avait écrit sur ta liste ?

— Bien sûr... Armoise, Angélique, Millepertuis...

— Regarde, un herboriste ! On peut toujours voir s'il vend ce dont tu as besoin. Comme ça, si jamais on ne trouve pas la roulotte, tu pourras tout de même acheter les remèdes pour ta grand-mère.

Ils s'approchèrent de l'étalage où les plantes médicinales étaient présentées dans des casiers, avec des écriteaux indiquant leurs noms.

— Tu as vu ? Les noms sont aussi rédigés en latin ! Armoise, ça se dit *Artemisia vulgaris.* Et *Rosa canina,* c'est l'églantier. Tiens, regarde de ton côté si tu trouves ce qu'il te faut.

Piotr se mit à observer la multitude de plantes, faisant mine de lire chacune des étiquettes.

— *Angelica archangelica,* c'est joli, non ? s'émerveilla Anja. Et là, *Hypericum performatum* pour le millepertuis !

Puis, se tournant vers Piotr qui poursuivait silencieusement son examen :

— Et toi ? Tu as trouvé quelque chose ?

— Rien, je crois qu'on perd notre temps. On ferait mieux de chercher la femme aux cheveux rouges. Matouchka a expressément insisté pour que j'achète les plantes chez elle.

— Comment ça, tu ne trouves rien ? Piotr ! Regarde ! Juste devant toi...

— Hein ? Quoi ?

— Mais là ! *Mandragora officanarum...* La mandragore, elle est bien sur ta liste, non ? Passe-moi le casier, tu veux bien, le prix doit être écrit sur le côté.

Comme la direction qu'indiquait Anja était très vague, il hésita. Casier de droite ? Casier de gauche ? Ou alors, celui du milieu ? Au hasard, il en prit un, faisant mine de lire l'étiquette :

— Man-dra-gore, voilà !

Anja le fixa avec étonnement :

— Piotr, c'est celui d'à côté.

— Oh, désolé, bredouilla-t-il en procédant à l'échange.

— Pas de chance ! Ça c'est *Myristica fragans,* tu ne sais pas lire ou quoi ?

Piotr resta le bras suspendu en l'air, sentant ses joues virer au rouge. Puis il reposa le casier et tourna les talons.

— Piotr, attends-moi !

Anja s'en voulait d'avoir insisté. Le pire, c'est qu'elle n'avait même pas voulu le piéger.

— Tu sais, Piotr, si tu veux, je peux t'apprendre à lire... dit-elle en se raccrochant à lui.

Mais Piotr, honteux d'avoir été démasqué, arracha son bras avant de foncer droit dans la foule, n'ayant qu'une envie, celle de disparaitre.

— Piotr, Piotr...

Pendant un court instant, Anja réussit à suivre sa chevelure blonde. Mais, submergée par les gens qui venaient de tous côtés, elle le perdit complètement de vue.

— Piotr !

Comment pouvait-on être aussi stupide ? se sermonna-t-elle en tentant de se frayer un chemin dans la marée humaine. C'était évident qu'il était incapable de déchiffrer la moindre lettre. Quel besoin avait-elle à chaque fois, comme à l'école, comme au conservatoire, de montrer qu'elle était la meilleure, la plus douée ?

— Piotr !

En jouant des coudes, elle tenta d'imaginer la vie du garçon avant que leur route ne se croise. Une vie sans doute très différente de la sienne. Où on n'allait pas à l'école. Où on quittait sa maison très tôt pour pouvoir guérir sa grand-mère.

— Piotr !

Elle repensa à son absence de mère, aux cicatrices qu'il avait sur le dos.

D'un seul coup, elle mesura à quel point son insistance avait été cruelle.

De son côté, Piotr avait enfin cessé de foncer, tête baissée.

Qu'est-ce qui lui arrivait à la fin ? Il fallait qu'il arrête de se vexer comme un bébé. Parce qu'Anja avait raison, il ne savait pas lire. Comment avait-il pu imaginer qu'elle ne le remarquerait pas ? Elle était bien trop futée pour ça. Et puis, si ça lui faisait tellement honte, il n'avait qu'à apprendre ! Mais oui, il allait accepter sa proposition ! Il travaillerait d'arrache-pied, comme ça il progresserait très vite et elle serait épatée !

Prenant soudain conscience qu'il avait perdu Anja, il se retourna pour remonter la foule en sens inverse.

— Anja !

Mais il eut beau chercher, elle n'était plus là.

— Anja !

Autour de lui, des centaines de visages mais jamais celui de son amie.

— Anja !

Fallait-il être bête ! Il ne la retrouverait jamais au milieu d'une foule pareille !

— Piotr !

— Anja !

Ils tombèrent dans les bras l'un de l'autre.

— Excuse-moi, j'ai été maladroite.

— C'est moi... La preuve, quand je prends un livre, je ne sais même pas s'il est à l'endroit ou à l'envers, c'est dire...

Anja pouffa. Puis, inquiète de l'avoir vexé, elle mit sa main devant sa bouche.

Piotr la regarda, interdit, puis il se mit à rire et Anja recommença elle aussi. Ils riaient tant que les gens se retournaient en passant, souriant ou haussant les épaules.

Dans cette foule, un homme arriva sans qu'ils y prennent garde. Il s'approcha d'eux au point de les frôler mais Piotr et Anja, tout à leur joie de se retrouver, ne le remarquèrent même pas. Tout comme ils ne remarquèrent pas non plus la main qui se glissa dans le sac de Piotr. Ni les doigts agiles qui, en un éclair, se saisirent de la bourse contenant toutes leurs économies.

Non, ils ne remarquèrent absolument rien.

Car en plus de la joie de s'être retrouvés, ils découvraient juste en face d'eux une roulotte rouge et or...

Chapitre 2

Premier concert

Coincée entre les étalages et les charrues des paysans, la roulotte était attelée à un cheval qui mâchonnait tranquillement de l'avoine. À côté, assis sur une caisse, un jeune garçon jonglait avec des pièces de monnaie.

— Une femme aux cheveux rouges, ça te dit quelque chose ? lui demanda Anja en s'approchant.

Surpris, le petit roula des yeux et, avant de répondre, il rattrapa chacune des pièces qui tournoyaient en l'air.

— Et que lui veux-tu, à cette femme ?

— On a fait une longue route pour venir la trouver, expliqua Piotr. Elle peut nous procurer les plantes dont nous avons besoin...

— Tu veux acheter des plantes médicinales ? Alors tu es à la bonne adresse. Qu'est-ce qu'il te faudrait ?

Anja encouragea Piotr du regard.

— Il me faudrait de l'armoise, de l'angélique, de...

— Oh là, pas si vite ! Laisse-moi le temps de préparer tout ça, dit le garçon en ouvrant un bocal.

Pendant qu'il en versait sur le plateau d'une balance, Anja et Piotr l'observèrent. Vêtu d'une chemise trop longue, d'un complet trop grand – son pantalon tenait avec deux ficelles qui faisaient office de bretelles –, il donnait l'impression de s'être trompé en s'habillant et d'avoir pris les vêtements d'une grande personne.

— Autre chose ? fit-il en relevant le chapeau qui lui tombait sur les yeux.

— Du millepertuis...

Il allait attraper un nouveau bocal quand une voix qui provenait de l'intérieur de la roulotte l'arrêta :

— Tchavolo ! T'es-tu assuré que ces clients ont de quoi payer ? À leur allure, je ne suis pas certaine qu'ils roulent sur l'or.

Piqués au vif, Anja et Piotr s'apprêtaient à répondre mais la jeune fille qu'ils découvrirent quand le rideau s'écarta les laissa sans voix : longs cheveux roux, jupes de toutes les couleurs, colliers et bracelets qui étincelaient sous le soleil, elle était tout simplement éblouissante.

— Ne le prenez pas mal, dit-elle en descendant pieds nus de la roulotte, mais avec mon petit frère, on a appris à se méfier des mauvais payeurs.

— Tu es la femme aux cheveux rouges ? finit par balbutier Piotr.

La jeune fille, qui devait avoir à peu près leur âge, rejeta sa lourde chevelure en arrière.

— Celle qu'on désigne habituellement ainsi est notre mère.

— Je pensais d'abord la trouver à Kiev, mais on m'a dit qu'elle était partie à Odessa.

— Vous venez de Kiev ? La route ne vous fait pas peur...

— C'est ma grand-mère, Matouchka. Elle m'a dit que je devais m'adresser à votre mère.

— Pas de chance ! Elle est absente pour le moment...

— Peut-être peux-tu nous dire quand elle reviendra ? s'enquit Anja.

Tout en faisant tinter ses bracelets, la fille dévisagea longuement Anja avant d'écarter les bras, comme pour s'excuser :

— Les gens, tu sais, c'est comme les feuilles d'un arbre. Elles sont là, bien attachées, et puis un jour, le vent les emporte...

— C'est embêtant, conclut Anja, légèrement agacée. Mais tu peux quand même nous vendre les plantes dont nous avons besoin, non ?

— Bien sûr. Vous pouvez acheter autant de plantes que vous le voulez. Et si tu veux rendre ta peau plus douce, je vends aussi des crèmes de toutes sortes. J'ai aussi des philtres d'amour et quelques sortilèges particulièrement efficaces. À condition que vous ayez de quoi payer, bien entendu...

À ces mots, Piotr s'empressa d'ouvrir son sac mais entre sa clarinette, la boîte où il transportait Véra, ses vêtements et quelques noix, il ne trouva plus trace de la bourse qu'Anja lui avait confiée.

— Piotr ? On ne va pas y passer la journée, tout de même.

Mais Piotr ne répondit pas. Tête plongée dans sa besace, il la retournait en tous sens. Pourtant, il eut beau la retourner, la vider, vérifier également dans les poches de sa veste et de son pantalon, il ne retrouva pas la bourse.

— Piotr ! Dis-moi que c'est une plaisanterie...

— Je ne comprends pas où j'ai pu la perdre... j'avais pourtant bien fermé mon sac. Je te jure, Anja...

Anja n'en revenait pas. Avec tout ce qu'il lui avait reproché ? Son insouciance, son côté gâté... À son tour, elle s'apprêtait à lui faire la leçon quand elle vit l'expression désespérée du garçon.

— On va trouver une solution, dit-elle finalement sur un ton conciliant. Dès qu'on aura retrouvé mes parents, ils nous prêteront de l'argent...

Mais Piotr ne l'écoutait pas. Les yeux rivés au sol, il cherchait, entre la multitude de bottes, de chaussures et de godillots, le petit sac de cuir qui avait contenu l'espoir de la guérison de sa grand-mère.

— Je vais refaire le chemin en sens inverse, peut-être que je la retrouverai.

Il eut à peine le temps de faire quelques mètres qu'il entendit les premières notes de violon. Il reconnut tout de suite Anja à sa façon de jouer. Le son un peu moins puissant que dans son souvenir mais la même agilité, la même rapidité qui rendaient son jeu unique.

En relevant la tête, il vit l'étui qu'elle avait déposé à ses pieds. Comment n'y avait-il pas pensé lui-même ? Ils allaient jouer tous les deux et peut-être amasseraient-ils assez d'argent pour acheter les remèdes !

Sans tarder, il rejoignit Anja et, avant même qu'ils n'achèvent leur morceau, les premières pièces se mirent à tomber. Mais surtout, sur une guitare qui comme son costume paraissait deux fois plus grande que lui, Tchavolo se mit à les accompagner, enchaînant les accords avec aisance.

Ils n'étaient pas encore au bout de leurs surprises. Alors qu'ils entamaient un autre morceau, une voix belle et puissante se mit à chanter :

Le ciel m'a tout pris,
Mon amour et ma vie...

Anja et Piotr se regardèrent. Juchée sur des chaussures à talons, faisant virevolter ses nombreuses jupes et tinter ses bracelets, c'était la jeune fille qui les rejoignait en dansant.

Si un beau jour tu passes par-là,
Je t'ouvrirai la porte de mon logis,
La porte de ma vie...

Galvanisés par son arrivée, portés par le public, ils rivalisèrent de virtuosité. À chaque nouveau morceau, la foule grossissait. Et à chaque nouveau morceau, les zlotys atterrissaient, toujours plus nombreux dans l'étui !

Entraînés par l'euphorie générale, ils auraient bien continué à jouer. C'était compter sans les carabiniers qui, comme à Kiev et dans toutes les villes du monde, n'aimaient ni le bruit ni le désordre d'une foule trop importante.

— Vite, fit la fille aux cheveux roux quand elle les vit arriver, il faut partir !

Habitués avec son frère à fuir à toute vitesse – ils étaient rarement les bienvenus quand ils arrivaient quelque part –, ils remballèrent leurs marchandises en moins d'une minute.

— Qu'est-ce que vous attendez pour monter ? cria-t-elle à l'adresse de Piotr et Anja qui finissaient à peine de ranger leurs instruments.

Et, alors qu'elle faisait claquer son fouet, ils rejoignirent la roulotte d'un rouge aussi écarlate que les cheveux de la jeune fille et ils quittèrent le marché pour les rues d'Odessa.

Chapitre 3

Des mots sur le sable

— Moi c'est Pépina ! dit la rousse en tendant la main, comme l'aurait fait un adulte. Et voici mon petit frère, Tchavolo. Et vous, c'est comment vos noms ?

Encore un peu secoués par leur fuite en roulotte, ils avaient quitté Odessa jusqu'à ce que la ville ne soit plus qu'un point minuscule. Une fois arrêtés dans le sable, au bord d'une immense étendue d'eau –, Piotr et Anja se présentèrent à leur tour.

— Et voici la mer Noire ! ajouta la chanteuse, comme pour finir les présentations.

Piotr, qui voyait pour la première fois la mer, ouvrait grands les yeux. Anja, quant à elle, observait Pépina, intriguée par sa beauté étrange et l'aisance de ses gestes. Quel âge pouvait-elle avoir ? Tout au plus un ou deux ans de plus qu'elle ? Pourtant, ses manières faisaient déjà penser à celles d'une femme. Était-ce à cause de sa façon de s'habiller ? Ou des chaussures à talons qu'elle portait ?

Pépina, qui avait suivi le regard d'Anja, sourit :

— Mes chaussures magiques ! dit-elle en les retirant. Elles sont à ma mère. Sans elles, je suis incapable de chanter. Pas vrai, Tchavolo ?

— Je le jure ! dit Tchavolo en levant la main. Jamais je ne l'ai vue chanter sans les porter.

Des chaussures magiques ? Anja ne put s'empêcher de pouffer. Comme si la magie avait quelque chose à voir avec le talent...

— Chaussures magiques ou pas, vous êtes tous les deux très doués !

— Merci, mademoiselle Anja, c'est trop d'honneur ! Mais toi aussi, tu es une sacrée musicienne. M'est avis que tu n'as pas appris à jouer dans la rue comme ton ami Piotr.

Piotr, qui contemplait toujours la mer, se retourna :

— Ce n'est pas un reproche, poursuivit Pépina à l'adresse du garçon. Tu te débrouilles très bien. Mais ton amie, quand elle joue, c'est très académique...

— C'est normal, avoua Anja avec fierté, je suis premier prix de conservatoire à Vienne !

Elle eut à peine achevé sa phrase que Pépina et Tchavolo sifflèrent de concert. Ce fut un sifflement bref qui débutait crescendo pour s'achever cinq octaves plus bas et Anja comprit tout de suite qu'ils se moquaient d'elle.

— Le conservatoire de Vienne ? Tu entends ça, Tchavolito ? On ne nous laisserait même pas jouer à l'entrée... Et comment se fait-il qu'un premier prix de conservatoire vienne jusqu'ici pour rencontrer notre mère ? Faire des centaines de kilomètres pour acheter quelques plantes, avouez que ce n'est pas banal...

— Ce n'est pas tout à fait ça, corrigea Piotr. Ces plantes, on m'a spécifié que seule votre mère pouvait nous les vendre. Et puis, ce n'est pas la seule raison de notre présence ici. Nous sommes aussi à Odessa pour les parents d'Anja.

— Tes parents sont ici ?

— Oui... et non... On ne sait pas vraiment, c'est un peu compliqué.

— En effet ! Être quelque part et en même temps ne pas y être, ça ne doit pas être facile...

Agacée par le ton de Pépina mais soucieuse d'obtenir des informations, Anja développa :

— Mes parents ont disparu à Odessa, il y a une quinzaine de jours. Ils sont descendus au Majestic Hôtel et depuis, plus personne ne les a vus.

— Comme notre mère ! ajouta Tchavolo.

— Votre mère aussi a disparu ?

— Oui, un peu comme tes parents. On avait établi notre campement depuis une bonne semaine. Un soir, on s'est couchés et le lendemain, à notre réveil, il n'y avait plus personne, juste le feu qui finissait de se consumer. Et sans les traces laissées dans l'herbe par les autres roulottes, on aurait pu croire qu'on avait toujours été seuls. Pas vrai, Tchavolo ?

— Aussi vrai que la lune remplace chaque soir le soleil...

— Et vous n'êtes pas allés voir les carabiniers ?

— D'où tu sors, ma petite ? Les gens comme nous, on évite d'avoir affaire aux carabiniers.

— Le vent est notre seule loi, ajouta le garçon.

— Et le vent est parfois capricieux. Mais dites-moi... Et vous ? Pourquoi ne pas aller les trouver, les carabiniers ?

Piotr et Anja se regardèrent :

— Ça aussi, c'est compliqué !

— Tes parents qui sont à la fois là et pas là, des herbes qu'il faut acheter seulement à ma mère, une fille premier prix de conservatoire habillée comme une vagabonde... Tu as raison, tout ça paraît bien compliqué. Écoutez, voilà ce que je vous propose ! Avec mon frère, nous gardons les trois quarts de la recette du concert et, en échange, on vous donne toutes les plantes de votre liste. Et comme le soir va bientôt tomber, je vous propose de partager notre repas. Enfin, si manger un poulet avec les mains ne gêne pas trop un premier prix de conservatoire ! Après, on se raconte nos histoires et demain, vous reprenez votre route et nous la nôtre. Même ciel mais chacun ses nuages, comme on dit chez nous...

Anja et Piotr n'eurent pas à se consulter longtemps avant d'accepter la proposition de la jeune fille. Même si Anja trouvait Pépina un peu énervante, ils n'avaient pas vraiment le choix. Ils étaient trop loin d'Odessa pour y retourner à pied avant la nuit. Et puis, l'endroit était tellement beau : le soleil commençait à décliner, la lumière qui se reflétait sur l'eau était douce et colorée. Et surtout, ils étaient affamés !

Quand ils virent Tchavolo plumer le poulet, ils n'hésitèrent plus.

— C'est d'accord, on reste ! annoncèrent-ils en chœur.

— Parfait ! Piotr, rappelle-moi les herbes dont a besoin ta grand-mère ?

— Armoise, angélique, millepertuis, mandragore...

— Quoi d'autre ?

— Maldoror.

— Pardon ?

— Maldoror. C'est la dernière plante de la liste.

— Maldoror ? Tu es bien sûr de ce nom ?

— Maldoror, oui. Aussi sûr que la lune remplace le soleil chaque soir... ajouta malicieusement Piotr.

Mais Pépina ignora sa remarque. Au contraire, son visage se ferma comme si elle venait d'apprendre une mauvaise nouvelle.

— Je reviens... dit-elle, et sans plus d'explications, elle se dirigea vers la mer.

Pépina s'arrêta au bord de l'eau. Sa robe flottait au vent tout comme ses foulards qui se mêlaient à ses cheveux. Sur le sable humide, elle se mit à tracer de grands signes avec les pieds.

— Tu arrives à lire ce qu'elle écrit ?

Anja se rapprocha. D'abord, elle crut que c'était parce qu'elle était trop loin ou à l'envers. Pourtant, même en s'avançant, même en tournant la tête, ce qu'écrivait Pépina demeurait indéchiffrable.

— C'est une langue que je ne connais pas. En tout cas, ce n'est ni de l'allemand, ni du russe, ni de l'anglais, ni du français...

— Tu en es sûre ?

— Certaine... Et même si je n'en possède que quelques notions, je peux t'affirmer que ce n'est pas non plus du polonais. Ni du grec, ni du latin...

Intrigué, Piotr se rapprocha à son tour.

— Anja... Les signes !

— Qu'y a-t-il, Piotr ?

— Les signes ! On dirait ceux que j'ai vus chez la baronne von Stumpf. Sur le livre dont elle avait arraché des pages.

— En es-tu sûr ?

— Certain ! Je me souviens très bien de ces signes étranges.

— Encore un nouveau mystère qu'il faudra éclaircir. En attendant, voilà Pépina qui revient. Faisons comme si nous n'avions rien remarqué.

Ils se partagèrent le poulet autour du feu, dévorant avec appétit les morceaux luisants de graisse. Et tandis que le soleil rougeoyait, Pépina et Tchavolo racontèrent comment ils se débrouillaient sans parents, sans famille, avec pour seuls revenus l'argent qu'ils gagnaient en se rendant dans les villages ou sur les marchés :

— On s'en sort plutôt bien, dit Pépina en finissant de rogner un os. On fait aussi pas mal de musique. L'autre fois, on a joué à un mariage. On a mis une ambiance du tonnerre, pas vrai, Tchavolito ?

Le garçon approuva avant de montrer à sa sœur le rivage.

— Les vagues sont assez fortes, c'est parfait... dit Pépina en observant les signes qu'elle avait tracés sur le sable disparaître sous l'eau.

Et, ignorant les regards intrigués de Piotr et Anja, elle leur proposa de raconter à leur tour leurs histoires.

Comme à son habitude, Anja fut intarissable. Puis ce fut au tour de Piotr qui en profita pour leur présenter Véra, à la plus grande joie de Tchavolo qui s'enthousiasma pour l'arachnide. Enfin, alors que les derniers feux du soleil s'éteignaient et qu'Anja et Piotr, épuisés par cette longue journée, proposèrent d'aller se coucher, Pépina se redressa comme si elle avait été piquée :

— Se coucher ? Mais la soirée ne fait que commencer ! Pas vrai, Tchavolo ?

Pour toute réponse, le jeune garçon fila récupérer sa guitare et il se mit à jouer sur un tempo rapide et entraînant. Aussitôt, l'accompagnant en claquant des doigts, Pépina s'engouffra dans la roulotte.

— Mes chaussures magiques ! annonça-t-elle et elle se remit à chanter sous un ciel de plus en plus étoilé.

Il m'a tout pris...
Mon âme et ma vie...

Chapitre 4

Latcho

Toute la nuit, ils firent de la musique.

Toute la nuit, ils jouèrent, discutèrent, rejouèrent et discutèrent encore.

Et quand épuisés ils reposèrent leurs instruments, l'aube n'était plus très loin.

— Pépina... lui fit remarquer Tchavolo en regardant la mer.

— Mais oui, tu as raison.

Aussitôt, elle retira ses chaussures et, pieds nus dans le sable frais, elle se dirigea vers la plage.

Tout en rangeant leurs instruments, Piotr et Anja l'observaient.

— Piotr...

— Quoi ?

— Les signes que les vagues avaient effacés... Ils sont à nouveau là...

Piotr se redressa. Pour en avoir le cœur net, il se rendit à son tour sur la plage et très vite, il dut se rendre à l'évidence, Anja avait raison ! Mais il n'était pas au bout de ses surprises : les signes n'étaient pas ceux tracés par Pépina !

— Anja, l'écriture, les signes... Ce ne sont plus les mêmes...

— Comment cela ?

— Je t'assure, on dirait que quelqu'un lui a répondu. C'est de la magie !

— La magie, ça n'existe pas, chuchota Anja tandis que Pépina les rejoignait. Faisons comme si de rien n'était, on finira bien par trouver une explication rationnelle.

— J'ai une nouvelle proposition à vous faire... commença Pépina en s'asseyant avec eux.

Piotr et Anja, troublés par ce qu'ils venaient de voir, se regardèrent, méfiants.

— Pourquoi ne pas rester quelque temps ensemble ? Musicalement, nous nous entendons à merveille et comme avec mon frère nous avons été engagés pour jouer lors d'un mariage, j'ai pensé que vous pourriez vous joindre à nous. C'est dans un village, à quelques jours d'ici. Qu'en pensez-vous ? On partagera en quatre parts égales.

— Quand aura lieu cette noce ? demanda Piotr.

— Dans un peu moins de quinze jours.

— Quinze jours ? Impossible ! intervint Anja. Plus les jours passent et moins j'ai de chances de retrouver mes parents.

— Anja, je comprends ton inquiétude et j'ai réfléchi à ta situation. Aussi, si vous jouez avec nous pour la noce, en plus des herbes pour la grand-mère de Piotr, dès demain, nous t'aiderons à retrouver les tiens. Mon frère et moi, on te sera très utiles, on connaît parfaitement Odessa. Qu'en penses-tu ?

Anja hésitait. Ce que disait la jeune fille était juste, sans doute lui seraient-ils d'une aide précieuse pour retrouver son père et sa mère. Mais plusieurs choses la gênaient. À commencer par ces signes étranges tracés sur la plage. Et puis cette façon qu'avait Pépina de s'adresser à elle, comme si elle n'était qu'une petite fille gâtée.

— Et si on laissait les cartes décider, proposa Tchavolo.

— Les cartes ? Quelles cartes ? demanda Piotr, intrigué.

— Le jeu des Lendemains, expliqua Pépina. C'est un jeu de cartes, avec lequel je peux lire l'avenir.

— Lire l'avenir ? Mais c'est impossible ! s'exclama Anja.

— Si jeune et déjà si pleine de certitudes...

Haussant les épaules, Anja voulut prendre Piotr à témoin – ces trucs de cartes, ce n'étaient que superstitions – mais, visiblement, le garçon ne partageait pas son avis :

— On peut toujours essayer... Moi, je suis partant !

— Piotr...

— Et puis, ça n'engage à rien. Tu as peur, Anja, ou quoi ?

Peur, elle ? N'importe quoi ! Que Pépina tire ses cartes ! Il verrait bien que c'est un attrape-nigaud !

— C'est un jeu très ancien, expliqua Pépina en mélangeant le jeu. Il n'en existe qu'un seul exemplaire et chaque arcane est peint à la main. Anja, veux-tu bien tirer trois cartes, s'il te plaît ?

— Moi ?

— Mais oui, toi ! Elles ne te mordront pas !

Sceptique, elle s'exécuta.

Bizarrement, le visage de Pépina se rembrunit quand, après avoir pris les cartes qu'Anja venait de choisir, elle découvrit la première. D'un geste rapide, avant que personne ne puisse voir ce qu'elle représentait, elle la glissa sous le paquet et la remplaça par une autre.

— Le Lion, le Soleil et l'Étoile, annonça-t-elle avec une assurance un peu forcée. Gloire, couronnement et succès ! Anja, tu aimes être au premier plan, tu veux briller, être la meilleure…

— C'est tout à fait ça ! s'exclama Piotr, emballé. Tu vois que ça marche, Anja !

Anja, qui ne partageait pas du tout son enthousiasme, lui jeta un regard noir :

— Ce qui marche, c'est surtout le talent d'observation de Pépina. Et la psychologie. Le reste, ce n'est que du hasard.

— Chez nous, on dit que le hasard est une langue qu'on a oubliée, une langue que plus personne ne parle, affirma Pépina.

— Piotr, tout ça n'est qu'une question de probabilités, s'agaça Anja. Si tu veux, je peux calculer les chances qu'a une carte de sortir du paquet.

— Tu n'es vraiment pas drôle... Et si tu me laissais tirer les cartes à mon tour plutôt que de vouloir tout calculer ?

Qu'est-ce qui vexa le plus Anja ? La naïveté de Piotr ou le sourire ironique qu'affichait Pépina ? Toujours est-il que quand le garçon choisit trois cartes, elle décida de se taire. Il n'avait qu'à croire à toutes ces fariboles, si ça l'amusait.

L'Oiseau, les cinq doigts de la Main, l'Élu, Pépina interpréta les trois cartes avec enthousiasme :

— Les cartes sont claires : vous restez avec nous !

— *Latcho !* cria aussitôt Tchavolo en plaquant un accord sur sa guitare. La musique habite vos cœurs, jamais le destin n'aurait osé nous séparer !

— *Latcho ?* Qu'est-ce que ça signifie ?

— *Latcho,* ça veut dire « bien », « gentil », expliqua Pépina.

— Et quand c'est *latcho,* ça éloigne le *schpuck* ! ajouta le garçon.

— Le *schpuck,* c'est la guigne, la poisse, le mauvais sort... Alors, *latcho* ?

— *Latcho !* annonça Piotr.

— Et toi, Anja ?

— *Laaaatcho...* finit-elle par céder après un temps d'hésitation.

Non pas qu'elle s'était mise à croire aux cartes, bien au contraire. Mais rester avec Pépina et Tchavolo lui semblait pour l'instant la solution la plus à même pour retrouver ses parents.

— Tu verras, Anja, tu ne regretteras pas ton choix, dit Pépina. Mais il est tard, allons plutôt nous coucher.

Ils se levèrent d'un même mouvement, sauf Anja qui resta près du feu. Même si bien évidemment elle se refusait à croire à ces sottises, cela l'intriguait que Pépina ait dissimulé la première carte qu'elle avait tirée.

Vite, elle souleva le paquet pour voir la carte.

C'était la Mort, avec sa faux et son manteau.

Aussitôt, parcourue de frissons, elle lâcha la carte et s'empressa de rejoindre les autres.

L'entrée dans la roulotte se faisait par une porte qui, comme l'expliqua Pépina, provenait d'un ancien théâtre.

— Par ici, fit-elle après avoir monté les marches brinquebalantes. Cette pièce sert à la fois de vestibule, de salon et de salle à manger. Et si Piotr n'est pas trop regardant, il pourra également y dormir.

À leur grand étonnement, elle déplia un lit dissimulé dans la cloison mais aussi toute une série de trappes, de caches et de placards qui révélèrent une table, une banquette et même un cabinet de toilette. Ils n'étaient cependant pas au bout de leurs surprises. En entrant dans la roulotte, ils s'étaient imaginé qu'il n'y avait qu'une seule pièce. En poussant une porte escamotée, ils découvrirent une seconde cabine, plus petite et basse de plafond, où régnait un grand désordre : des étagères pleines de livres y côtoyaient des bocaux d'herbes séchées, des potions et des décoctions.

— C'est là que ma mère herborisait, expliqua Pépina en caressant la tête d'une chouette empaillée. On peut aussi y observer les étoiles, ajouta-t-elle en désignant une lunette astronomique pointée vers le ciel.

Enfin, dernière découverte : par une échelle exiguë, ils accédèrent à un minuscule compartiment dont personne n'aurait pu soupçonner l'existence. Ouvrant sur la guérite où s'installait le conducteur, en partie à ciel ouvert, c'était la chambre de Pépina et Anja eut le sentiment de pénétrer dans la version miniature d'un palais des *Mille et Une Nuits.* Deux étroits lits, dissimulés par des tentures de perles multicolores, étaient recouverts d'un patchwork de coussins.

— J'imagine que tu as l'habitude de dormir dans des endroits plus luxueux... dit Pépina en lui montrant où se coucher. Pour ce soir en tout cas, ça devrait faire l'affaire. Allez, tous au lit !

Irritée, Anja se prépara pour la nuit en silence. Elle commençait à en avoir assez des remarques de Pépina ! Pour qui la prenait-elle ? Pour la princesse au petit pois ?

Pourtant, le cortège de nuages qui défilait dans le ciel chassa vite toutes ces petites contrariétés. Émerveillée par le spectacle de l'aube et sa lumière douce et rose, elle finit par s'endormir.

Plus bas, dans la pièce principale, Tchavolo aidait Piotr à s'installer.

— Tu l'as apprivoisée ? dit-il quand celui-ci libéra Véra de sa boîte.

— C'est plutôt elle qui m'a adopté, sourit Piotr. Elle me suit depuis qu'elle est toute petite.

— Elle est méchante ? demanda Tchavolo en tendant la main.

— Ça arrive... Mais toi, je crois qu'elle t'aime bien.

— Moi aussi, je l'aime bien, dit Tchavolo en se levant pour ouvrir les portes d'un placard.

— Qu'est-ce que c'est ? fit Piotr, interloqué.

— Des os... Des os de poulets, de bœufs, de moutons...

— Je le vois bien... Mais qu'en fais-tu ?

— Moi ? Je les collectionne, dit le jeune garçon, comme s'il n'y avait rien de plus normal. Si tu veux, je t'en montrerai d'autres demain. Mais allons plutôt nous coucher.

— Tu as raison. Bonne nuit ! dit Piotr en s'allongeant sur son lit.

Décidément, ces deux nouveaux amis étaient bien mystérieux. Entre une sœur qui lisait l'avenir et un frère qui collectionnait des ossements d'animaux, il se demandait bien où il était tombé !

Chapitre 5

Nouvelle vie

Comme convenu, ils se rendirent le lendemain au Majestic Hôtel où, pendant plusieurs jours, ils observèrent les allées et venues des clients et du personnel. Mais rapidement, ils comprirent qu'il était vain de rester à Odessa. Les parents d'Anja n'étaient pas à l'hôtel. Et, plus inquiétant, les appels téléphoniques qu'elle passait à son amie Marge confirmèrent qu'ils n'étaient pas non plus revenus à Vienne.

— Je ne comprends pas, se désespérait la jeune fille, où peuvent-ils se trouver ? Si c'était un kidnapping, une rançon aurait déjà été réclamée.

— Je n'ai aucune idée de l'endroit où ils sont, tenta de la rassurer Pépina, mais je t'assure, les cartes sont formelles, tes parents sont vivants, j'en suis absolument certaine.

Les cartes ? Anja haussait les épaules. Pépina l'agaçait avec son jeu des Lendemains. La disparition de ses parents était une chose sérieuse, pas un tour de passe-passe !

— Anja, peut-être serait-il mieux de quitter Odessa...

— Pourquoi ? Si mes parents revenaient je...

— Anja. Ils ne reviendront pas ici. Et s'ils revenaient, tu l'apprendrais assez tôt dans les journaux. Ou par ton amie Marge.

— Que veux-tu faire ?

— Partir, travailler, jouer de la musique. Ici, si nous restons trop longtemps, nous risquons de nous faire repérer.

— Que proposes-tu ?

— S'éloigner. Profiter des villages isolés pour se faire oublier tout en se rapprochant du lieu du mariage.

Anja ne réfléchit pas longtemps avant de prendre sa décision. Continuer à surveiller l'hôtel ne servirait à rien. Alors, autant faire de la musique...

« La musique, c'est le passeport du cœur ! » répétait Pépina à chaque fois qu'ils jouaient.

Et elle avait raison à plus d'un titre car c'est la musique qui leur permit de se faire accepter dans les lieux qu'ils traversèrent les jours suivants. Parce que quand ils arrivaient dans un village, le premier réflexe des habitants était souvent de fermer les portes de leurs maisons.

À la décharge des villageois, l'accoutrement des quatre enfants pouvait surprendre : comme Anja n'avait pas emporté beaucoup de vêtements, Pépina lui avait ouvert l'accès à ses nombreuses malles et elles pouvaient passer des heures à essayer robes et chapeaux, colliers et autres colifichets.

Quant aux garçons, avec leurs chemises trop grandes, leurs vestes dépareillées et leurs chapeaux défoncés, ils ressemblaient aux bandits des grandes villes. Surtout quand Pépina soulignait leur regard avec un trait de khôl.

Il arrivait aussi qu'en guise de bienvenue on leur jette des pierres. Ces jours-là, ils se dépêchaient d'accorder leurs instruments. Pépina enfilait ses chaussures magiques, ils commençaient à jouer et à chaque fois, le même phénomène se produisait. Très vite, les visages perdaient leur dureté, l'hostilité laissait place à la curiosité et le concert se terminait dans l'allégresse et la bonne humeur. À la fin, on les acclamait, on les félicitait et, pour les remercier, on leur donnait des œufs, des pommes de terre ou une vieille poule.

Pépina en profitait alors pour faire commerce de ses herbes médicinales. Tchavolo s'occupait de la vente, assisté par Piotr et Anja qui apprirent rapidement quelles maladies elles soignaient. Pour des maux plus particuliers, Pépina recevait dans la roulotte où, comme chez le médecin, les gens faisaient la queue. Quand c'était leur tour, ils s'installaient dans la semi-pénombre, observant avec inquiétude les objets autour d'eux, avant d'exposer leurs problèmes en chuchotant. Dans cette pièce hors du temps, Pépina n'avait plus d'âge. Ses cheveux relevés, on eût dit une magicienne à laquelle chacun se confiait et que tous écoutaient avec respect.

Cela durait quelques jours. Puis les visites s'espaçaient. Les regards devenaient moins bienveillants. Dans la rue, sur leur passage, ils saisissaient des mots comme « sorcière », « voleurs », « étrangers »...

Les cailloux à nouveau sifflaient.

C'était signe qu'il fallait repartir.

Alors, ils rassemblaient leurs maigres effets, Tchavolo attelait le cheval et ils se laissaient emmener jusqu'à ce que l'animal stoppe au milieu d'une clairière ou au bord d'une rivière.

Ils en profitaient pour se baigner. Ou ils cueillaient des baies. Ou ils jouaient. À cache-cache. À s'attraper. Aux dés. À des jeux qu'ils inventaient. Ils grimpaient aux arbres, sauf Anja à cause du vertige. Ils pêchaient. Puis ils se remettaient à faire de la musique.

Ils riaient beaucoup. Parfois sans trop savoir pourquoi.

Les journées leur paraissaient inépuisables. Ils avaient l'impression qu'ensemble, ils ne s'ennuieraient jamais. Que rien ne pourrait leur arriver.

Ils se découvraient. Ils s'observaient. Ils s'agaçaient. Parfois, il leur arrivait de se fâcher et chacun partait s'isoler.

Anja travaillait son violon et repassait ses gammes, angoissée à l'idée de ne plus avoir le niveau quand elle rentrerait à Vienne.

Piotr prenait son cahier pour réviser ses leçons. Anja avait tenu parole en lui expliquant les rudiments de l'écriture et de la lecture. À l'ombre d'un arbre, il déchiffrait les phrases que la jeune fille avait notées :

Piotr mange un poulet - Anja joue du violon
- Pépina chante comme un oiseau -
Tchavolo est le copain de Piotr - Un cheval
- La lune - Les étoiles

Puis il sortait un crayon qu'il taillait avec son couteau et faisait ses exercices d'écriture :

Piotr
Pépina
Tchavolo
Anja
Anja et Piotr

Pépina aussi écrivait, s'isolant pour tracer ses signes étranges.

Sur l'écorce d'un tronc.

Sur une feuille tombée d'un arbre.

Sur un papier qu'elle glissait sous un caillou.

Elle pouvait aussi observer les nuages.

Ou fixer la fumée du feu.

Ou l'eau de la rivière qui coulait.

Le plus étrange, c'est que si quelqu'un s'approchait pour voir ce qu'elle avait tracé, gravé ou dessiné, tout avait disparu.

Recouvert par le lichen.

Emporté par le vent.

Ou par le courant...

Chapitre 6

Le cirque Boldoni

Écumant villages et hameaux, ils remontèrent le long du Dniepr. Comme ils jouaient de mieux en mieux, leur réputation les précédait, ce qui ne les dispensait pas toujours d'être accueillis avec des cailloux.

— C'est le jour où on nous lancera des fleurs qu'il faudra se méfier, disait Pépina dans un mélange d'orgueil et de rancœur.

Quelques jours avant la noce, ils pénétrèrent dans une grosse bourgade avec de nombreux commerces. Ça tombait bien ! Anja espérait se procurer les journaux et trouver un bureau de poste pour contacter Marge. Pépina voulait acheter de l'étoffe pour confectionner une robe et Tchavolo avait cassé plusieurs cordes à sa guitare : peut-être lui vendrait-on un peu de boyau pour en fabriquer de nouvelles ? Quant à Piotr, la seule chose dont il avait besoin, c'était la dernière plante de sa liste. Mais Pépina lui avait expliqué que c'était une plante rare et qu'il faudrait encore patienter, au moins jusqu'à la noce, ce qui ne le dérangeait qu'à moitié. Parce qu'il savait qu'une fois le remède récupéré, il devrait s'en retourner et sans doute ne reverrait-il plus jamais ses amis. Qui aurait envie d'aller avec lui garder des vaches dans un village perdu ? Sans doute pas Anja...

Avant de faire leurs achats, comme la date du mariage était proche, ils s'étaient dit qu'ils pourraient tester leur nouveau répertoire en jouant dans les rues. Ils changèrent vite d'avis en découvrant les affiches placardées dans la bourgade :

Cirque Boldoni
Numéros exceptionnels ! Tournée mondiale !

Excepté Anja, aucun d'entre eux n'avait jamais été au cirque, aussi décidèrent-ils de prendre des places et c'est tout excités qu'ils s'installèrent sous le chapiteau.

Tout les émerveilla ! Les trapézistes, les clowns, les acrobates. Les éléphants, les tigres, les girafes. Et la guimauve qu'ils s'achetèrent à l'entracte, les sucres d'orge, la limonade.

À la fin de la deuxième partie, après les lanceurs de couteaux, un garçon s'avança dans le cercle illuminé. Qu'est-ce qui les fascina ? Sa taille, il avait bien trois têtes de plus que Pépina alors qu'il devait avoir à peu près leur âge ? Les gestes étranges avec lesquels il fit venir les animaux pour son numéro ? Ou les animaux eux-mêmes ? Parce que si le public s'était jusque-là enthousiasmé pour des bêtes qui venaient du bout du monde, le jeune garçon commença son numéro avec des chats. Des chats de toutes les tailles, certains encore très jeunes, d'autres plus vieux, et sans un cri, sans un seul coup de fouet, simplement avec des signes qu'il faisait avec les doigts, il les fit tourner, sauter, danser, avec une grâce et une agilité tout à fait étonnantes.

Pourtant, alors qu'ils applaudissaient à tout rompre, le public ne semblait guère apprécier la prouesse. Et quand les chats furent remplacés par un jeune daim à qui le garçon fit franchir plusieurs cerceaux, puis un couple de sangliers et un lynx dont les bonds étaient véritablement impressionnants, les spectateurs se mirent même à siffler et le garçon fut obligé d'abréger son numéro.

En sortant du chapiteau, les quatre enfants n'en revenaient pas. Comment pouvait-on siffler cette performance ? Piotr, qui savait le travail que cela représentait, était le plus énervé. Pépina traitait le public de ploucs et Tchavolo regrettait de ne pas avoir pu caresser les chats.

— Et si on allait le féliciter ? proposa Anja. Il avait l'air tellement triste en disparaissant derrière le rideau. Peut-être que cela le réconforterait si on lui disait qu'on a aimé ?

Sa proposition fut adoptée à l'unanimité. Main dans la main pour ne pas se perdre, ils se frayèrent un chemin entre les badauds jusqu'aux cages où étaient enfermés les animaux.

— Les pauvres ! dit Tchavolo en ramassant deux énormes os pour sa collection.

— C'est vrai qu'ils ont l'air malheureux, dit Pépina. Les gens et leur manie de tout mettre en cage ! À croire que tout ce qui est libre leur fait peur. Je comprends maintenant pourquoi on nous jette des pierres.

Ils trouvèrent le garçon au bout de la ménagerie. Une tasse à la main, un gros monsieur barbu était en train de le sermonner :

— Je ne veux plus de ton numéro, c'est bien clair ? Des chats, des lièvres, des biches ! Hors de question que je continue à nourrir ces bêtes qui ne rapportent rien.

Le garçon secouait la tête, les yeux affolés.

Ils crurent entendre un son jaillir de sa bouche mais il eut beau écarter les lèvres, aucun mot n'en sortit. Comme pour le consoler, le daim s'approcha de lui et il ouvrit la main pour qu'il puisse lécher le sel qu'il avait dans sa paume.

— Du sel ! Pour des bêtes que je préférerais avoir dans mon assiette ! hurla l'homme qui, se débarrassant de sa tasse, s'apprêtait à donner un coup de pied à l'animal.

Heureusement, le lynx arriva en feulant, ce qui le stoppa net.

— Je te préviens ! éructa-t-il, effrayé, si tu ne te débarrasses pas de tous ces animaux, je demande à un chasseur de s'en occuper ! Ton numéro est terminé, qu'ils retournent dans la forêt ! Et toi, à partir de demain, tu réintègres l'orchestre. À la limite, je veux bien de toi comme trapéziste. Mais comme dompteur, tu ne vaux rien. Zéro pointé !

— Je ne suis pas d'accord, dit Anja en s'avançant. Son numéro était de loin le meilleur de la soirée.

Surpris, l'homme au ventre bedonnant recula encore une fois.

— De quoi je me mêle, la môme ? hurla-t-il. Demain, plus une seule de ces bestioles n'encombrera mon cirque, parole de Boldoni !

— Ne l'écoute pas, dit Anja en s'approchant du garçon, ton numéro était vraiment formidable. Ah, au fait, je m'appelle Anja. Anja Blumbaum. Et toi ?

En l'entendant révéler son nom, Piotr se redressa. Qu'est-ce qui lui prenait ? Même si le danger semblait momentanément éloigné, ce n'était pas prudent qu'elle décline ainsi son identité.

Le barbu ne manqua d'ailleurs pas de le relever.

— Blumbaum ? fit-il en fronçant les sourcils, comme s'il cherchait où il avait déjà entendu ce nom. Eh bien, mademoiselle Blumbaum, au risque de vous décevoir, je peux vous assurer qu'il est parfaitement inutile de vous adresser à ce garçon.

— Et pourquoi ça ? s'agaça Anja.

— Mais parce que cet imbécile n'a pas prononcé un mot depuis que je l'ai acheté, il est muet. Une très mauvaise affaire ! Il m'aura coûté plus d'argent qu'il ne m'en a rapporté, je puis vous l'assurer.

Et, ignorant les enfants horrifiés par ses propos, il se retourna vers le garçon :

— Tu me dégages ta ménagerie, *capito* ? Et vous, les bohémiens, fichez-moi le camp avant que j'appelle la sécurité !

Alors que deux colosses aux bras énormes le rejoignaient, Pépina, d'un geste rapide et discret, en profita pour verser dans la tasse une poudre blanche dissimulée dans une de ses nombreuses bagues. C'était moins une ! Quelques secondes plus tard, Boldoni récupérait la tasse qu'il vida d'une traite :

— Dehors, les romanichels !

Juste avant de filer, Anja eut le temps de souffler au garçon le nom du village où ils devaient jouer pour la noce.

— C'était quoi cette poudre que tu as versée dans son café, interrogea Piotr. Du poison ?

Pépina se mit à rire.

— Mais non ! Juste un puissant laxatif !

Cette fois, c'est Piotr et Anja qui pouffèrent.

— C'est quoi, Pépina, un laxatif ? demanda Tchavolo.

Les yeux pleins de larmes, elle expliqua à son frère les effets de la poudre.

Dans un fou rire général, imaginant le gros Boldoni pris de crampes et en train de se tortiller à la recherche de toilettes, ils regagnèrent leur roulotte.

Chapitre 7

La noce

— Vous pas arrêter musique ! Vous devoir jouer, jouer et encore jouer !

Pépina et Piotr levèrent les yeux au ciel. Ils n'en pouvaient plus des relances incessantes de l'homme qui les avait embauchés et de son drôle d'accent. Jouer, jouer et encore jouer ! Le soir était en train de tomber et, à l'exception de quelques pauses, ils n'avaient fait que ça, jouer, depuis la fin de la matinée !

— Petites demoiselles, petits messieurs, mariés vouloir danser... Vous pas jouer ? Moi pas payer !

Pourtant, malgré l'insistance du type, ils refusèrent de retourner sur scène. Anja était épuisée, Pépina n'avait presque plus de voix et les doigts de Tchavolo étaient recouverts d'ampoules. Quant à Piotr, il avait vraiment besoin de prendre l'air :

— Dix minutes de pause et on reprend, d'accord ?

— Dix minutes, petit monsieur, dit l'homme en sortant une montre de la poche de son veston, dix minutes, pas plus.

La noce se déroulait dans une grange où de longues tables avaient été dressées. La plupart des invités étaient assis sur des bancs quand ils n'encombraient pas les allées, n'attendant que la reprise de la musique pour y danser. Tout le monde était en nage, il faisait une chaleur épouvantable et le vacarme était tel qu'il fallait crier pour s'entendre.

S'épongeant avec un mouchoir, Piotr s'empressa de contourner la scène pour sortir et libérer Véra de sa boîte.

— Alors, *petit monsieur*, toi aussi, tu as besoin d'air ? dit-il à Tchavolo qui le rejoignait à l'ombre des arbres.

Tchavolo sourit. D'un sac en toile, il sortit trois magnifiques os qu'il avait récupérés à côté des brasiers, là où plusieurs moutons cuisaient sur des broches.

— Bonne pioche, dit Piotr tout en veillant sur Véra.

Allongés par terre, les deux garçons la regardèrent grimper sur les hautes herbes. Pour s'amuser, ils déposaient des bâtons ou des cailloux que Véra escaladait. Mais, alors qu'ils cherchaient de nouveaux obstacles, elle se crispa subitement et fila se réfugier dans l'encolure du garçon.

— Elle est déjà fatiguée ? s'étonna Tchavolo qui adorait jouer avec Véra.

— Je ne sais pas, dit Piotr en caressant l'abdomen de l'araignée. On dirait plutôt qu'elle est contrariée.

En effet, poils hérissés, chélicères tendues vers l'avant, Véra se tenait en position défensive.

— Ça doit être tous ces gens, ça lui met les nerfs en pelote. Bon, on y retourne ?

Les notes du violon leur rappelèrent qu'on les attendait. Cela faisait bien vingt minutes que *les petits messieurs* étaient sortis, aussi se hâtèrent-ils.

Entre les portes de la grange, ils entrevirent Anja, seule sur scène, qui jouait pour faire patienter les gens. De loin, elle paraissait toute menue, presque fragile. Une mèche brune lui tombait sur les yeux. Comme elle tentait sans succès de l'écarter, Piotr eut un mouvement involontaire de la main, comme pour l'aider. Presque instantanément, sur son épaule, Véra s'agita.

Et maintenant la jalousie, se dit Piotr en écartant Véra. Elle était décidément bien nerveuse pour se mettre dans cet état. Et alors que sous les applaudissements du public Pépina rejoignait Anja sur ses chaussures à talons, il ne put s'empêcher de sourire.

— Piotr ! On y va ou quoi ? s'impatienta Tchavolo.

— Bien sûr, dit-il, et, s'arrachant à sa contemplation, il balaya une dernière fois l'entrée de la grange du regard.

Le signe ! Sur la porte de la grange ! Le même que celui dessiné par Pharaon, que celui tracé sur la statue du comte Khmelnitski ou sur la maison d'Anja !

— Tchavolo, il faut qu'on quitte la noce. Immédiatement !

— Quitter la noce ? Tu es fou, on n'a pas encore fini de jouer. Si on s'en va, on ne sera jamais payés.

— C'est une question de vie ou de mort ! Le signe sur la porte, ça veut dire qu'ils nous ont retrouvés.

— Le signe sur la porte ? Mais de quoi parles-tu ?

— Les Effaceurs... Je n'ai pas le temps de t'expliquer. Viens, il faut chercher les autres avant qu'il ne soit trop tard.

Et sans se soucier de bousculer les gens, Piotr entraîna Tchavolo.

En s'approchant de la scène, la foule était si compacte, le public si excité, qu'il comprit tout de suite qu'il serait difficile d'arrêter le concert.

— Prends ta guitare et joue ! dit-il à Tchavolo, on leur expliquera là-haut !

Ils rejoignirent les filles sous les vivats et les applaudissements mais il leur fallut enchaîner plusieurs morceaux avant que Piotr ne puisse les mettre au courant du danger qu'ils couraient.

— Ne restons pas ici une minute de plus ! dit Anja, blêmissante.

Mais Pépina, tout comme son frère quelques minutes auparavant, ne comprenait pas en quoi un signe tracé à la craie pouvait les menacer :

— On est indispensables à la fête, on ne risque rien. Et puis, si on s'en va, on va perdre notre cachet. Le type ne nous payera qu'à la fin de la noce, c'est ce qui a été décidé.

— Pépina, il faut absolument partir ! insista Piotr. Ce signe, c'est celui de nos ennemis à Kiev !

— Vos ennemis ? Mais pourquoi viendraient-ils jusqu'ici ?

— C'est à cause du violon d'Anja. Dès que j'ai vu le signe sur la porte, j'ai compris qu'ils nous avaient retrouvés.

— De quoi a-t-il l'air, ce signe qui vous effraye tant ?

Piotr qui n'avait rien pour écrire chercha autour de lui. Alors que le public tapait de toutes ses forces dans les mains pour qu'ils se remettent à jouer, il aperçut un verre de vin sur le bord de la scène : vite, il y trempa le doigt et traça le signe :

Cette fois, ce fut au tour de Pépina de blêmir :

— Tu es sûr que c'est ce signe qui est tracé sur la porte ? Tu es sûr de ne pas t'être trompé ?

Piotr approuva.

— Alors, tu as raison, il faut partir. Ce signe, c'est pire que le *schpuck*.

— C'est trop tard, on est coincés ! Les gens veulent danser, faire la fête, jamais ils ne nous laisseront partir.

Pépina observa la grange qui continuait à se remplir et la foule de plus en plus serrée.

— J'ai une idée. Mais attention, il faudra faire exactement ce que je vous dis, sinon, on va se faire massacrer !

Sur scène, c'est elle qui prit les choses en main. Sur un rythme de plus en plus endiablé, ils enchaînèrent les nouveaux morceaux, portant l'ambiance à son sommet. Avec ses chants et ses danses, Pépina embarqua le public dans une folie que Piotr et Anja n'avaient jamais connue jusque-là. Soudain, alors qu'ils terminaient une chanson, elle bondit hors de la scène pour se mêler à la foule.

— Avec moi ! leur cria-t-elle, vite, suivez-moi !

Avant que la foule ne se referme, ils se collèrent à elle.

— À mon signal ! cria-t-elle.

Et tout en lançant le morceau suivant, elle se mit à avancer, avec à sa suite les autres musiciens et le public qui s'assembla pour former une farandole à laquelle tout le monde s'accrocha, des mariés jusqu'au dernier des invités. Une farandole immense à la tête de laquelle Pépina, Anja, Tchavolo et Piotr jouaient le plus fort possible. Emportant tout sur son passage, renversant bancs et tables, la farandole fit plusieurs fois le tour de la grange pour déboucher à l'extérieur et se retrouver à travers champs où Pépina la fit encore tourner, virevolter, s'entremêler jusqu'à ce qu'enfin les gens, épuisés, s'arrêtent de danser.

Profitant des hourras et de la confusion générale, Tchavolo n'eut besoin que de quelques minutes pour retrouver la roulotte et atteler le cheval. Dès qu'elle le vit approcher, Pépina entraîna Piotr et Anja à bord et, d'un claquement de fouet, le départ fut donné et la voiture se mit en branle !

Étourdie par la danse, la noce resta d'abord sans bouger. C'est seulement quand ils virent la roulotte s'éloigner qu'ils comprirent ce qui se passait. Mais il était trop tard pour les rattraper. Pour aller plus vite, Tchavolo encourageait le cheval en poussant des cris aigus.

La voix cassée, Pépina continuait à chanter.

Piotr et Anja, tout en jouant, regardaient la noce qui les poursuivait.

Il y avait la mariée dont le voile s'était détaché, emporté par une brise d'été.

Et le marié qui essayait désespérément de le récupérer.

Il y avait aussi l'homme qui les avait embauchés, avec son drôle d'accent :

— Vilains petits messieurs, vilaines demoiselles !

Chapitre 8

L'attaque

Ils roulèrent jusqu'à ce qu'il fasse nuit, s'enfonçant dans les bois, loin de tout village et de toute habitation. Pour éviter de se faire repérer, ils n'allumèrent pas de feu. De toute façon, toutes ces émotions leur avaient coupé l'appétit. Ils ne voulurent même pas avaler un morceau de l'énorme gâteau que Tchavolo avait emporté en quittant la noce.

— C'est le gâteau des mariés ! s'exclama sa sœur en voyant les deux figurines en sucre qui trônaient au sommet de la pâtisserie.

— Je l'ai pris juste avant de monter. Déjà qu'on a joué sans être payés ! se justifia-t-il.

— Les mariés doivent être furieux ! Plus de musique, plus de gâteau...

— À propos de mariés, en profita Piotr, que sais-tu du signe qu'on a vu à la noce ?

— Le signe ? Le signe, c'est le mal... dit Pépina en s'assombrissant.

— Le mal ? Que veux-tu dire ?

— Ma mère... Quelques jours avant de disparaître, elle m'a montré un arbre tout près de notre campement. Ce signe était gravé dans l'écorce. Elle m'a expliqué que si je le voyais, il fallait fuir. « Deviens oiseau, deviens serpent, deviens vent, mais fuis, car ce signe… c'est le mal. » Voilà ses paroles.

— Pas très rassurant… conclut Piotr. En tout cas, on l'a échappé belle. Ce soir, il faudra être prudent et surveiller la roulotte. Je m'occupe du premier quart de garde.

— Je prends le second, dit Pépina. Réveille-moi quand tu seras trop fatigué.

— Et moi ? Je peux rester avec toi, Piotr ?

— Bien sûr, Tchavolo. Anja, tu relaieras Pépina ?

— Oui, mais je file me coucher, je suis épuisée. Bonne nuit !

— Attends, j'aimerais qu'on parle d'une chose.

— De quoi s'agit-il, Piotr ?

— À ton avis, Anja, comment ont-ils fait pour nous retrouver ?

— Les Effaceurs ? Je suppose qu'ils ont des informateurs à Odessa et qu'on s'est fait repérer…

— Tu ne crois pas plutôt que c'est au cirque qu'on s'est fait repérer ?

— Au cirque ? Comment ça ?

— Tu ne te souviens pas ? Quand tu t'es présentée et que tu as donné ton nom. Et aussi quand tu as dit à ce garçon où avait lieu le mariage.

— Le garçon ? Ça m'étonnerait qu'il nous ait trahis.

— Ça t'étonnerait ? Alors comment expliques-tu que deux jours plus tard, c'est-à-dire aujourd'hui, nos poursuivants nous sont tombés dessus ? Tu penses vraiment que c'est un hasard ? En tout cas, que ce soit le garçon ou Boldoni, l'horrible directeur, ce serait bien qu'à l'avenir tu sois plus prudente...

Anja, qui détestait être prise en défaut, se crispa. Cependant, consciente d'avoir commis une erreur, elle s'obligea à se taire. C'était compter sans l'insistance de Piotr :

— Heureusement que j'ai vu le signe sur la porte de la grange ! fanfaronna-t-il. Sans cela, nous serions sans doute tous au poste de police. Ou pire, aux mains des Effaceurs ! Dans tous les cas, tu aurais pu dire adieu à ton précieux violon.

Cette fois, Anja ne put se contenir :

— Tu ne trouves pas que tu exagères, Piotr ?

— Moi ? Exagérer ?

— Je veux bien admettre que j'ai commis une erreur en donnant mon nom au directeur du cirque ou en indiquant le lieu de la noce à ce garçon. Par contre, que tu joues au héros, je trouve ça culotté !

— Que veux-tu dire ? balbutia Piotr. C'est pourtant moi qui...

— Si quelqu'un nous a sortis de ce piège, le coupa-t-elle, énervée, c'est Pépina et Tchavolo ! Pas toi ! Alors tes leçons, tu te les gardes, d'accord ?

— Mais... bégaya Piotr, surpris par cette soudaine colère, je dis ça pour t'aider. Moi, tout ce que je veux, c'est te protéger, toi et ton violon.

— Me protéger ? Mais je ne t'ai rien demandé, Piotr ! Je ne suis plus une enfant ! Cesse de te comporter comme si tu étais ma mère ou mon père ! Ou pire, comme Miss Nightingale !

— Anja, je pense sincèrement, que la prochaine fois, tu devrais...

— Cesse de penser à ma place, je m'en sors très bien toute seule !

Et sans un mot de plus, elle se dirigea vers la chambre qu'elle partageait avec Pépina.

Elle eut à peine le temps de récupérer son violon et de poser le pied sur l'échelle que la porte s'ouvrit brutalement :

— Dans la forêt ! Il y a des lumières ! cria Tchavolo qui était sorti surveiller les alentours.

— Des lumières ? Tu es sûr ? demanda Pépina. C'est peut-être des lucioles ou des feux follets.

— Non, non, je crois que c'est des gens avec des lanternes ! affirma le garçon. Là, ça recommence !

Ils se penchèrent pour regarder et, cette fois, il n'y eut plus de doute possible : chacun vit distinctement des lumières s'allumer et s'éteindre à un rythme régulier, comme pour envoyer un signal.

— Il faut partir ! dit Pépina en grimpant à l'avant de la roulotte.

Mais les lumières s'approchaient de tous côtés et elle comprit qu'ils étaient encerclés.

— Vite, préparons-nous à l'attaque ! cria-t-elle en se saisissant de son fouet. Sous la banquette, il y a des bâtons ! Allez les récupérer !

Alors que Tchavolo et Anja s'empressaient de relever le siège, Piotr arracha le violon des mains d'Anja.

— Piotr, que fais-tu ?

— Je vais le cacher ! dit-il en ramassant un bâton au passage.

Puis, s'accrochant aux barreaux de l'échelle, il se précipita dans la chambre des filles pour dissimuler l'instrument sous un lit.

Il redescendait quand l'assaut débuta. C'était une véritable embuscade et les assaillants arrivèrent de toutes parts. Suspendus aux branches des arbres, certains passèrent même par le toit. En les voyant arriver, Piotr se précipita pour les arrêter mais il eut beau mouliner en tous sens avec son bâton, ils furent au moins trois à fondre sur lui et il se retrouva très vite hors de combat.

La tête plaquée au sol par un de ses assaillants, il reconnut à la lueur d'une lampe le chef des Effaceurs qui menait les opérations :

— Rendez-vous ! Aucun mal ne vous sera fait, parole de Pharaon !

— On la connaît ta parole ! répliqua Piotr avant qu'une main ne se plaque sur sa bouche pour le faire taire.

Pharaon gloussa. Il s'apprêtait à répliquer quand une pierre lui entama le front. C'était Tchavolo qui ripostait à coups de lance-pierre.

La blessure relança les hostilités. Avec une rage décuplée, leurs agresseurs se jetèrent sur la roulotte et Anja, Tchavolo et Pépina eurent beau se défendre comme de beaux diables, ils furent très vite submergés. S'engouffrant dans la roulotte où ils dévastèrent tout sur leur passage, N'a-qu'un-œil, accompagnée des frères Poliakov, fit descendre Anja et Pépina en les tirant par les cheveux. De son côté, le Phasme, de ses longs bras, rattrapait Tchavolo qui grimpait dans un arbre.

C'est la fin, se dit Piotr, en apercevant Pharaon et Gros Boris rassembler tout le monde devant la roulotte. C'est la fin et cette fois, plus rien ne pourra les sauver.

Mais alors qu'à son tour, désespéré, il se laissait mener parmi ses amis prisonniers, en un fragment de seconde, tout bascula. Comme dans un rêve, comme dans un conte de fées.

D'abord, un craquement qui provenait de l'obscurité.

Puis un lynx, en un éclair, qui bondit sur Pharaon pour le renverser.

Un daim qui fonce, bois devant, sur les Effaceurs.

Puis, de tous côtés, les sifflements des chats qui griffent, qui mordent, qui lacèrent.

Gros Boris et le Phasme qui relâchent leurs prisonniers, préférant sauver leur peau.

Pharaon qui se relève et qui fuit à son tour.

Et N'a-qu'un-œil, traînant derrière elle Anja, avec qui elle disparaît dans la forêt.

Les frères Poliakov, qu'ils chassent avec les bâtons qu'ils ont récupérés.

Puis, plus rien, à part des grognements et des feulements.

Un long silence.

Jusqu'à ce que de la nuit des bois surgisse, comme un géant, Jørn, le garçon du cirque.

Entouré du lynx, du daim, des chats.

Et aussi d'un lièvre, d'un couple de sangliers et d'un renard.

Et, comme dans un rêve, comme dans un conte de fées, Anja qu'il porte dans ses bras.

51° 10′ Nord, 90° 36′ Est
Sibérie/Ak-Dovourak

La Sibérie était « le pays où les vivants se confondent avec les morts, où les âmes errent au milieu des hommes ». Le pays où « la nuit, entre les arbres, ce n'est pas le vent qui souffle mais ces âmes perdues qui recherchent ceux qu'elles ont aimés ».

Elle y avait trouvé refuge il y a longtemps, si longtemps, quand son royaume avait disparu.

Elle avait pensé qu'elle finirait par y disparaître elle aussi, absorbée par les entrailles de la terre, avalée par la glèbe et le limon.

Mais le monde ancien, celui qu'elle pensait englouti à tout jamais, s'était mis à remuer.

Ça n'avait d'abord été qu'une simple mélodie jouée au violon.

Puis les pages d'un livre qu'on tourne, une porte qui s'ouvre.

Alors, comme la graine qui germe traverse la glèbe et le limon et brise la couche du sol pour pousser vers le ciel, elle s'était mise en route.

« Cherche la fleur du mal, la fleur d'or, tu trouveras Maldoror… »

La mort d'Anja allait parcourir des milliers de kilomètres. Et une fois arrivée, elle refermerait les portes du royaume. Pour l'éternité.

Jørn

CHAPITRE 1

RAPPORT K157

Aux agents supérieurs I et A
Rapport n° : K-157
Objet : « Clef » de Maldoror
Lieu : forêt de Dalnytsky/comté d'Odessa
Date : Nuit du 6 au 7 août 19..
Statut : TRÈS URGENT !

L'opération a mobilisé une quinzaine d'agents ayant déjà participé aux actions précédentes à Kiev et à Vienne.

Le recoupement de plusieurs informations ainsi que le travail de l'Okhranka leur ont permis de retrouver la trace des enfants dans la région d'Odessa : les suspects vivent actuellement dans une roulotte avec deux bohémiens dont ils semblent avoir adopté le mode de vie, ce qui n'a pas facilité le travail de repérage.

La mise en place d'une surveillance lâche afin d'endormir leur méfiance a cependant permis de monter une opération à proximité du lieu d'une noce à laquelle les suspects participaient. L'attaque effectuée de nuit dans la forêt de Dalnytsky a permis de récupérer l'objet dans son intégralité. Il n'a cependant pas été possible d'interpeller les suspects. En effet, l'arrivée d'un renfort inconnu que l'obscurité n'a pas permis d'identifier a fortement perturbé l'opération. Nous pouvons toutefois affirmer qu'il s'agit d'un garçon de grande taille et d'âge indéterminé accompagné de plusieurs animaux sauvages sans doute dressés par ce même individu : un lynx, un daim, des sangliers et d'autres de plus petite taille, renards ou/et chats sauvages.

Points importants !!!

– la présence dans la région - en plus de nombreux agents - d'un officier supérieur de l'Okhranka, confirmant l'intérêt des Russes pour l'objet intitulé « clef de Maldoror » ;

– le renforcement du groupuscule formé par Anja Blumbaum et Piotr (nom inconnu) se confirme. Aux dénommés Pépina et Tchavolo (noms également inconnus) s'ajoute un garçon de grande taille (voir plus haut).

L'objet « clef de Maldoror » sera remis en main propre en lieu et date convenus lors du précédent message.

Pour les agents supérieurs I et A,

Baronne Ursula von Stumpf, présidente de la Compagnie de la Vraie Foi

— Voilà qui va faire plaisir à notre maître, dit Ava en repliant la feuille avec satisfaction.

— Que d'efforts ! Et tout ça pour une légende qu'on lui a raconté dans son enfance !

— Une légende qui va changer la face du monde, Ivo !

— Bien sûr, tu as raison. Mais dis-moi, quand est prévu le rendez-vous ?

— Dans une dizaine de jours. Le 16 août précisément.

— Pourquoi attendre si longtemps ?

— Je veux d'abord m'assurer que le colonel de l'Okhranka ne nous met pas de bâtons dans les roues.

— Le Russe aux moustaches ridicules ? Tu crois que c'est lui qui est à l'origine de l'attaque de nos hommes dans la forêt ?

— Je ne crois pas. Par contre, ce dont je suis certain, c'est que c'est lui qui a fait disparaitre le professeur Blumbaum et sa femme.

— À mon avis, c'est parce que ses services n'arrivaient pas à mettre la main sur le violon et qu'ils ont paniqué...

— Peut-être, Ivo, mais ne le sous-estimons pas. Si ça se trouve, derrière cet amateurisme se dissimule peut-être une stratégie qui nous échappe...

— Ava, rappelle-toi que c'est nous qui l'avons mis sur cette affaire en lui faisant croire que l'objet contenait les plans d'une arme secrète. Parce que cela multipliait nos chances de retrouver l'instrument. Ce type et ses grosses moustaches nous a servi de chien de chasse. Et maintenant qu'il a bien reniflé la piste, on va le renvoyer à la niche.

— Et tu crois qu'il va se laisser faire ? Son pouvoir dépasse de loin les frontières de l'empire russe.

— Je me demande vraiment ce qui t'inquiète, Ava. Cet homme est notre marionnette. Dans quelques jours, nous récupèrerons le violon et il s'en retournera chez lui. Je suis en train de mettre une opération en place avec la même équipe.

— Ceux de Kiev ? Es-tu sûr qu'ils sont suffisamment fiables ?

Ivo esquissa un sourire :

— Que t'arrive-t-il, Ava ? Nous travaillons avec la baronne von Stumpf depuis belle lurette. Elle est d'une fidélité absolue au Grand Cophte.

— Si tu le dis... Et ces enfants qu'elle emploie ?

— Les Effaceurs ? Une petite bande qui sévit au sein de la Compagnie de la Vraie Foi. La baronne s'en sert pour toutes les basses besognes et je peux te dire qu'ils sont efficaces. Attends un peu...

Ivo fouilla dans ses fiches avant de poursuivre :

— Leur chef est un prénommé Pharaon, c'est un orphelin recueilli par la baronne. Une vraie teigne ! Menteur, bagarreur, manipulateur, il a très vite imposé sa loi au sein de l'institution qui se repose d'ailleurs sur lui pour régler les problèmes. En fait, il a à peu près tous les pouvoirs, du moment que tout se passe bien et que la réputation des Compagnons de la Vraie Foi est préservée.

— Les Effaceurs seraient donc une sorte de milice privée, c'est ça ?

— En partie, oui. Quant à son surnom, Pharaon, on raconte que, dans un musée de Kiev où il s'était rendu pour voler un objet, il serait tombé sur un buste de Thoutmosis III. Ses complices auraient trouvé qu'il lui ressemble...

— D'où son surnom... Et qui d'autre pour accompagner notre pharaon ukrainien ?

— Le Phasme et Gros Boris, ses deux fidèles lieutenants. Le premier, c'est un long maigre, cruel à souhait et prêt à tous les sales coups. Quant à Gros Boris, comme son nom l'indique, il est aussi fort que l'autre est fourbe.

— Et la fille borgne, comment s'appelle-t-elle déjà ?

— N'a-qu'un-œil ! Elle l'a perdu à cinq ans, dans une bagarre. Depuis, elle en veut au monde entier. Sa méchanceté décuple sa force au point qu'elle serait la seule, lors d'un combat de lutte, à avoir résisté au Gros Boris.

— Pas mal, en effet !

— Dans la bande, il y a aussi les six frères Poliakov, de vrais abrutis, prêts à tout pour une saucisse ou du hareng salé. Et quantité de petites frappes recrutées en fonction des besoins au sein des Compagnons de la Vraie Foi.

— Qui constitue visiblement un vivier de premier choix, j'en conviens. Et eux aussi, tu garantis leur fidélité au Grand Cophte ?

— Les Effaceurs ? Absolument ! De toute façon, au moindre problème, à la moindre anicroche...

— Oui ?

— C'est nous qui les effaçons !

Chapitre 2

Le vol

C'est Piotr qui découvrit le vol. Après la fuite de leurs assaillants, pendant que les autres remerciaient Jørn, il s'était tout de suite rendu dans la roulotte dont les vitres avaient été brisées et la porte à moitié arrachée. Avec le pressentiment d'un malheur à venir, il s'était précipité dans la chambre des filles, où, au milieu des malles renversées, des bijoux et des vêtements dispersés, il avait recherché l'instrument. C'est la mort dans l'âme qu'il vint trouver Anja :

— Ton violon ! Ils l'ont volé !

À cette annonce, tout le monde se retourna, interloqué. Excepté Jørn qui ne connaissait ni la valeur inestimable du violon, ni l'attachement de la jeune fille à son instrument. Pépina, dans un mouvement qui la surprit elle-même, prit la main d'Anja dans la sienne.

Sa réaction les décontenança tous. Alors qu'ils s'attendaient à un torrent de larmes, elle resta étonnamment calme, à peine plus pâlotte que d'habitude. Était-ce la violence du choc ? Mesurait-elle véritablement la gravité de ce qui venait de se passer ou était-t-elle comme anesthésiée ?

— Je t'emmène dans la chambre, il faut que tu te reposes, dit Pépina.

Mais Anja affirma qu'elle était bien trop énervée pour s'allonger.

— Ça va aller, ajouta-t-elle, rassurante. Je ne suis quand même pas une vieille dame !

Et, devant leur mine déconfite, elle s'approcha du daim qui, tout comme les autres animaux, se tenait à côté de Jørn.

Piotr admira sa force et son courage mais, tout en s'efforçant de sourire, il se dit qu'il faudrait rester vigilant car le choc viendrait sans doute plus tard. Et quand elle s'approcha cette fois du renard qui tendait son museau vers elle – oh, comme il est doux ! –, il se dit que ça tombait vraiment bien, ces animaux sauvages qui quémandaient des caresses. Oui, vraiment, cela ne pouvait pas mieux tomber pour atténuer cette terrible nouvelle.

Tchavolo leur distribua du gros sel et les bêtes vinrent leurs lécher les mains de leurs langues rugueuses. Puis, l'un après l'autre, ils disparurent au point qu'on eût pu douter que ce qui s'était passé avait bien existé. Pourtant, cette nuit-là, tout avait été bien réel : l'attaque des Effaceurs, le vol du violon et l'arrivée de Jørn et ses animaux.

— Ils sont allés se coucher ? demanda Anja.

Mais Jørn secoua négativement la tête en mimant le sommeil.

— J'ai compris ! reprit-elle. C'est nous qui pouvons dormir pendant que les animaux surveillent la roulotte !

Avant d'aller se coucher, ils décidèrent de faire un peu de rangement. Piotr, qui se sentait terriblement coupable – c'était quand même lui qui avait voulu cacher le violon dans une des malles –, se tourna vers Anja :

— Je le retrouverai, dit-il, je te le promets.

— De qui parles-tu, Piotr ?

— Ton violon, Anja !

— Mon violon ? C'est très gentil, Piotr.

Et ses lèvres dessinèrent un sourire mélancolique.

Piotr et Pépina échangèrent le même regard inquiet et, d'un signe discret, elle lui fit comprendre qu'il ne valait mieux pas trop la brusquer.

Pendant qu'ils redonnaient un semblant d'ordre à la pièce, Jørn ressortit pour revenir quelques minutes plus tard avec un étui identique à celui qu'Anja utilisait pour ranger son violon. À la seule différence qu'il était beaucoup plus grand.

— Une contrebasse ! s'exclama Anja. J'adore cet instrument !

Après l'avoir hissée sur le toit de la roulotte, ils s'installèrent tant bien que mal sur les banquettes. Malgré la promiscuité, Tchavolo ouvrit un des nombreux placards et, à la stupeur générale, il en sortit le gâteau du mariage qui avait miraculeusement résisté à l'attaque.

Tout en avalant goulûment le biscuit recouvert de crème, ils bombardèrent Jørn de questions. Était-ce lui qui avait dressé les animaux ? Et le cirque ? L'avait-il quitté pour toujours ? Et comment les avait-il retrouvés ? Quand bien même Jørn aurait su parler, il n'aurait pu répondre, tant les questions pleuvaient de tous côtés. Embarrassé, il mima le geste d'écrire :

— Mais oui, s'exclama Anja en se tournant vers Piotr. Ton cahier et ton crayon, vite !

Sur les pages vierges, Jørn se mit à dessiner et, accompagnant ses illustrations par de gestes, il commença à raconter son histoire.

Le premier dessin représentait un instrument qui flottait sur l'eau. C'était sa contrebasse et il expliqua, dessins toujours à l'appui, qu'on l'avait retrouvé bébé, installé sur l'instrument qui descendait le cours d'une rivière.

Crayon à la main, il continua son dessin. À côté de la rivière, c'était un homme avec une barbe grise et une vieille femme.

— Tes parents ? demandèrent-ils en chœur.

Non, pas ses parents. Mais des gens qui l'avaient recueilli dans une maison au milieu de la forêt où vivaient quantité d'animaux.

Puis il esquissa une silhouette qu'ils reconnurent presque immédiatement :

— Boldoni !

Oui ! Et c'est dans son cirque qu'il avait appris à marcher sur un fil, à se balancer au-dessus du vide et, surtout, à dresser les animaux.

Piotr en profita pour sortir Véra de sa boîte. Ça leur faisait un point commun à tous les deux, lui aussi était un peu dompteur. Tout à son excitation, il n'entendit pas Anja dire qu'elle préférait que l'araignée reste dans sa boîte et il fallut que Pépina intervienne :

— Piotr ! Tu vois bien que tu mets Anja mal à l'aise...

Tout en remettant Véra dans sa boîte, Piotr se fit la réflexion qu'elle n'avait pas l'air si mal que ça, Anja. Il trouvait même qu'elle avait vite récupéré après le vol du violon. Surtout quand Jørn dessinait ses histoires...

Quand après leur avoir expliqué comment il avait fini par les retrouver, Jørn referma le cahier, Anja se leva pour aller se coucher.

— Au fait, Piotr, dit-elle en se retournant dans le minuscule escalier. La journée a été longue, n'embête pas trop Jørn avec tes histoires de petites bêtes...

— Heu, d'accord...

— Quant à toi, Jørn, merci de m'avoir sauvée ! Je ne l'oublierai jamais.

À ces mots, le grand gaillard, tout troublé, se leva pour la remercier mais il se cogna la tête, ce qui les fit rire.

Les filles dans leur chambre, ce fut au tour des garçons de se préparer pour la nuit. Une fois couché – il fallut que la porte reste ouverte afin qu'il puisse laisser ses pieds dépasser –, Jørn sortit une guimbarde de sa poche.

Doing, doing, doing...

En l'écoutant jouer, Piotr songea à la journée qui venait de passer. Il repensa à l'attaque et à la disparition du violon, mais aussi à Jørn et son intervention. Sans lui, Anja ne serait sans doute plus avec eux...

Doing, doing, doing...

Il essaya d'être reconnaissant, mais un sentiment puissant l'empêchait d'éprouver de la gratitude pour ce nouveau compagnon. Que n'aurait-il pas donné pour être le sauveur d'Anja ? Pour être celui qui l'avait portée dans ses bras ? Mais c'est Jørn qui l'avait sauvée et c'est lui qu'elle avait remercié.

Doing, doing, doing...

Piotr se retourna plusieurs fois sur sa couche. Il repensa à la remarque d'Anja.

Véra... Une petite bête...

Sous sa couverture, il serra les poings.

Quelle pimbêche !

Doing, doing, doing...

Chapitre 3

« Adieu, les animaux ! »

— *Latcho ?* fit Pépina juchée sur ses chaussures magiques.

— *Latcho,* répondirent-ils alors que Jørn inclinait sa contrebasse en signe d'approbation.

À peine réveillée, Anja n'avait pas résisté à l'envie de faire de la musique. Récupérant un vieux violon cabossé qui traînait dans le désordre de Pépina, elle les avait obligés à enchainer trois morceaux le ventre vide et les paupières encore ensommeillées.

— C'est formidable ! s'était-elle enthousiasmée. Une contrebasse, c'est exactement ce qu'il nous fallait. Et quel sens du rythme ! Bravo, Jørn !

Piotr, qui ne pouvait qu'approuver ce renfort rythmique, était loin de partager sa ferveur. L'impression qu'il avait eue la veille ne s'était toujours pas dissipée et il pressentait que l'arrivée de Jørn bouleverserait l'équilibre fragile du groupe où, pour la première fois, il avait eu le sentiment d'avoir trouvé sa place. Et à l'image de la nuit qu'ils venaient de passer dans la roulotte, il avait deviné que de la place, le contrebassiste allait en prendre beaucoup.

Portés par la musique, entourés par les animaux qui s'étaient approchés pour les écouter, ils jouèrent toute la matinée, se jurant à chaque fois que c'était le dernier morceau. Et sans la faim pour les arrêter, ils auraient sans doute continué toute la journée. Le ventre plein de gargouillis, ils firent bouillir un chou avec leur dernier bout de lard. Puis ils se partagèrent les prunes qu'ils avaient ramassées dans un verger quelques jours plus tôt.

Qu'allaient-ils faire ? Ils ne pouvaient pas rester ici, c'était trop dangereux, les Effaceurs pouvaient revenir d'un instant à l'autre. Et aussi, comme l'expliqua Jørn avec force gestes et dessins, une autre menace pesait sur le groupe : le propriétaire du cirque accepterait difficilement son départ, considérant qu'il lui appartenait puisqu'il l'avait acheté.

— Si les êtres humains pouvaient acheter les étoiles, le ciel serait plus noir que l'encre, conclut Pépina. Je propose que tu restes avec nous.

— Moi, je suis pour ! dit Anja en levant la main, immédiatement suivie par Pépina et son frère.

Piotr s'efforça de lever la main avec le même enthousiasme. Que craignait-il à la fin ? Jørn avait l'air d'un garçon formidable... Pourquoi ne pas s'en faire un nouvel ami ?

Une fois Jørn accepté, ils discutèrent du plan à suivre pour les prochains jours. Anja, même si cela diminuait les chances de retrouver son violon, proposa de s'éloigner :

— Il faudra aussi éviter tout contact, expliqua-t-elle, sans quoi nous serons vite repérés.

— Et si on se répartissait en plusieurs groupes ? proposa Piotr. Nous serions moins identifiables… Je pourrais partir avec toi par exemple et…

— Hors de question, l'arrêta-t-elle. Ensemble, on est plus repérables mais on est aussi plus forts. Franchement, Piotr, imagine qu'on soit à nouveau attaqués par cette bande, on ne ferait pas le poids tous les deux.

Mais Piotr n'était pas d'accord. À Kiev, à Vienne, sur le train, n'avaient-ils pas à chaque fois réussi à s'en sortir ?

— On a eu de la chance. Et puis de toute façon, on ne va pas se séparer alors qu'on joue tellement bien ensemble. Voilà ce que je propose : dissimulons-nous quelque temps et après nous gagnerons une ville pour prendre des nouvelles de mes parents. D'ici là, les autorités les auront sans doute retrouvés. Mon père est un éminent scientifique, il ne peut pas disparaître comme ça.

— Et après ? Que comptes-tu faire ?

— Après ? Ils me feront parvenir de l'argent pour que je rentre chez moi. Et je m'assurerai que la somme soit suffisante pour tu puisses aussi retrouver ta grand-mère.

Matouchka ! Piotr sentit une boule se former dans son ventre. Avec tout ce qui s'était passé, il avait complètement oublié sa grand-mère ! Et c'est Anja qui venait de perdre ce à quoi elle tenait le plus qui le rappelait à ses devoirs ! Quelle leçon ! Il fallait absolument qu'il se ressaisisse.

— Tu as raison, Anja, approuva-t-il avec émotion. Et j'espère vraiment qu'on retrouvera tes parents. Eux aussi doivent être terriblement inquiets de ne pas savoir où tu es.

À l'évocation de ses parents, Anja soupira.

Depuis combien de temps ne les avait-elle pas vus ? Plus d'un mois... Un long mois où sa vie avait été complètement bouleversée. Parce que si quelqu'un lui avait dit, il y a quelques semaines, qu'elle habiterait dans une roulotte, loin de Vienne et de ses parents, elle l'aurait pris pour un fou ! Encore plus, s'il lui avait affirmé que malgré ses angoisses, malgré ses inquiétudes, elle prendrait goût à cette vie pleine d'aventures, cette vie à jouer de la musique, à faire des feux, à s'habiller de toutes les couleurs et à danser sous le soleil et les étoiles...

Faire des feux ? Danser sous les étoiles ? Mais que lui arrivait-il ? Passer sa vie comme une romanichelle alors qu'elle avait un destin tout tracé et qu'elle deviendrait sans doute une des plus grandes violonistes au monde ? Cette fois, c'est elle qui se secoua. Il était grand temps qu'elle réagisse et qu'elle reprenne le fil de sa vie.

Pendant qu'Anja réfléchissait, les autres s'étaient ralliés à sa proposition. La priorité était de se faire le plus discret possible. Disparaître, devenir presque invisibles afin que leurs poursuivants perdent cette fois complètement leur trace. Il fut aussi décidé qu'ils voyageraient la nuit et qu'ils se cacheraient la journée.

Quand le soir arriva, ils veillèrent bien à ne laisser aucun indice qui permettrait à leurs poursuivants de les retrouver.

— Tu viens, Jørn ? fit Piotr en rejoignant les autres dans la roulotte.

Mais Jørn leur fit signe d'attendre.

Au bout de quelques minutes, alors qu'ils commençaient à s'impatienter, le renard surgit des bois. Puis ce fut au tour du lynx, des chats sauvages et du daim de s'approcher.

Jørn eut un geste pour chacun d'eux – une caresse, une tape sur le flanc – avant qu'ils ne s'en retournent dans les bois. C'était les animaux qu'il avait apprivoisés pour son numéro de cirque, ils l'avaient accompagné pendant plusieurs années et quand il retrouva les autres sur l'attelage, ses yeux brillaient. En quelques gestes, il leur expliqua qu'il ne pouvait pas priver les animaux de leur liberté. Qu'ils ne lui appartenaient pas et qu'il serait cruel de les garder prisonniers. Puis, il sortit sa guimbarde de la poche et se mit à jouer.

Pendant un temps, alors que la roulotte avançait sur le chemin, les animaux les suivirent. De temps à autre, un lièvre traversait le chemin. Ou un chat, un renard. Puis, à mesure qu'ils avançaient, ils se firent de plus en plus rares.

— Adieu les animaux ! dit Tchavolo en tirant sur les rênes.

Chapitre 4

Disparaître

Depuis plusieurs jours, Piotr et Tchavolo s'étaient attelés à la réparation des dégâts causés par les Effaceurs. Ce matin-là, ils finissaient de remettre en place la porte de la roulotte quand le rire cristallin d'Anja retentit dans la forêt.

— Allons voir ce qui se passe, proposa Piotr après avoir enfoncé le clou que lui tendait Tchavolo.

En arrivant dans la clairière, le même rire retentit et ils levèrent les yeux en l'air. Sept à huit mètres plus haut, Jørn avait tendu un fil entre deux arbres sur lequel Anja, bras écartés, avançait en équilibre.

— Piotr, cria-t-elle avec enthousiasme, je n'ai plus le vertige !

Le garçon, étonné de voir Anja à une telle hauteur, resta d'abord sans voix. Comment était-ce possible ? Depuis qu'il la connaissait, elle disait qu'elle avait une peur terrible du vide et là, en moins d'une semaine, elle avait réussi à la surmonter.

— Bravo, finit-il par bredouiller. Fais attention tout de même !

— Aucun risque, Jørn est avec moi ! dit-elle en montrant le garçon qui tenait une corde fixée à sa taille, au cas où elle viendrait à perdre l'équilibre.

Tandis qu'elle poursuivait sa progression, Piotr et Tchavolo l'observèrent en silence. Elle était si gracieuse, si légère qu'elle semblait flotter dans les airs. Elle avança encore de quelques mètres puis, alors qu'elle approchait de l'arbre où l'attendait Jørn, elle accéléra avant de se jeter dans ses bras en riant.

Cette fois, le rire d'Anja transperça le cœur de Piotr. Il avait beau faire, il n'arrivait pas à s'habituer à la nouvelle complicité qui unissait la jeune fille à Jørn. En effet, depuis qu'il lui avait proposé d'apprendre à marcher sur un fil et qu'à sa grande surprise elle avait accepté, ils ne se quittaient plus. Elle avait commencé à quelques centimètres du sol, puis de plus en plus haut pour finir à une hauteur vertigineuse.

— Attention, j'arrive !

Piotr releva à nouveau la tête. Cette fois, Anja s'élançait pour rattraper les bras de Jørn qui se balançait maintenant sur un trapèze. Comme un oiseau prendrait son envol, elle se jeta dans les airs puis pile au moment où elle allait tomber, elle rattrapa les bras de Jørn qu'elle rejoignit dans son mouvement de balancier.

— Bravo ! Bravo ! crièrent les deux garçons, à la fois soulagés et émerveillés.

Et c'est vrai que c'était magnifique de voir Anja et Jørn ne formant plus qu'un seul être.

C'était tellement magnifique que Piotr ne put le supporter.

Et, tout en continuant à applaudir, il s'éloigna.

Il marcha droit dans la forêt.

Sans suivre de chemin, sans souci des obstacles, les branches cinglant son visage.

Disparaître, voilà ce qu'il voulait.

Disparaître au plus profond de la forêt.

Et l'oublier.

Pour ne plus souffrir.

Plus jamais.

Comme enfant quand il se sentait désespérément seul, il lança son appel. Mi-cri, mi-sifflement, il répéta plusieurs fois ces modulations qui avaient été son premier langage et très vite, des fourmis arrivèrent. D'abord par centaines, puis par milliers, rejointes par des centaines, des milliers d'abeilles. Tant de fourmis et d'abeilles qu'il disparut au cœur de ce tourbillon d'insectes.

Ne resta plus alors que le vrombissement chaud de l'infinité d'ailes et de pattes qui frôlaient son corps et faisaient comme un baume sur les plaies de son cœur. Et peu à peu, comme dans son enfance, la douleur s'éloigna, chaque insecte emportant une part minuscule de lui-même. Jusqu'à ce qu'il disparaisse. Enfin.

Il se réveilla alors que le soir tombait.

Il se frotta les yeux, se releva.

Il savait ce qu'il avait à faire.

Cette nuit, il partirait.

Il récupérerait son violon.

Et peut-être qu'à nouveau, elle lui reviendrait.

En retournant vers leur campement, il entendit un clapot dans la rivière qui passait tout près. C'était Pépina qui, tenant dans la main une feuille de papier recouverte de signes étranges, s'approchait du rivage. Alors qu'elle la pliait en forme de bateau et qu'elle la déposait dans l'eau, il s'approcha sans faire de bruit.

Pépina resta quelque temps à attendre, puis, relevant ses longues jupes en faisant tinter ses bracelets, elle avança dans l'eau, remontant la rivière à contresens.

Comment était-ce possible ? En amont, un second bateau en papier redescendait le courant. Et comme s'il n'y avait rien de plus normal, Pépina s'en saisit et déplia la feuille qu'elle lut attentivement. Puis elle reprit le chemin du campement.

Une fois revenu à son tour, Piotr contourna le feu autour duquel Anja et Jørn étaient installés. Il hésita à les saluer mais, visiblement, ils ne l'avaient pas remarqué. Sans doute, ne s'étaient-ils même pas rendu compte de son absence.

Il en profita pour rassembler ses affaires. La boîte de Véra, son cahier, une veste, un peu de nourriture... Il bouclait son sac quand Pépina sortit de la pièce où elle entreposait ses plantes et préparait ses lotions.

— Tu tombes bien, Piotr. Prends ça, dit-elle en lui tendant une fiole. Tu en auras besoin, là où tu vas aller...

— Comment sais-tu que je m'en vais ? dit-il, interloqué.

— Les cartes ? Les Lendemains ? Tu as oublié que je pouvais lire l'avenir ? fit Pépina, la fiole toujours en main.

— Qu'est-ce ?

— Un onguent... C'est la première fois que j'en prépare.

— Mais à quoi sert-il ?

Elle haussa les épaules :

— Ça, je n'en sais encore rien... Par contre, je sais que cela te sera utile là où tu vas aller.

— Mais...

— Je ne peux rien te dire de plus, Piotr.

Elle s'approcha pour le serrer dans ses bras :

— Prends soin de toi. Les cartes sont formelles. De nombreux dangers t'attendent là où tu te rends.

Et avant de retrouver les autres autour du feu, elle glissa la fiole dans la poche de Piotr.

Chapitre 5

La trahison

Piotr quitta la roulotte dans la nuit.

Pendant plusieurs jours, il marcha jusqu'à rejoindre le Dniepr où il s'embarqua sur une barge qui descendait jusqu'à Odessa. Une fois de retour dans la ville, il arpenta les rues à la recherche du moindre indice, du moindre signe qui pourrait le remettre sur la trace des voleurs du violon. Très vite, pourtant, il se rendit compte à quel point sa quête était hasardeuse et qu'il avait peu de chance de retrouver le précieux instrument. Mais le hasard, comme disait Pépina, n'était rien d'autre qu'une langue que tout le monde a oubliée. Ce qui était bien dommage car, si Piotr avait su déchiffrer ce qui lui arriva ce jour-là, quand, longeant les quais du port où s'entassaient des montagnes de charbon, il tomba sur une vieille connaissance, peut-être eût-il compris tout de suite que c'était un piège.

— P'tit Sacha ! Mais que fais-tu là ?

Toujours aussi malingre, le teint blafard malgré la suie, le jeune garçon sursauta en entendant son nom :

— Oh, Piotr ! dit-il, les yeux brillants comme s'il allait se mettre à pleurer, *ss*i tu *ss*avais comme *ze* *ss*uis *z*eureux de te revoir !

— P'tit Sacha ! Ça, c'est une sacrée coïncidence ! Mais que fais-tu à Odessa ?

Avant de répondre, le jeune garçon regarda autour de lui :

— *Z*e *ss*uis avec les *z*effa*ss*eurs. Avec Pharaon, Le Pha*ss*me, N'a-qu'un-œil et plein d'autres.

— Tu fais partie de leur bande maintenant ?

P'tit Sacha se tordit, mal à l'aise :

— Pas vraiment...Y m'oblizent à travailler pour eux.

— Mais vous faites quoi, ici ? Vous déchargez du charbon ?

— C'est pour pas *ss*e faire repérer... En fait, *z*'étais dézà avec eux l'autre *ss*oir...

— Comment ça ?

— Pour voler le violon de la *z*olie fille qui est avec toi et les *z*itans...

Stupéfait, Piotr resta muet.

— *Z*'aurai voulu te prévenir, tu *ss*ais, mais *z*'ai pas pu. Tu *ss*ais comment ils *ss*ont...

— Je comprends, ne t'inquiète pas. Dis-moi, P'tit Sacha, le violon, vous l'avez encore ?

— Oui, mais des *z*ens importants vont venir le récupérer tout à l'heure.

En apprenant la nouvelle, Piotr eut du mal à dissimuler son enthousiasme. C'était une chance inespérée !

— P'tit Sacha, reprit-il, tout excité. Le violon, tu sais où il est caché ?

— Bien *ss*ûr ! dit-il en montrant une vieille masure. Il est dans cette cabane. Mais n'y va pas, toute la bande est là-bas !

— Comment faire alors ? Une fois que les gens dont tu parles seront là, il sera trop tard.

P'tit Sacha fronça les sourcils :

— *Z*'ai peut-être une idée.

— Comment ça ?

— Toi, tu te ca*ss*es derrière la mai*z*on, près de la lucarne. Quand les *z*ens importants *ss*eront là, moi, *z*e lan*ss*erait une fausse alerte, comme *ss*a tout le monde *ss*ortira.

— Ça ne marchera jamais. Je n'aurai pas le temps de faire le tour pour chercher le violon et ressortir.

— Pas be*z*oin de rentrer. *Z*e te le pa*ss*serai par la fenêtre.

Pendant quelques secondes, Piotr visionna les différentes étapes du plan. C'était risqué, surtout pour P'tit Sacha, mais en même temps il n'aurait sans doute pas de seconde chance.

Il n'eut pas à réfléchir plus longtemps. Soudain, P'tit Sacha le poussa à l'arrière de la cabane.

— Vite, Piotr, ca*ss*e-toi bien, les voilà qui arrivent !

Dissimulé derrière la lucarne, Piotr vit entrer les faux jumeaux. Tout de blanc vêtus, ils tranchaient dans ce décor où la suie avait tout recouvert, les objets comme les gens. Dès qu'il reconnut l'étui que leur remettait Pharaon, son cœur se mit à battre plus vite. Si seulement il pouvait récupérer le violon et le rapporter à Anja, ce serait formidable !

Alors qu'Ivo et Ava examinaient l'instrument, la porte s'ouvrit subitement.

— Les carabiniers, les carabiniers ! Ils arrivent !

C'était le petit Sacha qui, comme convenu, lançait l'alerte. D'un seul coup, ce fut le branle-bas de combat et chacun se précipita dehors. Profitant de la confusion générale, le petit Sacha s'empara de l'instrument avant de se diriger jusqu'à la fenêtre où il le donna à Piotr.

— Merci, P'tit Sacha ! Je te revaudrai ça ! Et fais attention à toi !

Le précieux étui contre la poitrine, il sauta par-dessus le tas de charbon avant de regagner la route en courant. Ça avait marché ! Il n'en revenait pas ! Vérifiant à chaque instant qu'il n'était pas suivi, il quitta le port pour rejoindre le centre de la ville où il espérait se fondre dans la foule.

Après une longue course, il déboucha sur une place, dominée par un palais. Alors qu'il réfléchissait où il pourrait se réfugier, il les vit arriver. À droite, Pharaon, N'a-qu'un-œil et le Phasme. À gauche, Gros Boris et les frères Poliakov. Comment était-ce possible ? Comment avaient-ils pu faire aussi vite ? Malgré la panique, il tenta de se raisonner. Rien n'était perdu, il pouvait encore leur échapper. S'il atteignait l'escalier qui redescendait jusqu'au port, il arriverait peut-être à s'embarquer sur un navire.

Il se rapprochait des premières marches quand l'étau se resserra autour de lui. De chaque côté, ses ennemis arrivaient et seul un sprint désespéré lui permit de s'engouffrer en premier dans l'escalier monumental.

Dévalant les marches à une vitesse extraordinaire, il reprit espoir quand il vit en contrebas le petit Sacha, bras écartés pour lui faire barrage. Pas besoin d'être grand sorcier pour comprendre qu'il était bien trop chétif pour l'arrêter. Tout en continuant à descendre, Piotr se demandait comment l'éviter pour ne pas lui faire mal quand, d'un signe discret, le garçon lui fit comprendre qu'il le laisserait passer. Ouf, il s'en serait voulu de le renverser, c'était quand même grâce à lui qu'il avait récupéré le violon ! Mais, alors qu'avec la joie d'un coureur qui franchirait la ligne d'arrivée Piotr le dépassait, il sentit son pied se bloquer et, stoppé par ce qui se révéla être un parfait croc-en-jambe, il lâcha le violon pour s'étaler de tout son long dans les escaliers.

Pendant un temps qui lui parut démesurément long, il vit l'instrument glisser jusqu'au bas des marches où, comme par magie, apparurent les faux jumeaux. Bras croisés, ils attendirent que l'étui arrive jusqu'à leurs pieds.

Piotr n'eut pas même le temps de se relever que les Effaceurs se jetaient sur lui. Brièvement, il croisa le regard de P'tit Sacha.

— Piotr, *ze ss*uis dé*z*olé, *ze*...

Mais il n'eut pas le temps d'entendre la fin de sa phrase.

Déjà, les Effaceurs s'empressaient de le faire disparaître.

Chapitre 6

Tristesse

C'est au bout de huit jours que la colère d'Anja avait éclaté. Quand Pépina lui avait avoué qu'elle savait. Comment cela ? Son ami Piotr lui avait dit qu'il allait partir et elle ne l'avait pas prévenue ?

Dans son lit, Pépina avait haussé les épaules :

— Ton ami ? C'est surtout Jørn qui était ton ami ces derniers temps. Et si tu avais été plus attentive à *ton* ami, ça fait un moment que tu aurais remarqué qu'il n'allait pas bien.

Piquée au vif, Anja voulut répondre mais elle ne sut quoi dire. Elle repensa aux jours avant le départ de Piotr et elle prit conscience à quel point elle l'avait négligé. Et même si ces derniers temps il paraissait toujours renfrogné, elle s'en voulait de ne pas avoir cherché à savoir ce qui se cachait derrière sa mauvaise humeur, pire de s'être à ce point éloignée de lui.

Allongée sur son lit, elle avait laissé les souvenirs affluer : leur premier repas à Kiev à la lueur des chandelles... Le malentendu chez monsieur le comte... Son horrible araignée... Leur voyage jusqu'à Odessa... Elle repensa aussi aux sifflements étranges qu'il faisait pour communiquer avec les insectes, à la facilité avec laquelle il apprenait à lire et à écrire.

Plusieurs fois, Anja tenta de chasser le garçon de son esprit mais à chaque fois, la peur qu'il lui soit arrivé quelque chose avait été la plus forte et son visage réapparaissait. Ses yeux vifs et frondeurs. Ses cheveux éclaircis par le soleil. Et les cicatrices sur son dos. Comme des traces de fouet.

Piotr... Où se trouvait-il ? Et pourquoi s'en était-il allé ?

— Pourquoi ?

Anja, comme pour retenir les mots qui lui avaient échappé, mit la main devant sa bouche.

— Pourquoi ? lui avait répondu Pépina allongée près d'elle. Mais pour récupérer ton précieux violon ! Voilà pourquoi Piotr est parti !

Entendre Pépina prononcer ce qu'elle avait jusque-là refusé de s'avouer avait été comme un coup de poignard. Son violon ! Piotr était prêt à tout risquer pour le récupérer et elle n'avait pas même songé à lui faire confiance, à lui expliquer qu'il était inutile qu'il risque sa vie. Pourquoi ne pas lui avoir dit ? Pourquoi ne pas l'avoir mis dans la confidence ? Oh, s'il lui arrivait quoi que ce soit, elle ne se le pardonnerait jamais.

— Piotr...

À nouveau, son nom lui avait échappé.

Mais cette fois, Pépina ne dit rien.

Les yeux grands ouverts dans la fraîcheur du soir, elle regardait le ciel défiler.

Jusqu'à ce qu'elle devine les premières larmes.

Alors, elle se tourna vers Anja :

— Viens...

Écartant les deux rangées de voilage, Anja vint se blottir contre elle. Bercée par le mouvement de la roulotte, elle pleura son ami disparu. Jusqu'à ce qu'apaisée par les caresses de Pépina, elle finisse par s'endormir.

Les yeux toujours tournés vers le ciel, Pépina, réfléchissait. À Piotr. Mais aussi aux messages qu'elle envoyait. Elle était préoccupée. Ils restaient sans réponses et c'était la première fois que ça arrivait. Jusqu'à présent, sa mère ne l'avait jamais abandonnée. Et puis, il y avait aussi les cartes qu'elle tirait inlassablement. À chaque fois, c'étaient les mêmes arcanes qui sortaient.

L'Élu.

Le Sabre inversé.

Et la Mort.

À l'avant de la roulotte, Tchavolo ne dormait pas. Rênes en main, il guidait le cheval. Son cœur était triste d'avoir perdu un ami. Presque un frère.

À chaque fois que la lanterne éclairait les yeux d'un lièvre, d'un sanglier ou d'une chouette, il croyait voir Piotr. Il l'imaginait sortir des bois et s'installer à côté de lui. Ouvrir la boîte pour libérer Véra. Et rester sans rien dire, juste heureux d'être avec lui.

À l'arrière, Jørn ne dormait pas non plus. Lui aussi regrettait le départ de Piotr. Il avait été tellement heureux de trouver des amis, et maintenant, leur tristesse déteignait sur lui sans qu'il puisse exprimer la sienne. Depuis toujours, comme les mots qui restaient enfermés derrière ses lèvres, ses sentiments étaient cadenassés dans un endroit secret dont il ne possédait pas la clef.

À l'aube, quand Tchavolo aperçut Odessa, il les réveilla. L'un après l'autre, ils vinrent le rejoindre. Devant eux, la ville s'étendait :

— Et dire que Piotr est là, quelque part, dit Anja en frottant ses yeux encore gonflés.

Les autres approuvèrent, espérant retrouver rapidement leur ami.

Mais Piotr était déjà loin.

À des centaines de kilomètres d'Odessa.

Et chaque seconde qui passait l'éloignait encore plus d'eux.

Chapitre 7

Prisonnier

Odessa, Dniepropetrovsk, Donetsk.

Rostov, Astrakhan, Volgograd.

Samara, Oufa, Ekaterinbourg.

Tcheliabinsk, Omsk, Tomsk.

À dos de mule, d'âne ou de cheval.

Dissimulé dans une charrette.

Dans une voiture de poste.

À pied, escorté, ligoté, bâillonné.

Dans la chaleur étouffante des plaines.

Dans la nuit froide des montagnes.

Bousculé.

Malmené.

Passant des Effaceurs aux bandits du Caucase.

Des Cosaques aux Kazakhs.

Enfin, des truands de Sibérie aux Opritchniki, les hommes du Grand Cophte qui l'enfermèrent dans un wagon à bestiaux.

Depuis qu'il avait été fait prisonnier, on l'avait dépossédé de presque tout.

Son sac, sa casquette, l'onguent remis par Pépina et la photo de sa mère.

Il ne lui restait que deux choses. Véra, qui s'était réfugiée dans sa poche quand, à Odessa, Gros Boris avait ouvert la boîte dans l'espoir d'y trouver une friandise. Et puis son cahier et son crayon qu'il avait miraculeusement eu le temps de cacher dans son pantalon.

Ligoté pendant la plus grande partie du voyage, afin de ne pas oublier les leçons de lecture et d'écriture d'Anja, il s'était remémoré les phrases qu'elle avait notées. Il avait aussi inventé des poèmes pour essayer de mettre des mots sur ce qu'il ressentait, la peur, la tristesse d'être séparé d'Anja. Pour les retenir par cœur, il les avait récités plusieurs fois par jour, jusqu'à ce qu'il se retrouve dans le wagon et qu'il puisse à nouveau utiliser ses mains et son crayon pour les recopier de son écriture malhabile.

Un matin, alors qu'il était enfermé depuis près de quinze jours avec pour seule visite un gardien lui apportant de quoi manger, une escorte de trois hommes vint le chercher. Le poussant sans ménagement devant eux, ils lui firent remonter des wagons emplis de marchandises et d'hommes à l'air farouche vêtus d'uniformes sombres. La plupart jouaient aux cartes en buvant. Ou alors, ils démontaient leurs fusils pour les graisser. Certains dormaient, allongés par terre ou adossés à une cloison. Tous étaient armés et à plusieurs reprises, sur un bandeau qui enserrait un bras, sur la boucle d'un ceinturon ou le manche d'un fouet, il distingua le signe qu'il avait déjà vu plusieurs fois :

Après une bonne vingtaine de wagons, l'escorte s'arrêta devant une voiture luxueusement décorée. Il reconnut tout de suite les faux jumeaux qu'il avait vus à Odessa. Droits, presque raides, ils encadraient un homme vêtu lui aussi d'un uniforme mais beaucoup plus élégant. Installé dans un grand fauteuil, il se tenait devant une table recouverte de pièces d'or, de bijoux et de diamants.

D'un geste brusque, la fille força Piotr à baisser la tête.

— Prosterne-toi devant le Grand Cophte ! cria-t-elle.

— C'est lui ? fit l'homme, étonné.

— Oui, Votre Excellence, répondit la fille.

L'air amusé, il se pencha pour observer Piotr qui, tête baissée, découvrait sur la table, au milieu des nombreux trésors, des feuilles recouvertes de mots qu'il n'arrivait pas à lire et qui pourtant lui paraissaient familiers.

— Un gringalet ! Moi qui m'attendais à un terrible bandit ! Et dire qu'il vous a échappé pendant plus d'un mois !

Le Grand Cophte se mit à rire, blessant la susceptibilité d'Ivo et Ava dont la lèvre se mit à trembloter.

— Bon, assez perdu de temps, procédons à l'interrogatoire.

Puis, avec la même expression amusée, il releva la tête du garçon qui était resté prostré les yeux sur la table.

— D'où vient ce message ? demanda le Grand Cophte en sortant un papier de sa poche.

Cette fois, Piotr reconnut tout de suite la liste.

— Matouchka me l'a donnée. C'est ma grand-mère. Elle est très malade, c'est une liste de plantes pour la soigner.

Le Grand Cophte acquiesça :

— Des plantes... Comme c'est habile... Et que sais-tu de Maldoror ? Que sais-tu de cette fleur du mal ?

Piotr haussa les épaules.

— C'est une plante... pour soigner les maladies, monsieur.

— Votre Excellence ! cria la jeune fille en le saisissant par la nuque pour le faire ployer. On dit, Votre Excellence, quand on s'adresse au Grand Cophte !

— Et cette plante, reprit ce dernier, la petite Gitane que tu es allé trouver a-t-elle pu te la fournir ?

— Non, mon...

Cette fois, la main ferme d'Ava l'obligea à retomber à genoux, lui plongeant à nouveau la tête dans les feuilles :

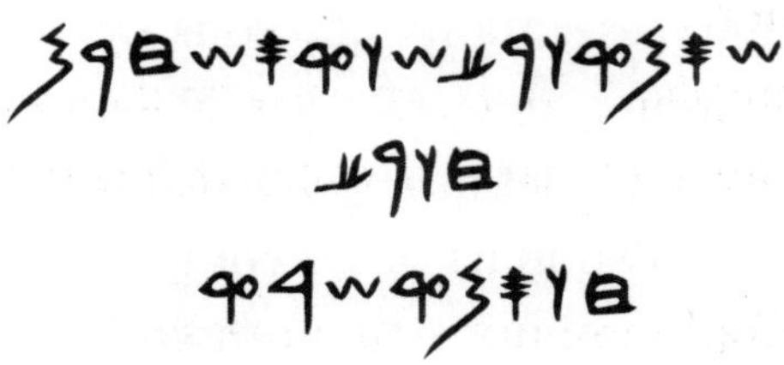

Les signes ! Soudain, Piotr se souvint où il les avait vus. C'était à Odessa, sur la plage ! Pépina en avait tracé des identiques sur le sable. Et aussi dans le bureau de la baronne von Stumpf, sur la couverture du livre dont elle avait arraché les pages.

Quand la jeune fille lui releva la tête, le Grand Cophte remarqua son trouble :

— Qu'est-ce qui t'intrigue tant ?

— Les signes, Votre Excellence...

— Eh bien ? Qu'est-ce qu'ils ont ces signes ? Les as-tu déjà vus quelque part ?

— Oui, Votre Excellence. Chez la baronne von Stumpf. Ces pages, elle les a arrachées d'un livre.

— La garce ! hurla le grand Cophte en laissant son poing s'abattre avec force sur la table.

Et sans que cela semble apaiser sa colère, il se leva pour arpenter nerveusement le wagon. Soudain, après de nombreux allers-retours entre les toiles de maître et les vases Ming qui encombraient le sol, il claqua des doigts et un soldat vint lui apporter un étui qui contenait un violon.

Piotr reconnut tout de suite l'instrument d'Anja.

— Vous vous êtes laissés berner à deux reprises, reprit le Grand Cophte à l'intention des faux jumeaux. D'abord, la baronne qui vous a caché qu'elle détenait ce livre, et ensuite, ces enfants qui vous ont possédés avec ce violon ! Combien de fois vous ai-je pourtant répété que le violon est la clef qui ouvre les portes !

Piotr fronça les sourcils, il ne comprenait pas ce qu'il voulait dire. Et il comprit encore moins quand le Grand Cophte se saisit du précieux instrument et, d'un mouvement que le garçon aurait tant voulu arrêter, le jeta à terre avant de l'écraser avec ses bottes.

Avec l'atroce impression que chaque craquement était celui d'un os brisé, Piotr se releva, horrifié. Le violon d'Anja ! Comment cet homme avait-il pu ? Et, alors que morceaux après morceaux, il jetait ce qui restait du violon dans les flammes du poêle, Piotr, en état de choc face au spectacle de l'instrument qui partait en fumée, resta sans bouger.

Quand il finit par reprendre ses esprits, le Grand Cophte le dévisageait et, cette fois, toute trace de bonhommie avait disparu de son visage :

— La mort est le châtiment, commença-t-il.

Puis, comme des gardes se saisissaient de Piotr, il poursuivit, dans un rictus :

— Je pourrais t'épargner, tu m'as l'air de ne rien comprendre à ce qui se trame...

À nouveau, il suspendit ses mots, comme s'il voulait laisser à Piotr un espoir :

— ... malheureusement, tu en as trop vu et je ne peux pas te laisser repartir comme ça.

Il se tourna vers Ivo et Ava :

— Ne courons aucun risque. Tant que les portes de Maldoror resteront ouvertes, un usurpateur pourrait prendre ma place. Demain, à l'aube, préparez ce garçon pour le supplice cosaque.

Il se leva pour décrocher un sabre et en vérifier le tranchant :

— Je m'occuperai de lui personnellement !

Chapitre 8

Le supplice cosaque

De retour dans son cachot, Piotr se laissa tomber sur la paille qui recouvrait le plancher du wagon. Devinant sa détresse, Véra vint le rejoindre mais, plutôt que de se glisser dans son cou, elle s'installa sur sa poitrine, le fixant de ses quatre yeux.

Tout en caressant distraitement les pattes de l'animal, il se repassa la scène qui venait de se dérouler : le violon d'Anja, ce violon qui avait traversé les siècles et pour lequel il avait tout risqué, écrasé sous les bottes du Grand Cophte ! Comment le lui annoncerait-il ?

Comment ? Il eut un rire nerveux. Qu'allait-il s'imaginer ? L'occasion ne se présenterait plus jamais. *La mort est le châtiment,* le Grand Cophte avait était clair. Il allait mourir et plus rien ne pourrait le sauver.

Il resta longtemps prostré, tremblant de tout son corps, fixant avec terreur les minces ouvertures entre les cloisons du wagon de peur de voir percer la lueur de l'aube. Puis soudain, une idée folle s'empara de lui : et s'il réussissait à s'enfuir ? Se relevant d'un coup, il se mit à chercher frénétiquement une brèche entre les planches.

Il s'échina en vain, jusqu'à ce que ses doigts fussent en sang. Puis, de rage, il donna un coup de pied dans la paille, faisant voler son cahier.

En voyant les pages ouvertes, il repensa à Anja. Anja lui apprenant à lire et à écrire. Anja se penchant sur les lignes qu'il suivait des doigts au fur et à mesure qu'il les déchiffrait. Anja formant silencieusement les lettres avec sa bouche pour l'encourager. Anja soufflant sur la mèche de cheveux qui lui tombait sur le visage.

— Aïe !

Se redressant brusquement, Piotr porta la main à la morsure.

— Véra ! je n'ai vraiment pas le cœur à...

Mais il s'arrêta quand il vit les pattes dressées de l'araignée.

— Qu'y a-t-il ?

Il se rapprocha pour mieux l'entendre. Une fois qu'elle eut terminé, il resta un moment immobile. C'était un ultime espoir. Une chance minuscule. De toute façon, à l'aube, ils seraient irrémédiablement séparés. Sans chercher à retenir ses larmes, il caressa doucement l'abdomen de l'animal. Puis, du bout des doigts, il finit par la déposer entre deux planches.

— Adieu, Véra, articula-t-il alors qu'elle se glissait par l'ouverture.

Épuisé, il finit par s'enfoncer dans un sommeil peuplé de cauchemars : le bruit d'un verrou, la lourde porte du wagon qui s'ouvre. Puis les pas massifs de l'Ogre, et lui qui se blottit pour se protéger. Un objet qui tombe sur la paille. Des mots prononcés par la voix de celui qui avait démoli son enfance. Et la lourde porte qui se referme à nouveau...

Quand le gardien le réveilla, le jour pointait.

— Départ dans cinq minutes.

Cinq minutes ? Tout en se frottant les yeux, Piotr se souvint de ce qui l'attendait. En prenant appui pour se relever, il sentit un objet sous sa main. La fiole ! Celle que lui avait confiée Pépina et qu'on lui avait confisquée. Comment était-elle arrivée là ?

Il l'ouvrit. À l'intérieur, une épaisse pommade. D'un seul coup lui revint à l'esprit le cauchemar. Était-ce l'Ogre qui l'avait déposée ? Et qu'avait-il dit ? De s'en recouvrir les yeux, le visage ?

— C'est l'heure, dépêche-toi !

Sans réfléchir, il prit l'onguent. Il eut à peine le temps de l'étaler que le gardien le sortait du wagon.

Comme le soleil l'aveuglait, Piotr ne vit pas tout de suite les Opritchniks alignés en deux colonnes. C'est seulement quand les soldats claquèrent leurs bottes à l'unisson qu'il remarqua leur présence. Poussé par son escorte, il remonta les deux rangées, fixant au loin un drapeau sur lequel il reconnut tout de suite le symbole :

À nouveau, il se mit à trembler. De terreur mais aussi de honte quand il vit que le Grand Cophte feuilletait son cahier.

— Cesse de trembler...

Mais Piotr n'arrivait pas à se contrôler.

La peur, cette peur terrible qu'il combattait depuis qu'il était né, l'envahissait sans qu'il puisse lutter.

— Cesse de trembler ! répéta le Grand Cophte en tournant les pages.

Piotr regarda le ciel. Si seulement il avait pu se libérer de ses liens. Arracher le cahier des mains de l'homme, le jeter dans le feu du brasero que deux Opritchniks venaient d'apporter et faire disparaître ses secrets.

Un oiseau approchait. Il faisait de longs cercles concentriques et, alors que le Grand Cophte sortait son sabre de son fourreau, Piotr attacha son regard à son vol.

— Je t'aurais bien relâché, tu n'es qu'un enfant, un enfant qui écrit de mauvais vers. Mais les enfants ne sont jamais innocents...

D'un geste, il jeta le cahier par terre puis fit chauffer la lame de son sabre sur les flammes du brasier. Quand il le retira du feu, l'oiseau plongea dans leur direction et Piotr garda l'œil fixé sur lui. Dans son désespoir, il s'était mis en tête qu'il allait le sauver. Comment ? Il n'en savait rien, ce n'était qu'une illusion, un rêve auquel il s'accrochait et, alors que l'oiseau approchait, il suppliait, sauve-moi, sauve-moi, sauve-moi...

Dans un mouvement d'ailes, l'oiseau, un faucon, se redressa pour se poser sur l'épaule du Grand Cophte. Était-ce parce que la lame de son sabre était rougeoyante ou parce que le rapace tenait dans son bec un jeune lapereau que ce dernier se mit à sourire ? Piotr n'eut pas le temps d'en décider, déjà deux soldats se saisissaient de lui pour le retenir fermement.

— Ceux qui ont vu ne verront plus, dit le Grand Cophte.

Et il appuya la lame incandescente sur les yeux du garçon dont le cri s'étrangla.

Au loin, le vent emportait son cahier, détachant chacune des feuilles dans l'immensité de la plaine.

49° 22′ Nord, 87° 59′ Est
Sibérie occidentale/Kraï de l'Altaï

Pour traverser l'Altaï, la mort d'Anja se joignit à une caravane qui convoyait des moutons et des chameaux. Comme le convoi n'acceptait pas les femmes, elle se fit passer pour un homme en enroulant une longue ceinture autour de sa poitrine et en s'enveloppant d'un large manteau. Une grande toque de fourrure dissimulait ses cheveux et une partie de son visage.

Sa peau hâlée par les longues semaines de chevauchée et le fait qu'elle restait silencieuse lui permirent de passer inaperçue. Tout au plus la prenait-on pour un garçon timide et taciturne, mais son talent de cavalier – elle ramena plusieurs fois des moutons ou des chameaux échappés du troupeau – firent qu'elle intégra rapidement le reste du groupe. Elle gagna même un surnom – **ат жел** *ou cheval de vent – tant on admirait son aisance sur sa monture.*

Pendant les repas, elle répondait généralement par des grommellements ou un signe de la tête. Pour faire sa toilette, elle se levait pendant que tout le monde dormait et elle s'éloignait du reste du groupe, confirmant sa réputation de garçon réservé et pudique. Un soir pourtant, après une longue journée dans la poussière ocre du désert, elle faillit être démasquée : acculée par l'insistance des bergers et des autres cavaliers, elle accepta de jouer au **кірпі** *– le hérisson –, un jeu de dés qui mêlait hasard et stratégie : comme elle raflait toutes les mises, le chef du convoi, un type patibulaire et violent, s'était approché, curieux de l'excitation qui régnait autour d'elle. Jaloux de son succès, il l'avait défiée en sortant de sa poche une pépite d'or aussi grosse qu'un œuf de pigeon.*

Trop heureuse de lui donner une leçon, elle avait gagné avec une réussite insolente, attisant la colère de l'homme qui s'était mis à suer à grosses gouttes. Humilié et fou de colère, il avait jeté les dés dans le feu et, retirant son manteau et son chapeau, il l'avait provoquée pour un combat de lutte à mains nues.

La proposition l'avait glacée.

Non pas qu'elle eût peur de perdre, elle savait qu'elle pouvait compenser la différence de force physique par sa souplesse et sa rapidité, mais à peine aurait-elle retiré sa toque et son manteau qu'elle serait démasquée.

Pour éviter la catastrophe, elle ravala sa fierté et, déposant la bourse contenant tous ses gains, elle proposa une revanche au chef. Malgré sa stratégie minable et son air de triomphe insupportable, elle le laissa gagner. Et, alors qu'il exultait, les bras en l'air en signe de victoire, elle cracha avec lui par terre, signe d'entente et de paix retrouvée.

Il lui fallut longtemps avant de chasser la colère qui l'avait envahie. Mais ce qui comptait avant tout, c'était de ne pas se faire démasquer, pas de gagner une partie de dés, avait-elle fini par se raisonner pendant qu'elle chevauchait entre les montagnes.

Pourtant, une dizaine de jours plus tard, tandis qu'ils fêtaient l'arrivée de la caravane, elle ne put résister. La nuit, comme tout le monde avait bu plus que de raison, elle s'approcha sans peine du chef et, entre deux ronflements, elle récupéra la bourse avec la pépite d'or et les autres gains obtenus au **кірпі**.

Puis, après avoir détaché sa jument blanche, elle s'enfuit dans la nuit.

Le lendemain, le chef eut beau lancer des avis de recherches en tous sens, **ат жел** *– cheval de vent – s'était envolé...*

Sibérie

Chapitre 1

Le message

Quand Véra s'arrêta, il lui restait encore assez de force pour tisser une toile entre deux branches. Rapidement, de nombreux insectes furent pris au piège. Elle les dévora tous, à l'exception d'un moustique qu'elle laissa repartir. Après le survol des berges du lac Tchany, un autre moustique lui succéda. Puis un autre et un autre encore. Et ils furent bien une centaine à se relayer.

Non loin de Tcheliabinsk, ce fut une tique qui prit la suite. Elle attendit sur un arbre pendant près d'une semaine, jusqu'à ce que passe un cheval – un robuste iakoute alezan – et qu'elle se laisse tomber sur son encolure. Elle franchit sans efforts les monts Oural où, avant qu'elle ne finisse écrasée entre les doigts du cavalier, un pou, installé dans le cuir chevelu de l'homme, se chargea d'atteindre le village suivant. Là, près de la Volga, il connut le même sort que la tique.

In extremis, une libellule prit le relais et, à la vitesse de 50 kilomètres/heure et à raison d'une distance de cent cinquante kilomètres par jour, elle vola jusqu'à Volgograd. Puis ce fut au tour d'une autre, puis une autre, et une autre encore. La dernière s'écrasa près de Rostov où des milliers de fourmis, de sauterelles, d'abeilles, de coccinelles se succédèrent.

L'une d'elles fut dévorée par une mante religieuse. Dans son festin, elle épargna un moucheron qui rejoignit un lépidoptère beige et moucheté. Enfin, survolant le Dniepr et Odessa, ce fut au tour d'un *Callophrys* rouge sinago. Attiré par un groupe de papillons blancs, il atteignit le campement où Pépina, Tchavolo, Jørn et Anja étaient installés.

— Comme ils sont beaux !

Pieds dans l'eau, Anja s'amusait à faire des ricochets quand la nuée de papillons l'entoura. Elle songea tout de suite à la première fois où elle avait vu Piotr, sur les marches de la poste de Kiev. Aimantée par leur ballet, elle se leva pour esquisser quelques pas de danse. Gracieuse, elle se déplaçait avec lenteur, laissant le temps à la nuée de la suivre. Vite rejoint par Tchavolo, Jørn admirait le spectacle. Toutes ces taches blanches, c'étaient comme des touches de peinture qu'Anja ajoutait autour d'elle.

Emportée par le rythme de sa danse, toujours suivie par le nuage de papillons, Anja récupéra dans la roulotte le violon qui remplaçait celui qu'on lui avait volé. Depuis que Piotr était parti, tout l'ennuyait, sauf la musique qui était devenue son unique occupation. Mais plutôt que de jouer avec les autres, elle préférait maintenant s'isoler pour composer des morceaux qui reflétaient l'état de son âme. Plus les jours passaient et plus les airs qu'elle jouait étaient mélancoliques. Plus les jours passaient et plus elle se sentait coupable de n'avoir rien dit à Piotr. Pourquoi ne l'avait-elle pas mis dans la confidence ? Pourquoi ne pas lui avoir fait confiance ? Elle ne serait pas là à regretter son absence...

Toujours accompagnée par les papillons, Anja fit glisser son archet sur les cordes du violon. Cette fois, ce n'étaient pas ses habituelles mélodies tristes qu'elle interpréta, mais les premiers airs qu'elle avait joués avec Piotr quand ils s'étaient rencontrés. Yeux fermés, elle le revoyait avec ses cheveux ébouriffés, son visage crasseux et l'horrible Véra qui dansait à ses pieds. Alors que ses doigts enchaînaient les notes, elle ne put s'empêcher de penser que le nuage de papillons qui virevoltait autour d'elle était un cadeau, un présent qui lui était destiné. Et pour la première fois depuis qu'il était parti, elle se prit à espérer.

Installée sur le marchepied de la roulotte, Pépina observait le manège des papillons autour d'Anja. Et si elle s'était réjouie de l'entendre jouer des airs plus joyeux, elle avait vite été frappée par les mouvements que les lépidoptères répétaient en boucle. Une fois qu'elle en eut saisi le sens, s'appliquant à ne manquer aucun détail, elle s'était précipitée dans son antre. Là, déroulant et consultant ses nombreuses cartes, des cartes d'Ukraine et de Russie mais aussi des cartes plus anciennes, quand les lieux avaient d'autres noms et d'autres frontières, elle avait longuement calculé les distances et la route qu'ils auraient à faire.

Alors que Jørn et Tchavolo applaudissaient et que les papillons blancs et diaphanes se dispersaient dans le ciel, elle vint les rejoindre :

— Il faut se mettre en route ! annonça-t-elle. Tout de suite ! Piotr a besoin de nous !

— Piotr ? Mais où est-il ? demanda Anja, abasourdie.

Pépina ne répondit pas. Elle se contenta d'un signe en direction des papillons :

— La route va être longue, insista-t-elle, ne perdons pas de temps.

Puis, rassemblant les affaires qui trainaient sur le campement :

— Piotr est prisonnier. Il est enfermé dans le wagon d'un immense train à plus de cinq mille kilomètres d'ici...

Chapitre 2

Pires que le diable

Disparition du professeur Nathan Blumbaum !
Toujours aucune piste !

Les autorités austro-hongroises sont toujours sans nouvelles du célèbre physicien viennois, le professeur Nathan Blumbaum. Disparu depuis trois mois alors qu'il se rendait à Odessa pour une conférence, aucun indice n'a jusqu'à présent permis de retrouver sa trace.

« Nous poursuivrons nos recherches pour retrouver le plus éminent savant de notre empire » a déclaré le chef de la police, tout en rajoutant que les services de l'empereur Franz-Joseph collaboraient étroitement avec ceux du tsar Nicolas II.

Prix Nobel de physique, le professeur Nathan Blumbaum est reconnu pour ses travaux sur le temps et l'espace. De sources confidentielles, on sait aussi qu'il a consacré ces dernières années à l'application concrète de ses recherches théoriques, ce qui aurait pu en faire l'objet de convoitises pour des puissances étrangères toujours en quête d'avancées technologiques ou militaires.

On est également sans nouvelles de sa femme, Truda Blumbaum, née von Hofmannsthal, ainsi que de leur fille, Anja, récent premier prix du conservatoire et jeune espoir de la musique autrichienne.

— Hé, mademoiselle ! Vous l'achetez ce journal ou pas ?

Les doigts engourdis par le froid, Anja replia le quotidien pour regarder la date de parution. Elle fit une moue en le rendant au vendeur :

— 17 novembre ! Elles ne sont pas très fraîches, vos nouvelles, elles ont déjà plus d'une semaine !

Et avant même que le marchand ne réagisse, elle rejoignit ses amis.

— Vauriens ! Bohémiens ! Voleurs ! cracha-t-il en voyant la roulotte s'éloigner.

— Du neuf ? demanda Pépina.

— Rien ! Absolument rien ! répondit Anja en s'approchant du poêle.

Elle resta un moment à contempler Tchavolo qui s'amusait avec son étrange jeu de construction. En trois mois, il avait enrichi sa collection d'ossements de nombreux spécimens. Parmi les os de yacks et de rennes, on trouvait même une mâchoire de loup et des griffes d'ours.

Depuis leur départ d'Odessa, ils avaient parcouru plusieurs milliers de kilomètres, traversant des régions de plus en plus désertiques, à la recherche de ce fameux train où leur ami était enfermé. Pour aller plus vite, ils roulaient sans arrêt, stoppant à peine le temps nécessaire au repos du cheval. Ils en profitaient pour faire de la musique dans l'espoir de récolter un peu d'argent et de nourriture.

Les routes qu'ils prenaient étaient de moins en moins sûres, les régions qu'ils traversaient de plus en plus dangereuses et enneigées. Souvent, quand ils quittaient une taverne où ils avaient joué, on les mettait en garde contre les brigands qui écumaient la contrée. Ou contre les loups que le froid et la faim rendaient agressifs. Heureusement, la présence de Jørn était dissuasive. Chaque nuit, il tenait les rênes et il s'était procuré un vieux tromblon inutilisable mais impressionnant.

Le plus difficile, c'était le froid. Avec l'arrivée de l'automne et leur progression vers le nord, ils avaient eu à affronter un climat de plus en plus hostile. Très vite, même en superposant pulls et foulards, en enfilant moufles et mitaines, bonnets et chapeaux, ils n'arrivèrent plus à se réchauffer. Sauf à rester le plus clair du temps à côté du poêle.

Engourdie par le ronflement du feu et le sifflement du samovar, Anja ramena ses genoux contre sa poitrine et tira sur son pull pour s'en couvrir les jambes. Elle songea à sa vie d'avant et à ce qu'elle serait en train de faire si elle n'avait pas manqué son train à Kiev. À cette heure, elle terminerait sa leçon de solfège et sans doute se rendrait-elle chez son amie Marge pour boire un chocolat chaud en mangeant une part de *Sachertorte*. Ou alors accompagnerait-elle sa mère faire des achats sur le Ring, ou rejoindrait-elle son père pour qu'il lui expose ses nouvelles hypothèses scientifiques.

Un brusque écart de la roulotte l'arracha à sa rêverie.

— Décidément, la route est de plus en plus mauvaise, commenta Pépina qui tentait d'aligner les arcanes du jeu des Lendemains sur la table.

Pépina... Tandis qu'elle ramassait les cartes tombées par terre, Anja l'observa avec attention. Elle avait beau partager sa chambre avec elle, vivre à ses côtés depuis plusieurs mois, elle la trouvait toujours aussi mystérieuse. Après s'en être longtemps méfiée, elle avait commencé à l'apprécier, même si au début de leur relation Pépina ne l'avait guère ménagée. Peut-être était-ce ce qui expliquait sa curiosité ? Jusque-là, Anja avait dominé par son talent ou son intelligence ceux et celles qu'elle avait rencontrés. Dans tout ce qu'elle entreprenait, que ce soit la musique, les études ou n'importe quel autre domaine, elle avait toujours été la meilleure. Mais Pépina n'en avait que faire de tout cela et ce qui fascinait Anja se situait ailleurs : dans sa beauté et ses manières de femme, mais aussi dans sa volonté farouche de préserver sa liberté alors qu'elle vivait seule avec son frère. Dans sa folie aussi et la magie qui habitaient tout son être, des notions si contraires aux principes qui guidaient la vie d'Anja qu'elle n'avait pu dans un premier temps que les rejeter avec dédain. Mais surtout, il y avait la nuit où Piotr était parti et que Pépina l'avait consolée. Depuis, elle savait qu'en cas de nouveau coup dur elle pourrait compter sur elle.

À cette pensée, un élan de chaleur la submergea. Pépina. Mais aussi Tchavolo. Jørn. Et Piotr. Que serait-elle sans eux alors que ses parents étaient toujours portés disparus ?

Soudain, la roulotte fut secouée en tous sens, manquant de renverser le samovar avant de stopper net. En rejoignant les autres à l'extérieur, Anja découvrit les raisons de cet arrêt : un immense convoi de carrioles, de voitures et de charrettes chargées de meubles et des matelas entassés à la va-vite bloquait la route verglacée.

— Que se passe-t-il ? demanda Pépina à une dame qui retenait ses enfants.

— *Lui,* terrible ! Fuyez !

— De qui parlez-vous ? demanda Pépina en se protégeant de la bise glacée.

Mais déjà l'attelage s'éloignait et dans les voitures suivantes personne ne lui répondit. Il fallut que le convoi stoppe à nouveau pour qu'un vieil homme édenté s'adresse à eux :

— Les Opritchniks ! Ils détruisent tout sur leur passage ! Partez avant qu'il ne soit trop tard !

Devant le nombre de gens qui décampaient, ils restèrent un moment indécis. Fallait-il poursuivre leur route ou écouter les conseils de ces fugitifs terrifiés ?

Alors que, contaminés par l'effroi de tous ces gens, ils hésitaient, le vent plaqua un amas de feuilles contre la roulotte. Abasourdie, Anja reconnut tout de suite la couverture du cahier. Comment était-ce possible ? Ici, dans l'immensité des plaines sibériennes ?

Le cœur battant, elle se mit à tourner les pages. Pas de doute, c'était bien l'écriture de Piotr, elle reconnaissait sa façon de former les lettres.

— Qu'est-ce que c'est ? demanda Pépina en s'approchant.

Les joues rougies par l'émotion, Anja serra le cahier contre elle :

— C'est Piotr ! Il nous fait signe ! Il faut continuer, il a besoin de nous !

— Comment cela ? insista Pépina.

— C'est le cahier d'écriture de Piotr. Il faut y aller, nous ne pouvons pas le laisser tomber.

— Tu as raison, Anja, c'est bien un signe. Depuis le temps que je l'attendais...

Et, songeant à tous ses messages qui étaient restés jusque-là sans réponses, au jeu des Lendemains dont elle n'apprenait plus rien, elle approuva. C'était un appel à l'aide, il fallait y répondre.

Heureux et soulagés de savoir leur ami en vie, malgré la femme qui les mettait en garde, ils remontèrent dans la roulotte, prêts à affronter tous les dangers.

— Opritchniks ! Pires que le diable... *Eux,* terribles ! Fuyez !

C'est seulement quand ils se retrouvèrent à l'avant de la roulotte qu'ils virent passer le train du Grand Cophte à l'horizon : tracté par trois locomotives, il traversait le paysage blanc comme s'il allait le déchirer.

Chapitre 3

Un plan

— C'est étrange, dit Anja en enfilant ses mitaines, je n'ai jamais eu autant le trac.

— Parle pour toi... fit Pépina après avoir fixé la lanière de ses chaussures magiques. Moi, je suis carrément terrifiée. Tiens, rapproche-toi, que je te redonne un peu d'éclat. Tu es aussi pâle qu'un fantôme...

Anja se tourna vers Pépina qui traça deux cercles au rouge à lèvres sur les joues de son amie. Puis, d'un mouvement circulaire, elle étala la couleur sur sa peau.

— Parfait, tu as déjà meilleure mine. Et toi, Jørn ? T'es-tu occupé de notre « public » ?

Affichant son habituel sourire doux et franc, le garçon approuva.

— Et tu es sûr qu'ils viendront ? Parce que sans une participation massive de leur part, c'est tout le plan qui tombe à l'eau...

Jørn hésita avant d'acquiescer.

S'approchant du miroir brisé de la loge, Pépina étala cette fois une couche de rouge sur ses lèvres.

— Tu n'en es pas certain, c'est ça ? Bon, on va croiser les doigts... Anja, peux-tu vérifier si Tchavolo est à son poste ?

De plus en plus nerveuse, Anja écarta le rideau de scène pour fixer le fond de la salle, au niveau du troisième balcon, là où était installé Tchavolo. Dès qu'il l'aperçut, il lui fit signe et elle repassa la tête dans les coulisses.

— Il y a du monde ? s'enquit Pépina qui avait terminé de se maquiller.

Anja fit la moue :

— Pas un chat...

— Quel dommage ! Pour une fois qu'on joue dans une vraie salle. Tant pis, on y va, sinon on va finir par geler sur place.

Comme pour confirmer ses dires, une rafale de vent s'engouffra dans ce qui restait des loges pour les recouvrir de givre. Jørn ajusta son bonnet et Anja noua son écharpe. Pépina, même si elle claquait des dents, était habillée comme en plein été. Robe légère, épaules découvertes, la seule concession qu'elle semblait avoir fait au mordant du froid, c'étaient des gants de soie qui remontaient le long de ses bras.

Toujours dissimulés par le rideau, les trois musiciens avancèrent sur scène.

— *Latcho ?* demanda Pépina comme avant chaque concert. Prêts pour la première phase du plan ?

— *Latcho !*

Tout en faisant glisser son archet, Anja promena son regard sur les sièges vides de ce qui restait du théâtre.

Avec ses ornements dorés et ses angelots sculptés, les lieux lui rappelèrent un court instant un concert au Staatsoper à Vienne où elle s'était produite devant la *Kronprinzessin* venue admirer les jeunes prodiges de l'Empire austro-hongrois. Mais une bourrasque de vent la ramena à la réalité : de l'autre côté de la salle, le bâtiment était complètement effondré !

Ils étaient arrivés deux jours plus tôt dans cette petite ville que les Opritchniks avaient en grande partie détruite. Miraculeusement préservée des ruines, une bonne moitié du théâtre tenait encore debout. C'est en le parcourant qu'Anja s'était dit que l'endroit était parfait pour attirer le train du Grand Cophte.

— Ici ? s'était étouffée Pépina.

— Si nous voulons libérer Piotr, avait expliqué Anja, il faut que nous puissions accéder aux wagons. Et pour y accéder, il faut que le convoi s'immobilise.

— Et que proposes-tu ? avait demandé Pépina.

— On donne un grand concert ! Ici, pour attirer ces bandits !

— Ici ? Mais il n'y a personne devant qui jouer !

— On peut toujours annoncer le concert dans les villages alentour, ça fera venir du monde.

— Du monde ? Je ne suis pas sûre qu'il en reste beaucoup.

C'est à ce moment que Jørn avait proposé son idée. Sur un mur avec un bout de craie, il avait dessiné toutes sortes d'animaux. Puis il leur avait expliqué le pouvoir qu'il pouvait exercer sur eux. Comme au cirque. Ou dans la forêt.

— D'accord, avait répondu Pépina, peu convaincue. Mais après ? Imaginons que nous attirions le convoi. Que ferons-nous quand ces brutes sanguinaires arriveront ?

À son tour, Tchavolo leur avait parlé du gramophone qu'il avait découvert dans les décombres, au milieu d'un fatras d'outils et d'objets. Et du troisième balcon du théâtre où il pourrait se cacher pour guetter leur arrivée.

— Ça peut marcher, avait fini par admettre Pépina en hochant la tête. Et vous estimez nos chances de réussite à combien ?

— Je ne sais pas... Une sur cinq ? Deux, peut-être ? proposa Anja.

— C'est peu...

Sur scène, ils achevèrent leur premier morceau devant une salle désespérément vide. Anja se tourna vers Jørn mais son expression fermée ne lui apprit rien qui puisse l'encourager à garder espoir. S'était-il trompé ? Avait-il présumé de ses forces ? Elle leva la tête vers Tchavolo : de son côté, rien de nouveau non plus. Elle commença alors un autre morceau, puis un autre et ils jouèrent ainsi pendant vingt bonnes minutes.

Était-ce la polka ou Pépina en équilibre sur ses talons qui attira le premier « spectateur » ? Ou était-ce simplement le seul animal que Jørn avait réussi à faire venir ? Toujours est-il qu'un renard au pelage blanc se faufila entre les sièges du théâtre dévasté. Reniflant de tous côtés, il s'avança prudemment avant de faire signe à une portée de renardeaux avec qui il s'installa sur les sièges du premier rang.

Mais ce n'était pas tout. Anja eut à peine le temps de voir l'expression soulagée de Jørn qu'un magnifique élan traversait le hall du théâtre en faisant claquer ses sabots, immédiatement suivi par une dizaine d'autres ruminants.

Le concert qu'ils donnèrent fut-il un bon concert ? Musicalement, furent-ils à leur meilleur ? Sans doute que non, tant ils furent happés par le spectacle de la salle qui se remplissait. Il faut dire qu'à la famille de renards et à la horde d'élans, quantité d'autres animaux vinrent s'ajouter. Des lièvres engourdis par le froid, des loutres, des fouines, des belettes. Des corbeaux qui s'installèrent sur les balcons, des daims, des rennes et pour finir, la plupart restant bloqués devant les portes et faisant trembler ce qui restait de l'édifice, un troupeau de yacks dont l'odeur puissante envahit la salle.

Le concert eut-il du succès ? Le « public » apprécia-t-il leur prestation ? Difficile à dire, là aussi, tant leur musique fut couverte par les beuglements, les grognements et les hurlements – une meute de loups s'étant ajoutée à la dernière minute, ainsi qu'un troupeau de vaches et des poules qui caquetaient.

Ce qui est sûr en tout cas, c'est que ce public inédit libéra complètement les musiciens. Et dans cette chaleur d'étable, ils enchaînèrent bien une vingtaine de morceaux. Les animaux avaient répondu à l'appel de Jørn, la première phase de leur plan avait fonctionné. Il était temps de passer à la seconde...

Chapitre 4

Réunion au sommet

11 h 11. L'aiguille de l'horloge achevait le tour de son chronographe quand l'ordonnance annonça l'arrivée d'Ivo et Ava. Le Grand Cophte qui était en train d'admirer son nouvel uniforme, les fit assoir en face de lui. En les voyant s'installer, il se fit la remarque que décidément, le frère et la sœur se ressemblaient de plus en plus.

— Votre Excellence, l'opération de nettoyage se poursuit comme prévu, annonça Ava. Les gens sont terrorisés, ils fuient leur village avant même que nos hommes n'arrivent.

— Nous sommes en avance sur nos prévisions, ajouta triomphalement Ivo en déroulant une carte pour détailler les territoires vidés de leur population.

Caressant la fine tête de son dogue, le Grand Cophte approuva :

— Le nettoyage de nos territoires, c'est très bien ! Ainsi, dans quelque temps, nous pourrons déclarer aux yeux du monde l'annexion de ces nouvelles terres. Commencera alors la reconquête, car je veux que ce nouveau royaume soit plus grand qu'il ne l'a jamais été.

— Et votre rêve pourra enfin se réaliser, Votre Excellence...

— *Cherche la fleur du mal, la fleur d'or, tu trouveras Maldoror...* Ce n'est pas un rêve, s'empourpra le Grand Cophte, c'est la prophétie qui s'accomplit. Voici enfin l'occasion d'écrire la fin de la légende. L'occasion de fermer définitivement les portes du passé et de me débarrasser des usurpateurs. Alors, viendra le rétablissement de mon royaume !

— Le royaume de Maldoror...

— Oui... Car je suis l'élu, je suis l'héritier ! Je suis celui qui sait le chemin de l'ombre, je suis....

— ... vous êtes le prince fauve ! déclamèrent Ivo et Ava en posant le genou à terre.

Le front ruisselant, les yeux exaltés, le Grand Cophte, tout à ses rêves de gloire et de grandeur, resta un long moment silencieux. Quand, après les avoir longuement dévisagés, il reprit, les faux jumeaux se tassèrent sur leur siège.

— Nous construisons un empire pour plusieurs siècles et des enfants nous empêcheraient de réussir ? Qu'en est-il du violon ? Tant qu'il ne sera pas entre nos mains, nous courons le risque de voir nos efforts s'effondrer. Alors, je répète ma question : qu'en est-il du violon ?

— Nous piétinons, Votre Excellence, bredouilla Ivo. Pour l'instant, chacune de nos pistes débouche sur une impasse.

— Par nos informateurs, poursuivit Ava, nous savons que ce ne sont pas les parents de la jeune Anja Blumbaum qui possèdent l'instrument.

— C'était pourtant une bonne idée que d'avoir fait croire aux Russes que l'instrument était truffé de microfilms !

— Oui, Votre Excellence. Depuis que l'Okhranka recherche le violon, ils font le travail à notre place. Mais à force d'interroger le professeur et sa femme, ils vont finir par découvrir que c'était une fausse piste.

— Pas sûr. Le professeur Blumbaum est suffisamment malin pour les tromper. Je miserais plus sur l'Anglaise et son attrait du gain.

— Pour l'instant, elle n'est guère plus avancée. Mais si elle met la main sur le violon, nous le récupérerons très vite. Elle n'est évidemment pas au courant mais son commanditaire à Londres n'est qu'un de nos multiples prête-noms.

— Et sinon ? D'autres pistes ?

— Oui, poursuivit Ava. Nous pensons nous servir du garçon que nous tenons toujours enfermé comme monnaie d'échange.

— Sa liberté contre le violon...

— Et vous croyez que la fille du savant échangerait un violon d'une très grande valeur contre un jeune paysan qui a perdu la vue ?

— La force des sentiments, Votre Excellence... Nous pensons qu'Anja Blumbaum est très attachée à lui.

Le Grand Cophte soupira. Ces choses-là le dépassaient. Pour lui, les seuls sentiments qui comptaient, c'étaient la haine et la soif de gloire. Ce que les êtres humains appelaient amour ou amitié lui était tellement étranger qu'il manquait s'étouffer à chaque fois qu'il en entendait parler.

— On peut toujours essayer, finit-il par concéder. Mais encore faudrait-il qu'elle ait toujours l'instrument.

— C'est un pari, mais l'instrument n'a pas pu se volatiliser. Comme nous vous l'expliquions, ni Miss Nightingale, ni ce colonel de l'Okhranka, ni le professeur Nathan Blumbaum ne sont en sa possession. Il faut bien qu'il soit quelque part.

— Et si votre réseau à Kiev vous avait doublés ?

— La baronne von Stumpf ? Impossible, assura Ava, elle vous est complètement acquise. C'est une de vos plus grandes admiratrices et elle contrôle parfaitement la bande des Effaceurs.

— Dans ce cas, j'aimerais en savoir plus sur les pages qu'elle m'a fait parvenir récemment. Pourquoi nous avoir caché qu'elle était en possession de la totalité du livre ? Je veux que vous enquêtiez à ce sujet !

— C'est fait, intervint timidement Ivo. Et parmi tous nos informateurs, aucun n'a vu ce livre.

— Si ça se trouve, poursuivit Ava, c'est le garçon qui a affabulé...

La porte du wagon qui s'ouvrit soudainement les fit sursauter.

— Votre Excellence ! annonça l'ordonnance. On a signalé leur présence dans la bourgade de Tchelinsk !

— Dans la zone nettoyée ?

— Oui, Votre Excellence. Un concert... Dans le théâtre...

— Impossible, intervint Ava, interloquée, la ville est complètement détruite !

Mais le Grand Cophte n'écouta pas ses objections :

— Un concert ? Nous les tenons, nos musiciens. Ivo ! Fais donner l'ordre au train de rejoindre la gare de Tchelinsk ! Ava ! Dis aux hommes de se préparer ! Tous ! Même ceux qui dorment ou qui sont saouls !

Chapitre 5

Brames et beuglements

Jamais ils n'auraient imaginé une telle ruée ! Dès que Tchavolo leur avait annoncé l'arrivée du train du Grand Cophte, tout en continuant à jouer, ils s'étaient faufilés entre les sièges occupés par les animaux. Il leur avait fallu bien dix minutes pour sortir du théâtre et découvrir que leur plan avait réussi bien au-delà de leurs espérances.

Devant le bâtiment, la place était littéralement submergée par les bêtes. Des hordes d'élans aux naseaux fumants se mêlaient aux rennes, aux caribous et aux loups qui hurlaient. Des ours au pelage épais, souvent accompagnés de leurs petits, traversaient la place en se bousculant. Le ciel s'assombrissait de milliers d'oiseaux, corbeaux, corneilles, choucas, gélinettes et autres étourneaux. Quant aux rues adjacentes, elles étaient bloquées par des chevaux sauvages et des troupeaux de yacks desquels émergeait un couple de tigres blancs.

Que faire ? Terriblement impressionnés par les animaux qui convergeaient vers eux, ils restèrent un moment interdits, ne sachant comment s'y prendre pour rejoindre la gare où le train s'était immobilisé.

C'est Jørn qui donna le signal, une fois que Tchavolo, après avoir remonté le gramophone, les eut rejoints : ils espéraient maintenant que les hommes du Grand Cophte, en entendant la musique, s'y dirigent, pensant les y trouver. Pendant ce temps, eux en profiteraient pour rejoindre le train et chercher Piotr.

Traînant derrière lui sa contrebasse, Jørn ouvrit la marche, fendant la masse compacte des animaux qui continuaient à s'agglutiner. Peu rassurés, les autres le suivaient, frôlant mufles, truffes, groins et museaux, sursautant à chaque grognement, s'écartant à la vue d'une babine entrouverte ou de crocs acérés.

Laissant derrière eux le théâtre et la musique du gramophone, ils s'engouffrèrent dans la rue qui remontait vers la gare et qu'une multitude de yacks encombraient. Malgré le danger, poursuivant leur avancée au milieu de la masse dense et compacte, ils réussirent à se rapprocher du train. Avec ses innombrables wagons et ses trois locomotives, l'une à la tête du convoi, l'autre au milieu, la dernière tout à la fin, il paraissait interminable.

Au loin, le gramophone jouait toujours, faisant résonner la musique nasillarde du disque qu'avait choisi Tchavolo. Dans une rue parallèle, les hommes du Grand Cophte, montés sur leurs chevaux ornés de la tête de chien des Opritchniks, tentaient de se frayer un chemin entre les bêtes en faisant claquer leurs fouets : ils étaient tombés dans le piège, tout se déroulait comme prévu, la deuxième phase du plan était lancée !

Dissimulés par les murs de la gare, ils attendirent jusqu'à ce que les derniers hommes soient sortis du train. Puis, une fois qu'ils estimèrent que les Opritchniks eurent atteint le théâtre, ils reprirent leurs instruments. Pas de longue introduction cette fois, mais au signal de Jørn, quelques notes qu'ils jouèrent aussi fort qu'ils le purent.

La réaction des animaux fut terrible ! À peine entendirent-ils les premières mesures que, dans un même mouvement, ils se ruèrent tous dans la direction de la gare. Le mouvement fut si puissant qu'il eut raison de ce qui restait de la ville. Attirés par la musique comme par un aimant, les bêtes foncèrent droit devant elles, emportant, dans un magma de poussière, les derniers édifices mais aussi les Opritchniks, pris au piège entre le théâtre qu'ils cherchaient à rejoindre et le train qu'ils venaient de quitter.

Déjouant leurs prévisions les plus optimistes, les animaux atteignirent la voie ferrée moins de dix minutes plus tard, s'agglutinant autour des wagons, immobilisant tout le convoi.

— On va se faire écraser ! cria Anja.

— Ils vont nous dévorer ! hurla Pépina face à un tigre de Sibérie.

Même Jørn était dépassé par ce qu'il avait déclenché et il ne savait comment faire refluer cette masse extraordinaire.

— Il faudrait grimper sur le toit du train, cria Anja qui sentait la panique l'envahir.

— Comment ? hurla Pépina, il y a au moins quinze mètres qui nous séparent du premier wagon, je ne vois pas comment franchir cette marée animale.

C'est Tchavolo qui trouva la solution. Guitare en bandoulière, il se hissa sur l'échine d'un lama. Toujours en équilibre, il passa sur le dos d'une vache, grimpa sur un daim puis un yack au poil épais. De là, il agrippa le montant du wagon pour se hisser jusqu'au toit où il se retrouva en sécurité.

Suivant son exemple, prenant appui sur plusieurs caribous, Pépina retrouva son frère sans tarder. Puis ce fut au tour de Jørn qui malgré sa contrebasse les rejoignit sans difficulté. Ne restait plus qu'Anja.

— Dépêche-toi ! héla Pépina. Ils sont de plus en plus nombreux !

Juchée sur le toit du wagon, elle avait pris conscience de la masse effroyable de bêtes qui les entouraient et elle craignait que son amie connaisse le même sort que les hommes du Grand Cophte.

— Anja ! répéta-t-elle.

Mais Anja ne bougeait pas, immobilisée par un énorme ours brun. Le nez dans son pelage, elle n'arrivait même pas à crier.

À moitié asphyxiée, elle levait désespérément la tête, à la recherche d'un peu d'air. Bizarrement, lui revint à la mémoire une discussion avec Marge. C'était une de ces discussions stupides qu'on avait entre amies, quand à force de confidences on finissait par se raconter tout et n'importe quoi : « Comment préférerais-tu mourir ? » avait-elle alors demandé.

Anja se rappelait qu'elles avaient longuement listé toutes les morts possibles : étouffée en mangeant un gâteau trop vite (Marge), écrasée par une météorite (Anja), tombant dans le vide d'un précipice (toujours Anja), empoisonnée par une sorcière, dévastée par un chagrin d'amour...

Elles en avaient bien imaginé une cinquantaine, toutes plus ridicules ou dramatiques, mais jamais Anja n'aurait imaginé mourir étouffée par un ours.

Un court instant, l'étreinte se relâcha et Anja en profita pour reprendre son souffle. En nage, elle se retourna, à la recherche de ses amis. Au même moment, elle sentit qu'on la saisissait par les épaules. L'ours ! Il allait la déchiqueter. Terrifiée, elle préféra fermer les yeux plutôt que de voir la gueule énorme la dévorer. Et, dans une confusion de brames et de beuglements, elle s'évanouit.

Chapitre 6

Clair-obscur

Vers la fin de la matinée, Piotr remarqua que le train avait changé de direction. Curieux, il s'était alors levé pour humer l'air entre les planches : herbe humide, fumier de yack, terre brulée, le train continuait à s'enfoncer dans la steppe.

Depuis qu'il était aveugle et qu'il n'y voyait plus rien, à part une sorte de tache blanche dont la forme se modifiait quand il se frottait les yeux, les odeurs avaient pris une grande importance. Ainsi, avant même qu'il ne prononce un mot, Piotr pouvait reconnaître le garde qui lui apportait chaque matin sa bouillie de sarrasin : il y avait celui qui sentait fort la sueur, celui qui chiquait du tabac et celui dont l'haleine était chargée d'alcool à toute heure de la journée.

De la même façon, il avait remarqué que les lieux où passait le train avaient chacun leur parfum. Forêts, villes, plaines marécageuses, allongé dans son cachot, il s'amusait à imaginer les endroits qu'il traversait avec pour seule aide leurs parfums et les sons qu'il entendait.

Cela occupait une grande partie de son temps. Car si les premiers jours après l'exécution de la sentence il était resté prostré sur sa couche, il avait vite senti que s'il continuait à se morfondre, il allait devenir fou. Aussi, chaque jour, s'appliquait-il à se repasser les leçons d'écriture d'Anja, formant dans sa tête les différentes lettres, répétant les sons qu'elles produisaient. Parfois, sans qu'il sache trop pourquoi, les signes des pages arrachées du livre de la baronne qu'il avait vues chez le Grand Cophte remplaçaient les lettres de l'alphabet :

Ou :

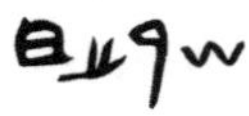

Ou encore :

Ce n'étaient que des morceaux épars, des fragments auxquels il ne comprenait rien, mais depuis qu'il était enfermé, le temps semblait s'être arrêté et c'était devenu une occupation parmi les autres. Tout comme se remémorer les poèmes qu'il avait inventés et se les réciter. Ou les morceaux qu'il avait joués avec ses amis. Ou leurs visages.

En s'appliquant chaque jour à respecter scrupuleusement cette routine, Piotr avait sans aucun doute évité de sombrer dans le désespoir. Pourtant, ce matin-là, quand le train après avoir changé de direction finit par s'arrêter, il ne reprit pas ses exercices. Car très vite, il comprit qu'il se passait quelque chose d'inhabituel.

Il y eut d'abord l'odeur des bêtes, leurs cris, leurs beuglements.

Puis le chant de Pépina, la contrebasse de Jørn.

Et enfin, le violon d'Anja.

Aussitôt, comme un serpent charmé par la flûte du fakir, il avait collé son oreille à la porte : ordres vociférés, chevaux sellés, claquements de sabres et de fusils, les hommes du Grand Cophte étaient partis dans une fureur de poudre et de neige. Et au fur et à mesure qu'ils s'étaient éloignés, il avait entendu la musique de ses amis se faire de plus en plus proche.

CHAPITRE 7

RETROUVAILLES

Quand Anja avait rouvert les yeux, elle était allongée sur le toit d'un wagon. Encore une fois, c'est Jørn qui lui avait sauvé la mise en la soulevant à bout de bras. Elle n'eut pourtant guère le temps de le remercier. Plus bas, dans une confusion totale, les bêtes continuaient à arriver de tous côtés, comme aimantées par une force invisible.

Pan, pan !

Les coups de feu lui firent reprendre ses esprits. Dans le théâtre, les Opritchniks avaient compris le piège dans lequel ils étaient tombés en découvrant le gramophone. Aussi, tentaient-ils de se dégager de l'emprise des animaux en leur tirant dessus :

— Quelle horreur ! cria Pépina. Jørn, il faut que tu les fasses partir, ils vont tous se faire abattre !

Mais Jørn haussa les épaules, désolé. C'était trop tard, il ne pouvait plus les arrêter.

Pan, pan, pan !

Les coups de feu redoublèrent, entraînant un mouvement de panique chez les animaux. Toujours réfugiés sur le toit du wagon, les quatre musiciens assistèrent à ce déplacement tellement puissant qu'il emporta le reste du théâtre.

Pendant un temps, dans la poussière, les enfants ne distinguèrent plus que les flammèches des fusils qui brillaient comme des lumignons. Puis, peu à peu, elles s'espacèrent jusqu'à disparaître complètement et on n'entendit plus que des mugissements.

— Ne restons pas là, dit Pépina en s'arrachant au spectacle des ruines dévastées. Profitons que le train soit bloqué pour chercher Piotr.

— Ça va être difficile de le retrouver, s'exclama Anja après avoir étudié le convoi, il y a près d'une centaine de wagons !

— On va les vérifier les uns après les autres, je ne vois pas d'autre solution, admit Pépina. Une meilleure idée ? Non ? Alors, on y va !

Au début, ils ne furent pas très rapides mais ils gagnèrent vite en efficacité. Malgré le froid, ils retirèrent leurs chaussures, ce qui leur permit d'aller plus vite sans se faire repérer par les occupants du train. Et pour vérifier chaque wagon, ils avaient trouvé un truc : Tchavolo, retenu par Jørn, se penchait dans le vide et en un éclair jetait un coup d'œil dans la voiture avant de passer à la suivante. Quand il n'y eut plus qu'une dizaine de wagons qui les séparaient de la locomotive du milieu, Anja leur fit signe de stopper :

— Chut ! fit-elle en désignant une belle *Dynamo* rouge et noir. Restons là pour l'instant. Si jamais le mécanicien est à bord, il risque de nous voir.

— Ce n'est pas ce qui m'inquiète le plus, dit Pépina en indiquant une tourelle métallique quelques wagons plus loin.

— Qu'est-ce que c'est ? demanda Tchavolo.

Jørn mima un fusil.

— Des canons ? Ils ont installé des canons sur le toit d'un wagon ? s'étonna le jeune garçon. Eh, regardez, on dirait qu'il y en a trois autres plus loin !

Alors qu'ils découvraient les autres tourelles réparties le long du convoi, la plus proche se mit à pivoter.

— À plat ventre ! cria Pépina.

Ils eurent à peine le temps de se plaquer sur le toit qu'une puissante déflagration fit trembler tout le train.

— Mince ! fit Tchavolo en se frottant les oreilles. Vous avez vu cette flamme qui est sortie du canon ?

— La voie ! Ils veulent dégager la voie pour repartir, expliqua Anja. Vite, il n'y a plus un instant à perdre !

Ils allaient passer au wagon suivant quand une voix, qu'ils auraient reconnue entre mille, retentit sous leurs pieds :

— Anja ! Pépina ! C'est moi, Piotr ! Je suis dans le wagon juste en dessous !

— Phase trois du plan, les amis ! On arrive, Piotr ! jubila Pépina avant qu'une seconde salve ne les plonge à nouveau dans la fumée.

L'odeur de la poudre les fit suffoquer mais, profitant du nuage gris pour agir sans être vus, Tchavolo, toujours retenu par Jørn, se suspendit au-dessus de la voie. Mais cette fois, au lieu de remonter, il se laissa glisser le long du wagon jusqu'à atteindre le marchepied.

— On te libère tout de suite ! cria-t-il. Le temps d'ouvrir la porte. Jørn, envoie-moi la pince et le marteau !

À nouveau, Jørn se pencha pour lui faire parvenir les outils récupérés dans le théâtre et Tchavolo se mit au travail. Sur le toit, les autres attendaient avec impatience. Il fallait se dépêcher, autour d'eux, la fumée commençait à se dissiper. Suant à grosses gouttes, s'échinant à coups de marteau et de tenaille, Tchavolo réussit enfin à faire sauter l'énorme cadenas et à s'engouffrer dans le wagon :

— Piotr !

— Tchavolo !

Sous ses pieds, Anja entendit la voix étouffée des deux garçons.

Le cœur battant, elle s'accrocha à son tour au bord du toit pour les rejoindre.

— Piotr ?

Elle le chercha quelques secondes dans l'obscurité avant de l'apercevoir.

— Piotr ?

Un sourire douloureux sur le visage, se retenant à l'épaule de Tchavolo pour ne pas tomber, il se dirigeait vers elle. Soudain, il arriva dans la lumière et elle vit l'immense cicatrice qui barrait son visage.

— Piotr ! Qu'est-ce qu'ils t'ont fait !

À sa façon de se tenir pour ne pas tomber, elle comprit qu'il ne voyait pas. Elle se précipita pour le prendre dans ses bras quand une brusque secousse les envoya au sol.

— Que se passe-t-il ? cria Anja en se réceptionnant contre la cloison du wagon.

— Le train repart ! hurla Pépina. Vite, il faut descendre !

Chapitre 8

La négociation

Jørn se précipita devant la porte du wagon pour les empêcher de sauter. Il fallait qu'ils restent à bord, le long des voies, les hommes du Grand Cophte surveillaient le convoi qui redémarrait. Sabre et fusil à la main, ils achevaient les animaux que les coups de canons n'avaient pas suffi à tuer ou à faire fuir.

— Maintenant nous sommes tous les cinq prisonniers ! fit remarquer Pépina. Voilà qui n'était pas prévu dans notre plan...

Puis, rejoignant les autres autour de Piotr :

— Que t'est-il arrivé ?

— Il est aveugle, dit Anja d'une voix tremblante.

— Piotr, reprit Pépina, parle-nous. Que s'est-il passé ?

Envahi par l'émotion, Piotr resta un moment silencieux, posant ses mains sur le visage de ses amis. Non pour vérifier que c'était bien eux – il les avait reconnu à leurs voix –, mais parce qu'il était submergé par la joie de les retrouver. Ses amis ! Ses amis étaient venus jusqu'ici pour le sauver !

Ce n'est qu'une fois l'émotion moins forte qu'il se mit à parler. Avec difficulté d'abord, tant il était resté longtemps enfermé dans son wagon et sa solitude. Puis, comme un ruisseau se fait rivière, les mots se mirent à couler et il put raconter sa longue errance. Son retour à Odessa. Ses retrouvailles avec les Effaceurs. Le violon et la trahison de petit Sacha. Enfin, son interminable transport jusqu'en Sibérie, le Grand Cophte, les faux jumeaux. Et – il reprit son souffle avant de prononcer la sentence fatale – la destruction du violon...

À ces mots, Anja prit les mains de Piotr dans les siennes pour les serrer de toutes ses forces :

— Mais toi ? dit-elle, émue par le sacrifice du garçon, que t'ont-ils fait ?

— À moi ?

Surpris par la réaction d'Anja – vraisemblablement, elle n'avait pas compris ce qu'il lui avait dit –, Piotr répéta :

— Anja ! Ton violon ! Le Grand Cophte l'a détruit !

Mais à nouveau, Anja éluda :

— J'ai compris, Piotr. C'est terrible ce que tu m'apprends mais ce qui compte avant tout, c'est toi !

Décontenancé par la réaction de la jeune fille – il pensait qu'à ses yeux seul son violon comptait –, il raconta d'une voix tremblante le simulacre de son exécution. Sa peur de mourir. Le soulagement de rester en vie. Puis la brûlure terrible et les ténèbres.

Cette fois, ce fut au tour de ses amis de rester sans rien dire, horrifiés par ce qui lui était arrivé. Mais ce silence ne dura guère. Du wagon d'à côté provenait un grondement sourd.

— Les Opritchniks ! s'alarma Piotr qui avait reconnu le bruit des bottes.

Tchavolo, dans un réflexe salutaire, se jeta sur la serrure où il glissa une pince entre le verrou et la clenche, rendant l'ouverture impossible.

— Ouvrez cette porte ! fit une voix que Piotr identifia là aussi sans difficulté : c'était Ivo, l'un des faux jumeaux.

— Inutile de résister, insista-t-il, vous êtes cernés !

Les cinq amis se tournèrent instinctivement vers l'autre porte. De ce côté aussi, les Opritchniks arrivaient, mais Tchavolo, encore une fois, réussit à la bloquer.

Que faire ? La seule voie qui restait pour s'enfuir était celle donnant vers l'extérieur. Ils se penchèrent. Le train avait pris de la vitesse, le sol défilait. S'ils sautaient, ils finiraient déchiquetés.

— Nous avons un marché à vous proposer, reprit Ava de l'autre côté de la porte.

— Que voulez-vous ? cria Anja.

— Ton violon. C'est tout ce qui nous intéresse.

— Son violon ? s'indigna Piotr. Le Grand Cophte l'a réduit en miettes !

Mais Ava, ignorant le garçon, continuait à s'adresser à Anja :

— Assez joué ! Dis-nous simplement où se trouve ton violon.

— Que proposez-vous en échange ?

— La liberté. Nous vous offrons la liberté à tous les cinq.

— Comment puis-je être sûre que vous tiendrez parole ?

Autour d'Anja, ses amis l'observaient. Ils n'y comprenaient plus rien. Comment pouvait-elle négocier son violon alors qu'il était parti en fumée ?

— Vous n'avez pas le choix, reprit la voix d'Ava, vous devez nous faire confiance. Ou alors...

Elle n'acheva pas sa phrase, les laissant imaginer ce qu'il adviendrait si le Grand Cophte n'obtenait pas ce qu'il désirait.

— Et surtout, poursuivit-elle, pas d'entourloupe cette fois ! Le violon que veut mon maître, c'est celui que ton père a acheté aux enchères de Schönberg, le véritable *Giuseppe Guarneri*.

De plus en plus intrigué, Piotr s'accrocha à Anja :

— Je n'y comprends rien... Que veulent-ils ?

— Je... je t'expliquerai, Piotr, bégaya la jeune fille, mal à l'aise.

Mais un coup violent secoua le wagon. Puis un autre, et un autre encore : c'était la lame d'une hache qui s'abattait sur la porte !

— C'est d'accord ! hurla Anja. J'accepte le marché ! Notre liberté contre mon violon.

Dans le wagon, c'était la stupeur ! Où le bluff d'Anja allait-il les mener ? Car ça ne pouvait être qu'un coup de bluff, le seul violon que possédait encore Anja, c'était l'instrument tout cabossé que lui avait donné Pépina, justement après le vol du *Guarneri* !

Pendant quelques secondes, le calme revint dans le wagon. Les coups de hache avaient cessé et derrière la porte, on devinait les paroles étouffées des faux jumeaux :

— Voilà comment nous allons procéder, reprirent-ils. Vous nous remettez le violon et, après l'avoir authentifié, nous vous laisserons repartir.

— Anja, murmura Piotr, il ne faut pas leur faire confiance. Ces gens sont terribles et...

— Impossible ! répondit Anja, le violon n'est pas ici. Croyez-vous vraiment que j'aurais un instrument de cette valeur avec moi ?

— Où se trouve-t-il alors ?

— À Vienne, bien sûr ! À l'abri dans un coffre de la Banque impériale d'Autriche, comme l'exige l'assureur de l'instrument. Je n'ai le droit d'utiliser le violon que pour les concerts et les auditions.

À nouveau, le silence se fit dans le wagon d'à côté. À nouveau, on devinait Ivo et Ava en pleine discussion.

— Marché conclu, finirent-ils par annoncer. Vous retrouverez votre liberté une fois que nous aurons récupéré le violon. Pour cela, il nous faut la combinaison du coffre : un de nos hommes qui se trouve à Vienne s'y rendra dans l'heure et, avant ce soir, vous serez libres.

— Vous me prenez pour une imbécile, répondit Anja. Si je vous donne la combinaison du coffre, qui me garantit que nous aurons la vie sauve ?

À nouveau, des bribes du conciliabule parvinrent à travers les planches, mais cette fois ni Ivo ni Ava ne reprirent la parole. À la place, les coups de hache recommencèrent, s'enfonçant avec encore plus de violence dans la porte.

— Bien essayé, dit Pépina, mais il n'est plus temps de négocier, il faut fuir !

En effet, de l'autre côté, les coups avaient repris également. Que faire ? Entre-temps, le train avait pris de la vitesse, rendant la solution de se jeter du wagon encore plus dangereuse.

C'est Jørn qui prit l'initiative. Sans attendre que la porte soit défoncée, il hissa Tchavolo sur ses épaules et, malgré les secousses, il se pencha par-dessus la voie. Ballotté par le souffle, Tchavolo réussit à s'accrocher au wagon et, à la force de ses bras, à regagner le toit.

Jørn procéda de même avec Pépina. Puis ce fut au tour d'Anja. Mais quand elle se retrouva au-dessus du vide, flottant dans l'air comme une brindille, elle se raidit d'un seul coup. Et même si plus haut Pépina tendait les bras pour qu'elle puisse s'y accrocher, elle resta paralysée, incapable du moindre geste.

— Dépêche-toi ! cria son amie.

Mais c'était comme si ses bras et son corps étaient pétrifiés, comme si elle s'était transformée en statue.

— Anja ! supplia Pépina alors que plus bas, la hache continuait à éventrer la porte et que les hommes du Grand Cophte n'allaient plus tarder à pénétrer.

Elle ferma les yeux. Elle se concentra très fort, essayant de se souvenir du fil sur lequel Jørn lui avait appris à marcher. Les yeux toujours clos, elle fit le vide dans sa tête... et d'un seul coup, elle n'était plus dans un train lancé à toute allure mais dans la clairière d'une forêt.

— Hop ! fit-elle en lâchant prise comme pour rattraper le trapèze.

Et elle s'accrocha aux mains de Pépina... pour se retrouver sur le toit du wagon !

Puis, alors que la porte volait en éclats, Jørn hissa Piotr et ils se retrouvèrent tous les cinq plaqués contre la taule, luttant de toutes leurs forces pour ne pas lâcher.

Chapitre 9

Le grand saut

Jamais Anja n'aurait pensé que le souffle de l'air puisse être aussi puissant. Et qu'ils soient obligés de ramper, centimètre par centimètre, pour gagner les autres wagons. Pourtant, alors qu'elle avait craint de se lancer dans le vide quelques instants auparavant, elle avançait maintenant en tête, cheveux et vêtements plaqués par le vent.

— La locomotive du milieu, cria-t-elle, il faut à tout prix l'atteindre !

Et nourrie par sa curiosité pour la magnifique *Dynamo* rouge et noir qu'elle devinait inoccupée puisque aucune fumée ne s'en échappait, elle poursuivit sa progression. Derrière elle, Pépina, Tchavolo et Jørn la suivaient, tout comme Piotr agrippé aux longues jambes de son ami.

Pan ! Pan !

— Dépêchons-nous ! cria Anja alors que des balles ricochaient sur la tôle.

Car si les mouvements du train rendaient pour l'instant les tireurs maladroits – plusieurs Opritchniks avaient gagné le toit pour se mettre à leur poursuite –, ils finiraient forcément par les atteindre, ils étaient complètement à découvert.

Pan ! Pan !

Tout en continuant à avancer, Anja réfléchissait au moyen de se mettre à l'abri.

Se glisser entre deux wagons pour accéder à l'intérieur d'une voiture ?

Ils se feraient cueillir à peine descendus...

Sauter du train ?

Irrémédiablement, ils s'écraseraient au sol s'ils ne finissaient pas sous les roues, aspirés par la vitesse...

Pan ! Pan ! Pan !

Cette fois, les tirs ne passèrent plus qu'à quelques centimètres. Jamais ils n'atteindraient la locomotive à temps. Ils allaient mourir sous les balles. Ou blessés, ils lâcheraient prise et se retrouveraient brinquebalés comme des poupées de chiffons.

Pan ! Pan !

Une montagne les sauva.

Une montagne de roche et de basalte qui se trouvait là, au milieu de la steppe, autant dire au milieu de nulle part et dans laquelle le train s'engouffra pour traverser huit kilomètres de tunnel.

— Vite, vite ! cria Anja alors qu'ils se retrouvaient dans le noir. Vite, il ne reste plus que cinq wagons !

Malgré les tirs des hommes qui vidaient leurs chargeurs au hasard, ils réussirent à ramper jusqu'au tender. Là, l'un après l'autre, ils se laissèrent tomber dans le charbon. Quelques instants après, un cercle lumineux annonçait la fin du tunnel...

— Ouf ! C'était moins une ! fit Pépina en s'époussetant. Et tu as une idée de la phase suivante du plan ?

— La phase suivante ? La voilà ! annonça Anja surexcitée en se saisissant des commandes de la machine.

Elle n'en revenait pas ! Après la *Typhon 56,* voilà qu'elle se retrouvait sur une *Dynamo* ! S'ils sortaient vivants de cette aventure et qu'elle ne devenait pas premier violon d'un grand orchestre, elle pourrait toujours se reconvertir ! Et tant pis pour ce qu'en dirait sa mère !

Tout à son bonheur d'être dans l'habitacle de la locomotive, elle se tourna vers Piotr pour partager sa joie. Ce fut comme un coup de poignard ! Le contraste avec leur précédent voyage, quand ils avaient fui Kiev ensemble, était terrible. À l'époque, les yeux pétillants, ils riaient tous les deux, heureux de ce sentiment de liberté qu'ils découvraient. Aujourd'hui, dans le froid sibérien, avec ses efforts pour ne pas perdre l'équilibre, il ressemblait à un vieillard.

En un instant, l'excitation qu'elle avait ressentie sur la *Dynamo* disparut. Elle hésita. Mettre en route la locomotive... Et après ? Après, les Opritchniks finiraient par les rattraper... Après, ils les feraient disparaître comme tant d'autres avant eux...

Un temps, elle resta devant les commandes, respirant profondément comme quand elle voulait chasser le trac avant de monter en scène :

— Après, oui... Mais avant, autant en profiter une dernière fois !

— Qu'est-ce que tu dis ? demanda Pépina.

— Je dis qu'il faut se dépêcher de séparer la locomotive du reste du convoi ! cria-t-elle. Jørn, Tchavolo, au travail ! Et dépêchez-vous avant que les hommes du Grand Cophte n'arrivent !

Pendant qu'Anja expliquait à Pépina comment charger la chaudière, ils détachèrent la *Dynamo* du convoi. En équilibre sur les essieux, coincés de chaque côté par les voitures auxquelles ils étaient fixés, ils travaillèrent au-dessus du vide comme s'ils avaient fait ça toute leur vie. Et quand une seconde secousse annonça qu'ils avaient réussi, leur joie éclata :

— *Latcho !* Opération réussie ! cria Pépina en voyant les deux parties du train s'éloigner, les laissant seuls à bord de la locomotive.

Anja, tout en participant à l'euphorie générale, réfléchissait à la suite. S'ils avaient réussi à éloigner le danger, tout n'était pas réglé pour autant. Il suffisait que le convoi de tête s'arrête et ils se retrouveraient à nouveaux face au Grand Cophte et ses hommes. Pareil à l'arrière : en faisant partir la troisième locomotive, les Opritchniks les rattraperaient dès que leur réserve de charbon serait épuisée. Et cette fois, son coup de bluff ferait long feu : ils lui demanderaient la combinaison secrète pour récupérer son violon dans les coffres de la banque impériale et rapidement, le pot aux roses serait découvert. La seule question, c'était combien de temps allait-il mettre avant de les arrêter.

Elle fut vite fixée. Au sortir d'un nouveau tunnel, elle repéra plusieurs Opritchniks sur leurs chevaux. Fusil à la main, ils étaient postés devant un aiguillage.

— C'était notre seule chance, lâcha Anja, en apercevant une voie encombrée de congères qui partait sur leur droite. Cette fois c'est sûr, on ne leur échappera pas !

Et comme les hommes épaulaient leurs fusils, elle abandonna les commandes pour se mettre à l'abri avec ses amis.

Pourtant, les choses ne se déroulèrent pas comme prévu.

À leur immense surprise, alors qu'ils franchissaient l'aiguillage, les roues de la locomotive, plutôt que de poursuivre sur la voie principale, s'engagèrent à droite. Et, ballottés de toute part, ils se retrouvèrent sur la voie secondaire.

Que s'était-il passé ? Pourquoi les Opritchniks les avaient-ils envoyés dans cette direction ? Était-il possible qu'ils se soient trompés en actionnant l'aiguillage ?

— Charbon ! cria Anja, bien décidée à mettre le plus de distance entre eux, même si elle ne comprenait pas leur plan.

— Charbon ! répéta-t-elle en augmentant la pression des cylindres.

Et, grisée par la vitesse, tout en cherchant à deviner pourquoi ils les avaient laissés filer alors qu'elle ne leur avait pas donné le code secret du coffre, elle fit tourner la machine à plein régime.

Elle comprit quelques kilomètres plus loin. Quand devant eux, à une centaine de mètres, elle vit la voie qui s'arrêtait. Net. Après, plus rien, juste le vide immense d'un précipice.

— Sautez tous !!! hurla-t-elle en comprenant que les faux jumeaux avaient décidé de se passer d'eux pour récupérer son violon.

Et, sans même pouvoir vérifier que ses amis l'aient entendue, elle se jeta du train.

Pendant quelques fragments de seconde, Anja suivit des yeux la *Dynamo* qui avançait dans le vide, comme si elle roulait sur une voie invisible. Avant que la locomotive ne disparaisse dans le précipice, elle vit le sol se rapprocher à toute vitesse et elle pensa à Piotr : avait-il eut le temps de sauter ? Puis elle percuta le sol et tout disparut.

Chapitre 10

Combien de temps ?

Combien de temps resta-t-elle inanimée ?

Combien de temps mit-elle pour rouvrir les yeux et voir les rails qui s'arrêtaient au bord du précipice ?

Combien de temps encore, avant qu'elle ne comprenne que tout ce qui venait de se produire n'était pas un mauvais rêve ? Et qu'elle réalise que parmi ses compagnons, seul Piotr manquait ?

— Piotr, Piotr...

L'appelant d'une voix étouffée par le chagrin, elle s'était lentement approchée du vide. Et quand Pépina l'avait rejointe pour lui prendre la main, elle avait pris conscience que, cette fois, son absence serait définitive.

S'accrochant à la robe de sa sœur, Tchavolo les avait rejoints à son tour. Puis ce fut Jørn qui avait posé avec douceur sa main sur l'épaule d'Anja. Persuadée qu'elle trouverait du réconfort dans sa force et sa puissance, elle avait tourné vers lui son visage plein de douleur. Mais elle n'avait vu qu'un enfant, pareil chez Pépina et Tchavolo, comme si la disparition de leur ami les avait fait redevenir petits et fragiles. Comme si la douleur avait effacé d'un coup d'éponge les derniers mois qu'ils avaient passés ensemble et qui les avaient fait grandir.

Combien de temps restèrent-ils encore, le regard obstinément braqué au-dessus de ce vide qui venait d'engloutir leur ami ? Ce vide qui leur disait que la vie n'était pas un jeu. Que chacun de leurs actes se payait au prix fort.

Et surtout, combien de temps avait passé avant qu'ils n'entendent la voix, d'abord frêle, presque inaudible, puis de plus en plus forte, qui répétait :

Anja !
Anja !
Anja !

Agacé par les appels comme par le bourdonnement d'une mouche, Tchavolo avait fini par se retourner. Et il l'avait vu. Titubant, vacillant, chemise déchirée, visage lacéré, s'arrachant des ronces recouvertes de givre qui longeaient la voie.

— Piotr !

Surprise par le cri de Tchavolo, Anja s'était retournée et, passant du désespoir le plus profond à la joie la plus inespérée, elle s'était mise à courir vers lui. Quand elle s'était arrêtée face à lui, des larmes de joie avaient jailli de ses yeux.

— Piotr ! articula-t-elle en se jetant dans ses bras.

— Anja !

Dans la nuit du garçon, ce fut comme un feu d'artifice : le parfum des cheveux d'Anja, la douceur de ses joues, le clapot de son rire. Et le goût salé de ses larmes qui inondèrent son visage.

Soudain, dans l'obscurité, deux étincelles se mirent à briller. De plus en plus fort, pour devenir lueurs, flammes, lunes, deux belles lunes qui s'élargirent dans le ciel. Puis, alors que les larmes d'Anja continuaient à ruisseler sur ses yeux, débarrassant le garçon de l'onguent dont il s'était recouvert le visage avant l'exécution, la lumière avait continué à s'étendre. C'étaient maintenant deux soleils qui l'éblouissaient, jusqu'à faire disparaître définitivement l'obscurité dans laquelle il était enfermé. Et comme dans un miracle, les traits d'Anja lui apparurent. Ses cheveux, l'ourlet des oreilles, ses tempes claires, le duvet qui la recouvrait. Et ses lèvres, ses yeux, les fines taches de rousseur.

— Anja ! Je vois ! Je vois à nouveau !

Chapitre II

L'aveu

— Incroyable ! s'exclama Pépina. Et dire que c'était la première fois que je fabriquais cet onguent !

Assis en cercle, les cinq amis se regardaient, émus de se retrouver. Leur joie était si forte, ce qui leur arrivait si inespéré qu'ils avaient le sentiment que plus rien ne pourrait les séparer. Piotr, qui, en quelques instants était passé de l'obscurité à la lumière, de l'enfermement à la liberté, n'en revenait toujours pas :

— Tu as raison, Pépina, c'est incroyable ! Moi qui pensais que je resterais aveugle à tout jamais. Ce truc est vraiment magique !

— En fait, pas tant que ça, sourit la jeune fille. En séchant, l'onguent a formé une seconde peau sur tes paupières, ce qui a empêché la lame de te brûler en profondeur. Les larmes d'Anja ont ensuite détaché cette peau invisible et voilà pourquoi tu as recouvré la vue.

Piotr hocha longuement la tête avant de reprendre :

— J'ai une autre question, Pépina. C'est au sujet de Maldoror...

— Je t'écoute...

— Dans son wagon, le Grand Cophte a longuement parlé d'un royaume du nom de... Maldoror ! Savais-tu que c'était un lieu, et non pas une plante ?

— C'est un lieu, oui, grimaça-t-elle, mais un lieu imaginaire.

— *Cherche la fleur du mal, la fleur d'or, tu trouveras Maldoror,* récita Tchavolo. Pépina, c'est la légende !

— Oui, Tchavolo. En fait, Maldoror, c'est une légende, un conte que nous racontait notre mère.

— Et que dit cette histoire ?

— *Il y a longtemps, si longtemps...*

— Tout à fait, Tchavolo. *Il y a longtemps, si longtemps...* existait un royaume du nom de Maldoror. Sur ce royaume régnaient un roi et une reine qui s'aimaient passionnément mais qui ne pouvaient avoir d'enfants. Aussi le roi répudia-t-il la reine pour prendre deux nouvelles épouses et être certain de donner un héritier au royaume. La reine, de rage et de désespoir, décida de se venger : le roi fut tué, ses sujets massacrés et ses deux nouvelles épouses se réfugièrent dans un autre monde avec les rares survivants...

— Autrenuit...

— Oui, Tchavolo. Dans le conte, on appelle ce monde « Autrenuit ».

— Je ne comprends pas, intervint Anja. Si tu savais que Maldoror était une légende, pourquoi, à Odessa, quand Piotr t'a donné la liste des plantes pour sa grand-mère, n'as-tu rien dit ?

— C'est compliqué...

Comment répondre ? Comment dire à ses amis que c'est sa mère qui lui avait *écrit, transmis* ou *signalé* – elle ne savait même pas quel verbe utiliser – que deux jeunes gens allaient arriver ? Et que Maldoror serait le mot qui lui permettrait de les reconnaître ?

Pépina hésita. Si elle leur disait qu'elle *communiquait* avec sa mère, que c'est avec elle qu'elle échangeait tous ses messages, ils la prendraient pour une folle. Où une sorcière.

— C'est ma mère qui m'en avait parlé, reprit-elle en mêlant mensonge et vérité. La veille de sa disparition, elle m'a dit que quelqu'un viendrait nous trouver et que je reconnaîtrais cette personne parce qu'elle évoquerait Maldoror.

— Et c'est pour ça que tu nous as demandé de rester ? interrogea Anja, perplexe.

— Au début, oui... Mais très vite, avec la musique et tout le reste, nous étions sincèrement heureux que vous soyez avec nous.

— C'est curieux, dit Piotr en souriant à Pépina et Tchavolo. Si j'ai bien compris, Maldoror serait un nom de code. Ce qui m'intrigue, c'est de savoir si Matouchka le savait. Et si elle le savait, pourquoi ne m'a-t-elle rien dit ?

— C'est curieux, en effet, ajouta Anja. Mais dis-moi, Piotr, pourquoi le Grand Cophte a-t-il parlé de ce royaume ?

— Le Grand Cophte ? En fait, il est persuadé qu'il est l'héritier de Maldoror.

— Ce monstre ?! s'emporta Pépina. Mais c'est impossible ! Dans l'histoire, il est dit que le prince fauve est bon et généreux...

— L'héritier ? Le prince fauve ? Je crois qu'il nous faut quelques explications...

— En fait, dans la légende, une des reines donne naissance à un prince...

— ... le prince fauve, c'est ça ?

— C'est son nom, oui. Et il est dit aussi qu'un jour le prince fauve quittera Autrenuit pour faire renaître le royaume de Maldoror.

— Mais c'est complètement fou ! Et le Grand Cophte croit en ces sornettes ?

— Il y croit dur comme fer ! souligna Piotr. Il prétend même qu'un usurpateur cherche à prendre sa place.

— Un usurpateur ? Es-tu bien sûr de ce que tu racontes ? s'enquit Pépina.

— Oui. C'était juste avant mon exécution. J'étais terrorisé mais certains détails m'ont marqué.

— Je comprends... Excuse-moi d'insister, mais te rappelles-tu d'autres choses ? Des paroles prononcées par le Grand Cophte ? Des détails que tu aurais observés ?

— Non, je ne crois pas... Ah si, il y avait les pages arrachées d'un livre !

— Les pages arrachées d'un livre ? Et que disaient-elles ?

— Je ne sais pas, je n'ai pas réussi à les lire.

— Pourtant, tu as beaucoup progressé, intervint Anja en sortant son cahier d'écriture de la poche.

— Comment as-tu eu ce cahier ? s'étrangla Piotr en pensant aux nombreux poèmes qu'il y avait écrits.

— Nous l'avons retrouvé à des centaines de verstes d'ici, porté par le vent.

— Quel hasard incroyable ! Le Grand Cophte l'a jeté le jour de mon supplice.

— Piotr, tu sais ce que je pense du hasard, dit Pépina.

— Oui, « le hasard n'est rien d'autre qu'une langue qu'on a oubliée... ». Comme les pages arrachées, justement.

— Comment cela ?

— Elles n'étaient pas rédigées avec les lettres d'alphabet habituelles, celles que j'ai apprises avec Anja. Mais avec des signes bizarres, comme ceux que tu as tracés sur le sable le jour où on t'a rencontrée. Où ceux que j'ai vus chez la baronne von Stumpf, sur un livre auquel elle semblait accorder la plus grande importance.

— Un livre ? Avec des signes comme ceux que j'utilise ? En es-tu sûr ?

— Absolument certain ! Je crois même que je me rappelle certains d'entre eux que j'ai vus chez le Grand Cophte.

Sortant un bout de crayon de sa poche, Piotr s'apprêtait à noter ce dont il se souvenait quand il stoppa son geste :

— Pépina... Là aussi, tu me dois une explication. Ces signes, cette langue que tu écris et qu'utilisent aussi le Grand Cophte et la baronne von Stumpf. Qu'est-ce que c'est ?

— Heu... C'est une langue très ancienne que ma mère nous a apprise, à Tchavolo et moi. Une langue que seuls les bohémiens connaissent, du moins c'est ce que je croyais jusqu'à présent.

Piotr acquiesça lentement avant de se mettre à écrire :

Et

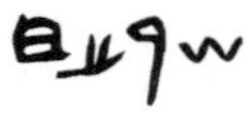

— Ça dit quoi ? demanda Anja.

— Ça parle d'une porte, dit Pépina en se penchant sur le cahier. Et aussi d'une chapelle ou d'une église. Te souviens-tu d'autre chose ?

— Désolé ! C'est allé très vite. Et j'étais très impressionné. Mais peut-être que ça reviendra... En tout cas, le Grand Cophte semblait également y prêter le plus grand intérêt. Tout comme au violon d'Anja qui l'obsédait.

— Mon violon ? rougit Anja. Décidément, sa valeur aura attiré beaucoup de monde.

— Je ne suis pas certain que c'était sa valeur qui l'attirait. En tout cas pas sa valeur financière.

— Alors, il fait partie de ceux qui pensent que mon père y a dissimulé des plans secrets ?

— Non plus... En fait, il est persuadé que ton violon est – ou plutôt *était* – une sorte de clef.

— Une clef ?

— Je m'en souviens ! s'enthousiasma Tchavolo. Les portes ! Dans la légende ! Elles permettent de rejoindre Autrenuit ! Mais on ne savait pas que c'est le violon d'Anja qui ouvre ces portes !

— Qui *ouvrait*... précisa Piotr, profondément désolé. Qui *ouvrait*, puisque j'ai été incapable de récupérer le violon avant que le Grand Cophte ne le détruise. À moins que...

Alors qu'il se tournait vers elle, le visage d'Anja se troubla.

Que faire ? Pouvait-elle garder son secret plus longtemps ? Pouvait-elle rester silencieuse après tout ce qui venait de se passer. Le sacrifice de Piotr, les risques pris par Pépina, par Tchavolo, par Jørn...

— Les amis... commença-t-elle en baissant les yeux.

Autour d'elle, les autres la fixèrent et son cœur se mit à battre plus fort.

— Le violon, avoua-t-elle dans un murmure. Il n'a pas été détruit...

— Quoi ! s'exclamèrent-ils en chœur. Tu veux dire qu'il est réellement dans un coffre de la banque impériale d'Autriche ?

— Non, ça c'est parce que j'espérais négocier notre libération.

— Mais où est-il alors ? insista Pépina.

— Le violon... Il est chez moi, dans ma chambre.

— Comment ça ? demanda Piotr, plus pâle que jamais. Mais tu l'avais quand nous avons quitté Vienne !

— Non, Piotr, je l'ai laissé le jour où nous avons fui. En découvrant que l'homme aux moustaches faisait partie des services secrets russes, je me suis dit qu'il se passait quelque chose de grave et j'ai préféré le laisser en sécurité.

— Mais comment as-tu fait ?

— Avant de partir, je ne sais pas si tu t'en souviens, je suis allée récupérer de l'argent et quelques affaires. Je suis alors montée dans ma chambre et j'ai interverti mon violon avec le violon d'étude, celui sur lequel j'ai appris à jouer.

— Ton violon d'étude ?

— Oui, c'est pour l'assurance. Et cette fois, c'est la vérité. Celui construit par Giuseppe Guarneri, je suis censée le laisser chez moi et ne le prendre que pour les concerts. Autrement, je dois uniquement jouer avec mon violon d'étude. C'est la condition pour que l'instrument soit assuré.... mais je dois avouer que je la respecte assez rarement.

— Alors, si je comprends bien... le violon que le Grand Cophte a détruit...

— ... n'était qu'un instrument sans grande valeur, oui.

Un silence atterré suivit cette révélation.

— Au demeurant, c'était un excellent violon... reprit Anja.

— Oui, mais un instrument *sans grande valeur* ! explosa Piotr. Et c'est donc pour cet instrument *sans grande valeur* que j'ai risqué ma vie ?

— Piotr... Je ne pouvais pas imaginer que tu mettrais ta vie en péril pour le récupérer...

— Mais pourquoi ne m'avoir rien dit ? Pourquoi ne pas m'avoir mis dans la confidence ?

— Piotr, comprends-moi...

— J'essaye de te comprendre, oui...

— Je te connaissais à peine. Mets-toi à ma place, je ne savais pas encore si je pouvais te faire confiance. Et puis, je pensais que cela te protégerait de ne rien savoir.

— Bien sûr, que tu ne pouvais pas me faire confiance...

— Piotr, je suis désolée...

Furieux, Piotr se leva pour s'éloigner. Désolée ? Elle était désolée ? Ainsi, pendant qu'ils traversaient campagnes et forêts, pendant qu'ils dormaient autour du même feu, qu'ils partageaient leur musique, leur nourriture, le peu d'argent qu'ils avaient, elle avait gardé son secret pour elle ?

En s'approchant du gouffre où la locomotive avait failli les emporter, il se demanda ce qu'il y avait de pire : était-ce le fait qu'elle ne lui ait pas fait confiance ou bien ce que l'attitude d'Anja révélait du fossé qui les séparerait à tout jamais ?

— Piotr... Pardonne-moi...

Lui pardonner ? Alors qu'il avait risqué sa vie pour elle, qu'il avait perdu Véra et qu'elle n'avait pas même été fichue de lui faire confiance ?

— Piotr, je m'excuse. Ça n'arrivera plus, je te le promets.

— Laisse-moi ! dit-il en se mettant à marcher sans savoir où il allait.

Aussitôt, Anja le suivit. Puis Pépina. Et Jørn qui prit Tchavolo sur ses épaules.

— Piotr...

Mais Piotr continuait comme s'il ne l'entendait pas.

Ils étaient au milieu de la Sibérie.

Autant dire au milieu de nulle part.

Ils n'avaient plus rien.

— Piotr...

Ni roulotte, ni instruments de musique, ni argent, ni nourriture.

— Piotr...

Plus rien, sauf leurs rêves et leur colère.

Leurs rancœurs et leurs jalousies.

Leurs peurs et leurs espoirs...

55° 12′ Nord, 77° 40′ Est
Sibérie occidentale/Oblast de Novossibirsk

La mort d'Anja avait suivi toute la scène.

Montée sur son cheval, elle les avait vus s'éjecter de la locomotive avant que celle-ci ne s'engouffre dans le vide. Elle les avait vus rouler dans la neige comme des jouets minuscules, rester au sol avant de se relever et se retrouver au-dessus du précipice.

Plissant les yeux pour se protéger des rafales de givre, elle les avait longuement étudiés.

Les trois garçons, la bohémienne et, surtout, la petite violoniste.

Elle aurait pu lancer son cheval, traverser la steppe pour les rejoindre.

Mais elle préféra rester immobile.

Cela faisait si longtemps qu'elle attendait, elle n'était pas pressée.

Elle les retrouverait à Vienne, à Kiev ou ailleurs.

Que pouvaient-ils contre elle ?

Rien.

Ils n'étaient rien.

Rien que des enfants.

Les enfants de la légende...

Les enfants de Maldoror....

Annexe 1

LA VÉRITÉ SUR LE MENSONGE, PAR MARGE MADSEN

Introduction

Mentir, c'est comme sauter dans le vide. Aussi, pour bien mentir, ne suffit-il pas de raconter n'importe quoi. Que ce soit par nécessité, par loisir ou par plaisir, dans tous les cas, le mensonge répond à des lois bien précises qu'il serait dangereux de négliger.

Voici avec sincérité et en toute vérité, les règles que j'ai pu établir, fruit d'une longue expérience malgré mon jeune âge.

Niveau 1 - Bien commencer

Avant tout, il est bon de savoir qu'établir une relation de confiance avec votre interlocuteur est le meilleur moyen de lui faire croire n'importe quoi.

Ainsi, les conseils qui suivent gagneront en pertinence et en efficacité si vous trouvez le ton rassurant qui saura tranquilliser celui ou celle que vous cherchez à tromper.

Règle n°1 - *Plus c'est gros, plus ça passe !*

Pas de demi-mesures. Allez-y franchement, plus votre mensonge est gros - surtout quand on est petit -, plus votre interlocuteur sera tenté de vous croire, incapable d'imaginer un enfant susceptible d'exagérations immodérées.

Règle n°2 - *Gros, oui, mais point trop n'en faut !*

Par exemple, n'essayez pas de faire croire aux gens que la terre est plate. Ça ne marche pas. Sauf avec les imbéciles qui, par définition, gobent tout.

Règle n°3 - Ne *pas s'aventurer dans un domaine qu'on ne connaît pas*

À l'exception des menteurs de niveau 3 (Perfectionnement), qui ont besoin de prendre des risques s'ils veulent continuer à éprouver du plaisir à mentir, il est important de ne pas se hasarder sur n'importe quel sujet sans un minimum d'« équipement ». Comme pour une promenade en forêt, avant de mentir, il faut étudier le chemin que l'on va prendre et ne pas s'aventurer en terrain inconnu sans un minimum de précautions. C'est bien simple, on ne fonce pas tête baissée mais on repère les sentiers, on sème des cailloux blancs… Bref, on ne part jamais sans carte ni boussole.

Règle n°4 - *David* vs *Goliath*

Ne vous laissez pas impressionner, surtout si vous mentez à un adulte. Restez ferme, n'oubliez pas que les adultes aussi mentent tout le temps et que c'est votre seule arme face à eux.

Règle n°5 - *Ne variez jamais*

Une fois votre mensonge établi, n'en changez plus ! Agrippez-vous à lui et tenez-le aussi ferme qu'un cerf-volant que le vent voudrait vous arracher.

Règle n°6 - *Insistez ou la technique du knock-out*

Une fois le premier mensonge envoyé, comme à la boxe, ne laissez pas à votre adversaire le temps de récupérer. Enchaînez les mystifications l'une à la suite de l'autre - crochet du droit, crochet du gauche, uppercut - jusqu'à atteindre le KO final (knock-out).

Règle n°7 - *Ne pas culpabiliser*

Ne culpabilisez jamais.
Vous avez raison et les autres ont tort.
Vous êtes gentils et les autres sont méchants.
C'est comme ça et pas autrement.
Compris ?

Règle n°8 - *On tombe ? On remonte !*

Vous vous êtes fait prendre la main dans le sac ? Comme à cheval, quand on tombe, mieux vaut ne pas attendre avant de remonter.

Niez, soyez navré, prenez un air désolé... et recommencez !

Règle n°9 - *Faites diversion*

Vous êtes mal embarqué ? On menace de vous démasquer ?

Ne vous laissez pas enfermer, changez de sujet et revenez à des choses que vous maîtrisez.

Si votre interlocuteur insiste, éclipsez-vous aux toilettes ou simulez un malaise. Ou tout simplement, prétextez l'heure tardive ou un rendez-vous oublié et fuyez.

Règle n°10 - *Faites plaisir*

De tous temps, partout et depuis toujours, les gens préfèrent le mensonge à la vérité. Vous en doutez ? Qui aimerait savoir que son nez est trop gros, qu'il danse comme un pied ou que ses blagues ne font rire personne. Qui ?

Règle n°11 - *Faites-vous plaindre*

Vous voulez quitter prématurément la table parce que les amis de vos parents vous lassent ? Ou qu'un repas de famille s'éternise indéfiniment ? Dans ce cas, la compassion peut être la solution. Faites-vous plaindre, racontez que votre précepteur vous accable de devoirs, que vous croulez sous le travail. Pour faire bonne figure, commencez même à réciter quelques déclinaisons grecques ou latines. Puis, sous les encouragements de l'assistance, rejoignez tranquillement votre chambre !

Règle n°12 - *Restez flou*

Gommez, écartez, saupoudrez, effacez, résumez, simplifiez, restez vague, soyez évasif. Bref, évitez les détails qui risquent de vous piéger.

Règle n°13 - *Détaillez*

Votre interlocuteur remet en question ce que vous affirmez ? Il doute ? Noyez-le dans une multitude de détails jusqu'à ce qu'il abdique, qu'il s'évanouisse ou qu'il s'en aille, terrassé par votre science, votre soif de précisions et le flot de vos paroles.

Règle n°14 - *Déformez*

Partir de la vérité pour aller vers le mensonge est une technique aussi ancienne qu'efficace. Ajoutez, complétez, étirez, exagérez, vous verrez, vous retomberez toujours sur vos pieds.

Règle n°15 - *Embrouillez*

Partez dans un sens, puis dans un autre. Arrêtez. Recommencez. Corrigez, modifiez, avouez que vous vous être trompé. Ah non, mais si, attends, je ne sais plus, mais oui, c'est ça, à moins que, tu me suis, oui ? Bref, emmêlez, compliquez, enchevêtrez !

Règle n°16 - *Le python*

Le python anesthésie sa proie par son regard avant de la dévorer.

Faites de même avec votre victime : charmez-la, mettez-la en confiance et, après, faites-lui croire n'importe quoi.

Règle n°17 - *Le QMJ*

Cela a peu de chance de vous arriver, surtout si vous appliquez les conseils précédents à la lettre, mais sait-on jamais, vous êtes malade, surmené ou pas doué et patatras, vous vous faites attraper. Dans ce cas-là, pas de panique, niez et utilisez le QMJ : Quoi ? Moi ? Jamais !

Règle n°18 - *Soyez généreux*

Amusez-vous, mentez inutile, sans but et sans en tirer quoi que ce soit.

Mentez avec délectation. Juste par plaisir…

Règle n°19 - *Mentez utile*

Ne louvoyez pas, ne tergiversez pas. Pas de demi-vérité. Et surtout n'oubliez jamais votre objectif : obtenir ce que vous voulez grâce à votre mensonge.

Niveau 2 - Approfondissement

Même s'il existe des exceptions, nous conseillons vivement aux personnes suivant cette méthode de bien maîtriser les règles de niveau 1 avant de passer aux techniques suivantes : souvent plus élaborées, elles nécessitent une certaine aisance et un savoir-faire confirmé.

Règle n°20 - *L'iceberg*

Pour faire passer un mensonge important, glissez dans la conversation une inexactitude, une approximation, voire un petit mensonge, qu'on mettra sur le compte de votre ignorance. Faites en sorte que votre interlocuteur se rue sur votre erreur et concédez, avec la plus grande sincérité, que vous vous êtes trompé. Puis, profitant qu'il se focalise sur les miettes que vous avez jetées, faites-lui gober l'essentiel.

Appelé aussi par les professionnels *Un pas en arrière trois pas en avant.*

Règle n°21 - *Inventez des citations*

a/ N'hésitez pas à illustrer vos propos d'une citation que vous aurez inventée pour l'occasion. Attribuez-la à une célébrité historique ou à une personnalité publique bien connue de tous en appliquant la règle n°1 *Plus c'est gros, plus, ça passe*. Ne vous laissez surtout pas impressionner par la renommée de ceux que vous citez et faites-leur dire n'importe quoi.

Remarque : On évitera de citer Dieu - « À ce propos, l'autre jour, Dieu m'a dit… » (voir règle n°2 *Gros, oui, mais point trop n'en faut !*) - au risque de passer pour une illuminée ou une menteuse (ce qui serait un comble !).

b/ Inventez des citations mais cette fois attribuez-les à une personne proche.

Pour les plus doués, citez votre propre interlocuteur, en lui attribuant une phrase qu'il n'a jamais dite mais en le persuadant du contraire.

Niveau 3 - Perfectionnement

(réservé aux as du mensonge)

Règle n°22 - *S'inventer une nouvelle vie*

Nouvelle identité, nouvelle famille, nouveaux amis. Se faire passer pour quelqu'un d'autre relève du grand art et si pour une raison ou une autre, vous vous aventurez dans cette voie, aucune erreur ne sera permise. S'inventer une nouvelle identité est aussi difficile que de marcher sur un fil, aussi périlleux que de bâtir un château de cartes. En effet, au moindre doute, c'est toute l'entourloupe qui est percée au grand jour.

À n'utiliser que si vous êtes extrêmement doué ou en cas d'extrême nécessité. Ou en vacances quand vous savez que vous ne reviendrez jamais, ce qui limite les conséquences si vous êtes démasqué.

Règle n°23 - *La technique du gant retourné*

Par petites touches, trompez votre victime jusqu'à lui faire perdre ses certitudes, jusqu'à ce qu'elle doute de ce dont elle était persuadée auparavant. Puis retournez-la comme un gant…

Très utile pour obtenir son argent de poche plusieurs fois dans la même semaine.

Règle n°24 - *Être de plusieurs côtés à la fois ou l'agent double*

Le sommet dans l'art du mensonge.

Être partout et nulle part.

Avec tout le monde et personne.

Faire croire ceci puis son contraire

Être ami avec vos ennemis et ennemi avec vos amis.

Très utilisé par les agents doubles des services secrets.

Extrêmement risqué. Mais tellement tentant…

Annexe 2

Le Traité des Lendemains (extraits)

« Le hasard n'est qu'une langue
que tout le monde a oubliée »

Araignée

Le piège, le destin.
La patience, l'attente.
L'enfermement.

ARCANE PROCHE :
Le labyrinthe (renforcé quand cartes associées).

CARTE INVERSÉE :
La menace.

Chasseur

(arcane double)

Défend ou tue.
Nourrit ou détruit.

L'Élu(e)

Celle ou celui qui est choisi(e).
Par l'amour.
Par le destin.

Étoile

Amie de la lumière, tu aimes qu'on te regarde et qu'on t'admire. Tu brilles, tu scintilles, tu disparais le jour et tu reviens la nuit. On te croit immobile, mais tu avances. Ton chemin est prévisible, mais parfois tu disparais, tu files… Tu as besoin de l'obscurité pour qu'on te voie briller. Du mal pour qu'on apprécie ta bonté.

Carte inversée :
Mauvaise étoile.

Feu

(arcane double)

La passion.
L'ardeur.
La chaleur.

La destruction.
La douleur.

Hippocampe

Voyageur léger et silencieux.
Agile et fragile.
Il passe, on l'admire.
Et il disparaît.

ARCANE PROCHE :
Le Feu follet.

Lion/Roi

Gloire et triomphe.
Force et pouvoir.
Tu as besoin de contrôler.
Tu aimes être entouré,
craint et respecté.

Liseron

Herbe gracieuse et délicate.
Belle, éphémère. L'éclat
des simples. Beauté de l'instant.
Sensibilité – Sensation.
Volonté, grâce, créativité.
« Je suis ta vie belle et fragile.
Ma beauté ne tient qu'à un fil.
Lierre sur le mur, persévérant.
Parfois étouffant, je m'accroche.
Je vais là où je veux aller.
Par les côtés, par le biais ».

Carte inversée :
Acharnement,
étouffement, oppression.

Main

(les cinq doigts)

Unité, union.
Force, action.
Rassemblement, réunion.
Unis comme les cinq doigts
de la main.

Mort

Personne ne veut te rencontrer
et pourtant tout le monde
souhaite savoir qui tu es.
Tu fascines autant que
tu repousses. Ceux que tu attires
sont [illegible] et [illegible].
Ceux qui te craignent ont leur
effroi marqué sur leur visage.
Ceux qui te fuient te trouvent.
Ceux qui t'ignorent sont fous.
Ceux que tu fascines sont perdus.
« L'ombre dévoile le visage
de la mort » (Papus).

Oiseau

Espace et liberté.
Espoir et évasion.
Bonne nouvelle.
Déclaration amoureuse.

CARTE INVERSÉE :
Menace, avertissement.
Oiseau de mauvais augure.

Sabre

Force, combat.
Affrontement,
duel, tête-à-tête.
Vivacité, rapidité.

CARTE INVERSÉE :
Menace, exécution.
Épée de Damoclès.

Soleil

Force et puissance sont avec toi.
Tu gagnes, tu décides,
tu triomphes. Tu brilles,
tu éblouis, tu brûles aussi.
Tu réchauffes, tu rassures,
tu écrases de ta lumière
ceux qui sont moins brillants.
Tu révèles ceux
qui sont dans l'ombre.
Vérité/raison/aveuglement.

CARTE INVERSÉE :
Soleil noir.

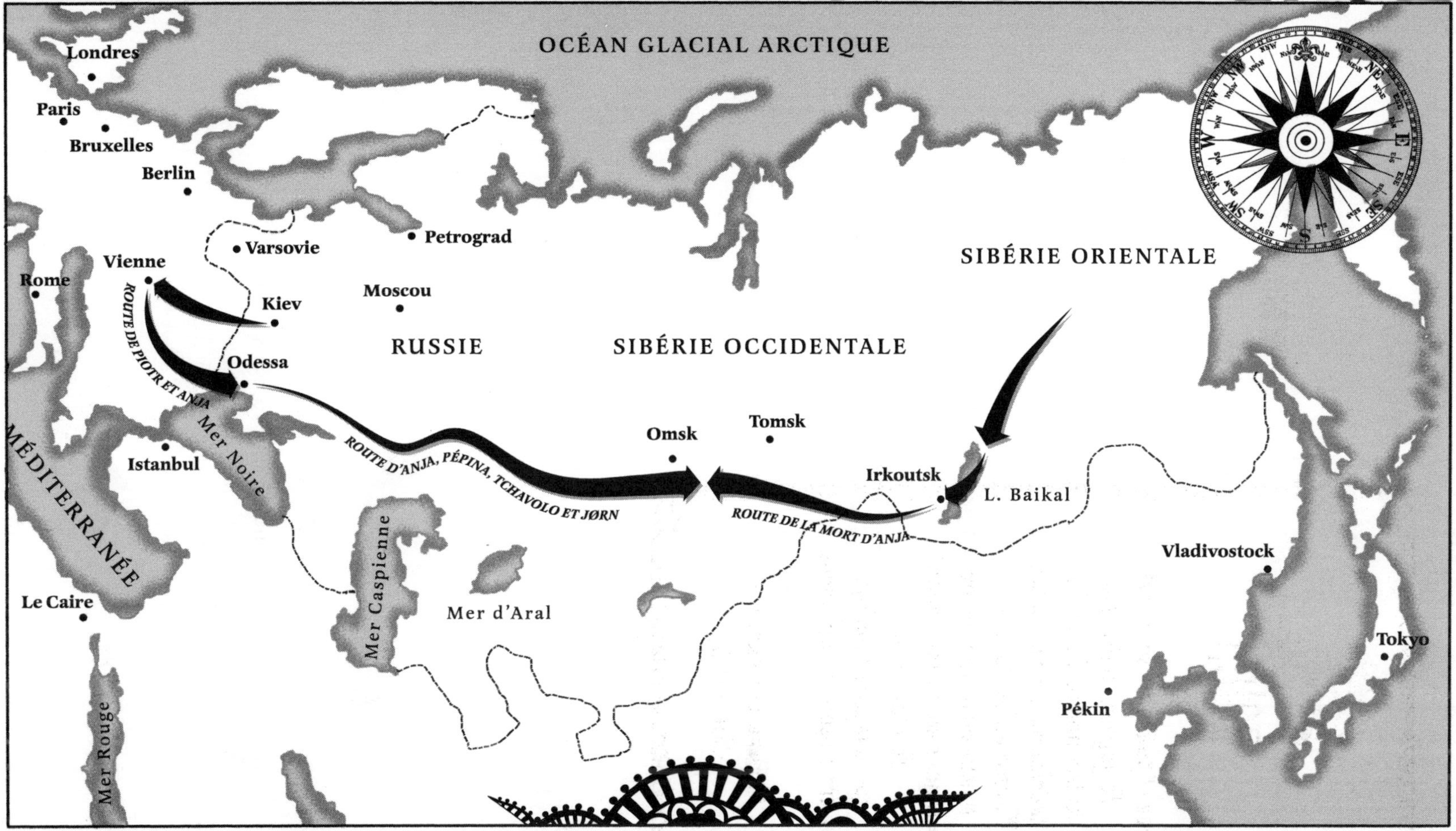

Voyages et pérégrinations dans Maldoror

NORD COMPO
multimédia

Composition et mise en pages
Nord Compo à Villeneuve-d'Ascq

Imprimé à Barcelone par:
CPI Black Print

N° d'édition : L.01EJEN001898.N001
Dépôt légal : mars 2022
Loi n° 49-956 du 16 juillet 1949
sur les publications destinées à la jeunesse